叶适文学研究

陈光锐 著

北京师范大学出版社集团
安徽大学出版社

图书在版编目(CIP)数据

叶适文学研究/陈光锐著. —合肥:安徽大学出版社,2018.12
ISBN 978-7-5664-1620-9

Ⅰ. ①叶… Ⅱ. ①陈… Ⅲ. ①叶适(1150—1223)—文学研究 Ⅳ. ①I206.442

中国版本图书馆 CIP 数据核字(2018)第 123408 号

本书为滁州职业技术学院首届学术著作出版基金资助成果(项目编号:YJZZCB-2017-01)

叶适文学研究

陈光锐 著

出版发行:	北京师范大学出版集团 安 徽 大 学 出 版 社 (安徽省合肥市肥西路 3 号 邮编 230039) www.bnupg.com.cn www.ahupress.com.cn
印　　刷:	安徽昶颉包装印务有限责任公司
经　　销:	全国新华书店
开　　本:	152mm×228mm
印　　张:	13.75
字　　数:	160 千字
版　　次:	2018 年 12 月第 1 版
印　　次:	2018 年 12 月第 1 次印刷
定　　价:	45.00 元

ISBN 978-7-5664-1620-9

策划编辑:刘婷婷　　　　　　　　装帧设计:孟献辉
责任编辑:刘婷婷　邱　昱　　　　美术编辑:李　军
责任印制:陈　如　孟献辉

版权所有　侵权必究

反盗版、侵权举报电话:0551—65106311
外埠邮购电话:0551—65107716
本书如有印装质量问题,请与印制管理部联系调换。
印制管理部电话:0551—65106311

前　言

一、叶适文学研究的意义

晚清时期，浙江瑞安著名学者孙衣言和孙诒让父子曾经大力提倡永嘉学派的学问文章，在孙氏私塾——诒让书塾里置下这样一副著名的对联：

    务求知古如君举，尤喜能文似水心。

这副对联中提到的两个历史人物就是出生于当时隶属于温州瑞安县永嘉学派的巨擘陈傅良（字君举）和叶适（自号水心）。几百年的历史沧桑，后世学者对两位先贤的成就铭记不忘，只是关注侧重各有不同：陈君举精通史学，叶水心擅长文章。叶适能文并非到清代才被人所认识，他实际上是南宋继吕祖谦之后主盟文坛的文章大家，这一点可以从时人哀挽叶适去世的诗文中清楚地了解到：

  韩柳词空伟，欧曾见未亲。
          ——吴子良《哭水心诗》
  空余遗稿在，万古日争光。
         ——刘宰《挽叶水心侍郎》
  散地虽无柄，名山尽有书。
          ——刘克庄《挽水心先生》
  接绪儒之统绪兮不徇人而苟同，擅一世之文衡兮养以道而益充。
         ——吕皓《水心叶先生哀辞》

上引诗文，或言叶适文章堪比韩柳欧曾之文，或言其文流传广远，更有明言叶适为一世文衡者，称誉他为文坛宗主。身为学出永嘉又自立新说的理学家,叶适却能以文著名,这在南宋理学家群体中是较为特殊的,但是我们又不能因此将他等同于一般的文学家。叶适对文学本质的认识是文关教事,排斥与儒家温柔敦厚的文学观不尽相合的文学作品和文学思想,对庄子、屈原、司马迁等因厌世、忧世或对自身遭受冤屈而发激愤之辞的文学家都予以批评,承认韩愈复振古文的历史功绩,但对其带有抗争意味的"不平则鸣"说多有讥责。如果将叶适列入南宋文学家的行列,则其理学色彩又较其他的文学家更为浓厚。他在儒学的框架内寻找文学的存在空间和发展出路,并且时常将文学价值与儒家的政教思想进行捆绑,这表现为其散文创作追求以文辅治、以文化俗、以文辅史的实用功能,诗歌艺术则以淳和、典雅为主要风格。他不主张文学作品的抗争功能,排斥文学对个性化情感的抒发功能,淡化文学作品的愉悦功能,反对铺张扬厉的汉大赋,轻视辞藻华美的骈体文。那么,我们从文学视角关照叶适,意义何在呢?

自南渡之初到叶适主盟文坛的宁宗前期,"中兴四大家"的文学成就最高,但不可否认的是,南宋文学总体成就略逊于北宋。这其中,理学的勃兴起到了负面作用,理学家群体的轻文重道思想构成阻遏文学发展的高墙,而道学家作文害道的观念更是其中最为坚固的部分,道学的浓厚气息妨碍了文学的呼吸自由。一些道学家虽然取得了卓越的文学成就,但是在主观思想上轻视文学,其理学思想和学术建树远远大于文学业绩,他们之所以受到时人的瞩目和后人的敬仰,主要是因为他们耀人的学术光焰。随着历史的推移,他们的文学功绩更是被其学术影响所遮蔽,例如朱熹,生前曾被胡铨以"诗人"的名义推荐给朝廷,但是在理宗以后,如果再有人以"诗人"称之,恐怕就会招致世人的嘲笑和道学家的白眼了。

叶适出生于高宗绍兴二十年(1150),从其青少年读书应举开始,南宋历史便进入了政治最为清明、学术最为繁盛的孝宗乾道、淳熙时期。程颐、程颢的北方"洛学"随着南宋政治中心的南移而在闽浙等东南地区盛行，并被冠以学术特性更为明显的"道学"称号。几经沉浮，道学虽然还没有获取正统的官学地位，不过在思想界已经可以算作最大的"在野党"了，朱熹、张栻、吕祖谦以"东南三贤"的名号领导道学，朱熹是其中立场最为鲜明、宗派意识最为强烈的道学大家，朝野上下也由此产生道学党和非道学党的博弈和较量。与此同时，在叶适出生和成长的温州地区，出现了另一股学术力量，那就是以薛季宣为创始人、陈傅良为中坚的以事功思想为特色的永嘉学派。永嘉学派应该是儒学大家庭的一员，是儒学发展到一定程度产生分化之后的产物，与道学、心学一样都是对儒家学说的新发展。从声势和气势上说，事功学派不如道学张扬，且陈傅良等人无意将自己置于与道学党针锋相对的位置，也曾试图向道学集团靠拢，但是重视史学的学术研究方法和追求事功实效的学术目标与道学产生抵牾。坚持纯化道学观的朱熹就对永嘉学派代表表现出难以容忍的态度，他责难永嘉学派的缘由之一，便是永嘉学派代表陈傅良和叶适的时文成就，他认为永嘉学派以巧丽之文追名逐利，是在败坏士林学风。事实上，永嘉学派事功思想在他们的时文创作上确有反映，早年以读书—教学—应举为生存方式的陈傅良、叶适等确实在时文创作上投入了精力，借鉴苏轼文风、文法，创成独特的"永嘉体"。陈傅良的《待遇集》、叶适的《进卷》流行于科场文坛是他们主动学习苏轼散文艺术的结果，更是对北宋优秀古文传统的继承。但是，后来陈傅良在薛季宣的影响下专心于史学研究，对文章之学亦采取与朱熹相近的贬斥态度，对自己被后世称美的科举策论文心存悔意，甚至在光宗因钦慕他早年的文名，让他进献文章的时候百般推辞，勉强为之。他的《文章策》一文表达了与道学家作文害道几乎相同的观点，其弟子曹叔远在为他编选文集的时候将他早年所作时文删落大半，当是秉承师意而为之。

叶适则表现出与陈傅良截然不同的文学观,他的重文思想始终如一,贯穿一生,这与其学术特点有关。叶适出生于事功学派的发祥地,早年问学于薛季宣,尊崇陈傅良,其学术构成因此具有相当的事功成分,但是他最终超越了永嘉学派。叶适早年在吕祖谦那里受到理学思想的熏染,时人一度认为他可以继承吕祖谦的学术衣钵,但是叶适既没有对永嘉事功学亦步亦趋,也没有对道学情有独钟,善于创新的精神成就了他独特的学术思想。叶适强调儒学的"统绪"论,鉴于道学过于尊"经",永嘉事功派过于重"史",两者都轻"文"的偏差,提出"经""史""文"并重的学术思想,并且认识到道学家重道轻文对文学发展的阻抑,提出"洛学兴而文字坏"的论断。虽然叶适这种基于学术建设而产生的重文思想与其他文学家的重情思想不同,但是在对文学普遍存有偏见的南宋理学家群体中则显得卓尔不群,并对南宋文学的发展起到正面的推动作用,在一定程度上避免了南宋散文的过分儒学化,这是作为理学家的叶适对南宋文学做出的贡献。从这个角度出发,研究叶适的文学成就无疑是有必要和有意义的,这是本书的意义所在。

叶适著述颇丰,文学作品规模可观,诗文艺术自具特点,周梦江据《宋史·艺文志》、明万历《温州府志》等书考索整理的叶适著作有十余种之多,但是多有散佚。其诗文集现存有《水心文集》和《水心别集》两种。《水心文集》由叶适弟子赵汝谠序刻,赵氏《水心文集序》云:"故一用编年,庶有考也。"[①]叶适另一弟子吴子良也说:"水心文本用编年法"[②],可知叶适诗文本使用编年排列,但是宋刻本到明代已无完帙,现存其诗文集有明代黎谅编刻《水心文集》29卷,清代孙衣言在此基础上校正重刊,

---

① (宋)叶适撰,刘公纯等点校:《叶适集·水心文集》卷首,北京:中华书局1961年版,第1页。
② 王水照主编:《历代文话·荆溪林下偶谈》,上海:复旦大学出版社2007年版,第560页。

并增入重辑的《补遗》1卷,成30卷,这是现存《水心文集》较好的本子。由于散佚流失,原来的编年体例被打乱,黎谅主要采用以体裁分类的方法,各体散文还能大体按照年代顺序编排,诗歌部分的年代则比较混乱。《水心文集》收录记、序、墓志铭、祭文和题跋等杂著文,政论散文则主要收入《水心别集》,其中最后一卷夹有叶适门人袁聘儒的校语,因此《水心别集》最初的校刻者可能就是袁聘儒。清代同治年间,李春和依据其师孙衣言藏本重刻《水心别集》16卷,其主体包括《制科进卷》8卷和专论治国策略的《外稿》6卷,另有《廷对》和《后总》各1卷。与陈振孙《直斋书录解题》所著录卷数、篇目基本相同,且从该书第十五卷末叶适自跋看,可以肯定这个版本基本保存了宋本的本来面目。1961年,中华书局依据孙刻《水心文集》、李刻《水心别集》合刊为《叶适集》。共收文556篇,诗380首。叶适诗文作品的散失当然有年代久远、自然流失的因素,但是理宗以后的道学垄断也在其中起到负面作用。比如,朱熹、吕祖谦等人的文集中存有多封致叶适的书信,但叶适的文集中却少见回信,尤其是朱熹的书信中多指责叶适学术不合道学正统,叶适当在回信中予以辩解申诉,此类信件的散佚就可能存在被主观删汰的可能。另外,他编选的文集《播芳集》、诗集《四灵诗选》《诗话》二卷均已散佚,殊为可惜。①

除孙衣言补遗一卷以外,现代学者束景南、周梦江都对叶适诗文做过辑佚的工作,如1992年发表于《文献》的束景南的

---

① 据笔者考察,叶适《诗话》二卷仅在明代文献中出现过两次,一为胡震亨的《唐音癸签》卷三十三,一为焦竑的《国史经籍志》卷一,均有目无篇,并且也没有见到征引此书的例子,殊可疑。叶适一生论诗之语颇多,一部分散见于《水心文集》和《水心别集》之中,部分比较集中地出现在他的学术著作《习学记言序目》的最后四卷。这四卷是对吕祖谦编选的《皇朝文鉴》的评价,但是叶适经常逸出原文,谈诗论文,或许在明代有人将之抄刻单行过,也可能流行了一段时间,因此被胡震亨和焦竑著录。大概因为《习学记言序目》的影响更大,流行更广,单行的《诗话》二卷就渐渐失去了市场,最后散佚。

《叶适佚文辑补》收集佚文8篇,佚诗1篇。2006年出版的周梦江的《叶适年谱》附录《三叶适的佚文佚诗》一文中辑佚文13篇,佚诗2首,其中增入宋史专家邓广铭先生在《圈点龙川水心二先生文粹》中发现的佚文3篇,《文献通考》所载的2篇,其他多与束景南文相同。不过,他所辑佚诗《净光松风阁诗》明载于《水心文集》卷六,原题为《净光松风阁》,全诗只字不差,当属误辑。

叶适还有学术著作《习学记言序目》50卷,他在开禧北伐失败后退居永嘉,用十几年时间研读经、子、史等典籍,评论经典,有破有立,自出新解,为学人尊重。以《皇朝文鉴》所选篇目为例,纵论诗文创作,实为叶适文学批评和文学理论较为集中的表述,为叶适文学研究提供了较为可信和充实的材料,但是历来未受到文学研究者的重视。此书由叶适之子叶宷遵父志编次,叶适门人孙之弘作序,嘉定十六年(1223)绍兴知府汪纲刻印,后有抄本流传,至清光绪十年(1884),温州瑞安黄体芳重刻此书,1976年,中华书局以黄体芳刻本为底本,并参照其他传世明、清抄本整理重印了此书。

叶适重文、工文,曾受到朱熹的责难,但其《进卷》一度盛行于孝宗乾道、淳熙年间科场,《外稿》在宁宗嘉定年间享誉文坛,墓志铭也为时人所重,他成为继吕祖谦之后的文坛宗主。叶适还有意识将自己的文法传于后学,在宋末元初,形成承传有序的水心文派。叶适兼通事功和义理的学术特点使得其能够与朱学、陆学形成鼎足而三的学术格局,使得他成为乾淳诸老渐次离世后硕果仅存的理学大儒。理学文艺观决定了叶适文学创作总体上没有背离儒家温柔敦厚的宗旨,但是其新颖独卓的学术品质深刻地影响了他的文学创作,其散文既有雄辩横肆的文风,也有优缓雅洁的特色,诗歌艺术则表现出典雅、淳和的美学追求。

二、叶适文学研究的研究现状

自宋至清代,学者对叶适文学成就的关注和评价并非没有变化：在南宋中后期，叶适文名盛传士林，从者如云；宋末元初之际，水心文派与道学文派分庭抗礼，其散文诗歌均受世人重视；到了明代，理学思想禁锢人心，人们对叶适的文学关照也冷清下来；清代《四库全书总目》《南宋文范》和《宋诗钞》分别对叶适诗文成就施以褒奖之词，叶适的文学家形象日益清晰，与重道抑文的道学文士判然有别，同时其经济之才也为世所重，这和专事吟咏的诗家词客又不尽相同。

清代可说是对叶适文学成就整体评价较高的阶段，到了现代这种情况仍然持续，谢无量《中国大文学史》①、钱基博《中国文学史》②和朱东润《中国文学批评史大纲》③可为其中代表。《中国大文学史》第八卷第十三章《永嘉永康之功利派文学》简论叶适诗文成就，有关叶适散文的段落几乎直接抄录于《四库全书总目》和《荆溪林下偶谈》相关论述，不过其文将叶适诗歌与永嘉四灵同归为晚唐一派，稍显不妥。钱基博《中国文学史》中指出叶适散文学习欧苏，诗歌受到唐代作家影响，与黄庭坚、陈师道等江西派宗师的诗学主张异趣。朱东润《中国文学批评史大纲》着力辨析叶适诗学思想，深刻剖析叶适揄扬永嘉四灵、针砭江西诗派末流、出于探索宋诗发展脉络的目的而推挽江湖诗派领袖刘克庄等诗学理论方面的建树，不足之处是没有对叶适本人的诗歌艺术给予深度评鉴。

可以说，近现代的文学史家对于叶适的文学批评和文学创作的研究具有开拓之功，只是未能展开深入研究，有待于后世学人进一步拓展和推进。中华人民共和国建立之后，相当长的一段时间内，叶适的文学研究相对关于他的哲学研究和历史研究而言一直处在被冷落和被边缘化的境地，叶适的文学家形象又开始变得模糊不清，叶适被史学家和哲学家当作与道学家对

---

① 谢无量：《中国大文学史》，上海：中华书局1940年版。
② 钱基博：《中国文学史》，北京：中华书局1993年版。
③ 朱东润：《中国文学批评史大纲》，上海：上海古籍出版社1983年版。

立的事功学派思想家受到他们的青睐。文学史著作虽有提及，但大多将之与陈亮等人并举，未予详加区分。研究者多侧重对其散文的研究，散文研究又偏重对其政论散文的艺术分析，忽视对其记序体散文艺术的赏鉴和评价。叶适本人的诗歌艺术依然没有引起研究者的关注，他们还是停留于对他在当时诗坛中的地位和影响方面的探讨，并且大多为因袭之词，对叶适文学思想和文学批评亦缺乏系统整理。中华人民共和国成立之后的文学史著作中，程千帆、吴新雷的《两宋文学史》对叶适文学研究最见新意，其中揭示了叶适散文成就和影响在抗衡道学重道轻文思想、维护散文文体艺术特性方面的文学史意义。

当然，关于叶适的哲学研究和史学研究的成果对文学研究的深入也是多有助益的。叶适研究专家周梦江著有《叶适与永嘉学派》《叶适年谱》和《叶适研究》等著作，其中涉及叶适文学研究的甚少，所论也流于泛泛，但是他较为详细地梳理了叶适家世生平、履历交游并考订了相当一部分的诗文编年。台湾学者周学武的《叶水心先生年谱》也很详赡，可与周梦江所著互为参证，都为文学研究的开展积累了必要的基础材料。张义德《叶适评传》是研究叶适学术思想的集成之作，此书主要以论述叶适学术思想为任务，并未论及文学创作和文学成就，但是其中有关叶适生活时代的社会和思想背景、与永嘉学派之关系等内容有助于我们更为深刻地理解叶适文学创作的时代背景和创作动因，所论永嘉学派在南宋崛起的政治、经济因素对于叶适文学成就的取得及文学地位的确立也具有相同的认识意义。叶适的政治、经济思想在他的政论文中多有体现，《叶适评传》对叶适学术思想的解析有助于我们深入地理解叶适政论散文的思想根源和实用功能。

中华人民共和国成立后的近五十年间，叶适主要被当作思想家来对待，1961年中华书局出版的《叶适集》被列入思想家文集系列，文集前有哲学家吕振羽先生的长文《论叶适思想》。

由于历史因素,其时哲学界对正统儒学和理学均持贬抑的态度,叶适则被视作永嘉学派的代表,被当作思想史上"南宋时期主要的正面代表人物"①。这在今天看来带有时代烙印的简单化评价有失偏颇,但是在相当长的时间内,叶适的思想家形象也因之突显和确定,对叶适的文学研究随之成为不急之务。直到 21 世纪,关于叶适的文学研究才有复苏和升温的趋势。从 2000 年开始,虽然没有专门的博士论文和专著,但一些文学史和相关研究著作已经将叶适文学成就辟专章、专节予以介绍,这些研究成果从不同的侧面探讨叶适的文学思想、文学批评和文学创作,多有创见,具体体现在以下三个方面。

第一,热衷于对叶适文学思想和文学批评的研究。

在这一方面,分析比较全面的是石明庆《理学文化与南宋诗学》第二章第二节"叶适的学术思想及其诗论"。该书将叶适的诗学思想放在南宋理学发展的背景之内去剖析,符合当时文学生态的实际,并将叶适的诗学观与学术思想联系起来考察,注意到叶适的道统论和诗教观对其诗学理论形成的影响。这些都是对叶适诗学思想研究的有益开拓,但是也存在将学术思想与文学思想之间关系简单化处理的不当,并且对叶适诗学批评的双重标准(道德标准和艺术标准)之间的矛盾没有给出合理的解释,原因在于其对叶适重文思想形成的根源没有清晰的认识。朱迎平《永嘉巨子:叶适传》中对叶适的诗文成就有介绍,由于是面向一般读者的传记,所以作者没有做深刻阐释。杨俭虹的硕士论文《叶适的文学思想与诗文成就》认为叶适基本文学思想为"志""藻""情"三者的统一,不为无理,但是立论稍显率易,论证不够缜密。多数研究者都注意到叶适文学思想和文学批评中"德"与"艺"的关系问题,比如胡雪冈《叶适的文学思想》、陈心浩《文德文术文变——论叶适的文学思想》、李新

---

① (宋)叶适撰,刘公纯等点校:《叶适集·水心文集》卷首,北京:中华书局 1961 年版,第 2 页。

《叶适的中和文艺美学观》等,他们都指出叶适文学创作对德艺兼成的追求,并结合具体作品试图揭示两者之间的内在关联,用以解释叶适文学作品呈现出来的中和之美。赵敏《宋代晚唐体诗歌研究》第四章第三节"叶适与四灵"梳理和比较了文学史上有关叶适与四灵的关系的诸种观点,其中他赞同诗学观念契合是叶适推挽四灵的主要原因的说法,值得商榷。

第二,聚焦于叶适散文研究。

叶适以文著名,散文成为研究其文学的焦点。2000 年,张璟发表于《廊坊师专学报》的"叶适散文思想及创作"一文可算较早的比较重要的成果。文章将叶适的散文思想归纳为"重事功、主义理、反浮艳"和"求横肆、尚元祐、反模拟"两个方面,涉及面多且归纳简括,惜于只是单篇短文,未能展开。闵泽平《叶适文章风格论》从文学思想、文章体裁、艺术风格方面论证了叶适散文"会通"的特点,从一个新的视角对叶适散文进行关照。关于叶适散文风格研究还有刘春霞《叶适散文的"纵横"品质》一文,该文观点主要是针对叶适政论文的艺术特色而发,叶文雄辩、横肆的文风与战国策士的论辩文确有相似之处,但是叶适主张文关政教的创作主旨,与战国策士的功利目的有区别。

朱迎平《宋文论稿》和马茂军《宋代散文史论》从散文史的角度切入,论证叶适散文对南宋中后期散文发展的正面推动意义,朱迎平提出"永嘉文派"的概念,介绍了"永嘉学派"向"永嘉文派"嬗变的过程,强调叶适在其中所起到的关键作用,研究视野更为开阔。马茂军在接受"永嘉文派"这一概念的基础上,对构成这一流派的作家进行了更为系统的研究。永嘉学者薛季宣、陈傅良、叶适在乾淳之际取得过骄人的散文成就,其中真正始终坚持文道并重、有意识承续北宋古文传统的只有叶适,所以"永嘉文派"概念是否能够成立还是需要深入推敲的。

第三,侧重于散文中的政论文和史论文研究。

宋代是中国古代历史散文和科举应试散文最为发达的时

期之一,叶适在这两方面都有建树。孙立尧《宋代史论研究》和吴建辉《宋代试论与文学》是散文研究方法的新尝试,从历史文化学的角度解读古代散文,其中有关部分是叶适史论文研究的最新成果。

《宋代史论研究》以叶适学术著作《习学记言序目》中史论部分为研究对象,孙立尧认为叶适史论特点可归于几点:"一则辨析史事精微,虽与前人史论大异,而其见解则颇为坚确;次则融合义理与事功,理事并举,异于南宋诸儒心性之学;次则议宋事处亦颇多。"①作为叶适的读书笔记,《习学记言序目》是笔记式的随笔记录,均是短文小章,甚或有数句成篇者,也有立意明确、结构完整的篇章。孙立尧的评论切中肯綮,叶适史论文确实有别于一般的史学著作,从义理角度审视历史,用历史经验解析时政是叶适文关政教创作理念的实践。

《廷对》一文为叶适最早赢得文名,但是对科场时文影响最大的还是创作于淳熙十一年(1184)的《进卷》。《宋代试论与文学》专设"叶适进论研究"一节,通过分析比较叶适与苏轼,一方面指出叶适《进卷》对苏轼试论的继承,另一方面从经历、学养和性格等方面解析叶适史论的独特性。作者吴建辉指出苏轼试论最为成功的部分是历史人物论,驰骋捭阖,受纵横家的影响较为显著,叶适的试论善于纵向比较论史,更具史感,融入义理成分较多。

叶适的墓志铭作品在南宋就广受赞誉,被认为可以比肩韩愈、欧阳修。刘春霞《叶适碑志文探析》从叶适碑志文的事功思想、人物刻画、篇章句法技巧等方面总结其艺术特点;张平《叶适碑志文拓新之功榷论》则从叶适女性碑志文数量的增加、试图突破女性碑志文撰写模式以及在碑志文中适当巧妙运用景物描写等角度肯定叶适碑志文创作拓新之功。两文所论均有

---

① 孙立尧:《宋代史论研究》,北京:中华书局2009年4月版,第220页。

见地,但对叶适碑志文创作"辅史而行"主观追求认识不够深刻。

综合以上研究成果可以看出,21世纪的第一个十年,叶适文学研究已逐渐引起学术界的关注,研究成果较多,从思想内容到艺术风格均有涉及,但是总体上依旧显得薄弱,与他的文学成就不太相称。首先,由于叶适的思想家形象深入人心,研究其文学成就往往成为研究其哲学和历史成就的附带行为,在文学研究过程中过分地考虑其学术思想对其文学成就的影响和制约,将两种不同的研究任务混为一谈。其次,普遍表现出对叶适文本不够重视,多为理论先行,不重视文本细读。文学家的文学批评和他的文学创作之间并不是绝对一致的关系,叶适也是如此,比如他推崇永嘉四灵并不表明他自己的创作也只钟情于晚唐一体。只有通过精读文本,才会使文学研究达到全面深入。再次,叶适文学研究中重散文、轻诗歌的局面几乎没有改变,散文研究中存在重视史论文、政论文,轻视记、序文的偏差。以上三点都是我们在本书中努力探索和力求解决的问题。

目 录

前 言 …………………………………………………〔001〕

第一章 叶适生平、交游与文学活动 ………………〔001〕

 第一节 贫匮三世 习文应举 ………………〔001〕
  一、家世贫寒,立志求学 …………………〔001〕
  二、师友相助,科举成功 …………………〔005〕

 第二节 宦海沉浮 文名日盛 ………………〔013〕
  一、文名日盛,党禁落职 …………………〔013〕
  二、北伐失败,以文受祸 …………………〔021〕

 第三节 晚年退居 一代文宗 ………………〔027〕
  一、罢职回乡,亲友凋零 …………………〔027〕
  二、创作高峰,一代文宗 …………………〔031〕

第二章 叶适的"文统"论 ……………………………〔036〕

 第一节 学术思想与文学观 …………………〔036〕
  一、叶适:经、史、文并重的学术思想 ……〔036〕
  二、"洛学起而文字坏"的文学史意义 ……〔041〕

 第二节 接续"文统"的努力 …………………〔052〕
  一、北宋"文统"的创立 ……………………〔052〕
  二、叶适接续"文统"的努力 ………………〔058〕
  三、"永嘉文派"说辩证与叶适新"文统"的流变 ……〔064〕

第三章 叶适的诗学批评 ……………………………〔072〕

 第一节 叶适对《诗经》的批评 ……………〔073〕
  一、对孔子删诗说的批驳 …………………〔073〕
  二、关于《诗经》"小序"的观点 …………〔076〕
  三、以诗立教说 ……………………………〔078〕

第二节 对《诗经》以外历代诗歌批评 ……〔082〕
  一、平视古今的诗学观念 ……〔082〕
  二、叶适与永嘉四灵关系综论 ……〔088〕

第四章 叶适散文研究 ……〔097〕

第一节 叶适对历代散文的批评 ……〔098〕
  一、对历史散文的批评 ……〔100〕
  二、对文学散文的批评 ……〔105〕

第二节 叶适散文创作论 ……〔117〕
  一、以文辅治的创作宗旨 ……〔117〕
  二、求新求变的艺术追求 ……〔124〕

第三节 叶适的散文创作成就 ……〔130〕
  一、以文辅政——横肆、雄放的政论散文 ……〔131〕
  二、以文化俗——优缓、雅洁的记体散文 ……〔143〕
  三、以文辅史——富赡、典重的碑志文 ……〔152〕

第五章 叶适诗歌研究 ……〔165〕

第一节 叶适诗歌题材研究 ……〔165〕
  一、赠别 ……〔165〕
  二、挽诗 ……〔170〕
  三、题纪 ……〔172〕
  四、民风民俗诗 ……〔174〕

第二节 叶适诗歌艺术论 ……〔177〕
  一、方回：叶适"自不工诗" ……〔177〕
  二、刘克庄：高雅、丽密、情深 ……〔178〕
  三、吴子良：精严、高远 ……〔182〕
  四、《宋诗钞》：造境生新、艳而不腻、淡而不枯 ……〔185〕
  五、熔铸唐韵的宋诗格调 ……〔190〕

结 语 ……〔194〕

主要参考文献 ……〔196〕

第一章　叶适生平、交游与文学活动

叶适出生于南宋时期经济发达、文化繁盛的温州瑞安，少年时期随父亲迁居温州永嘉，家境贫寒，早年为寻求人生出路，致力于科举时文创作，后在周必大帮助下获得省试的机会，在殿试中受到吕祖谦的揄扬而高中榜眼，文名也因此大振。叶适入仕以后积极参政，历经仕宦起伏。在绍熙内禅中表现出果断机智的应变能力，在开禧北伐中审时度势，建立奇功，也曾两次抱屈落职，其间创作大量应对奏札及政论、史论文章，内容务实，风格雄肆，有益治道。晚年退居永嘉水心村十六年，将精力投入治学和著文之中，取得丰硕的学术成果，创作了大量文学作品，其文学成就的主要代表碑志文和序记文大多创作于此时，艺术风格也有所转变，呈现优缓雅洁的特点。

第一节　贫匮三世　习文应举

一、家世贫寒，立志求学

叶适长子叶宣和次子叶宷所作《叶文定公墓碑记》记叶适曾祖叶公济曾为太学上舍生。《叶适集》卷十五载叶适门人滕宬为叶适之父叶光祖所作《致政朝请郎叶公圹志》，其中写道："公姓叶氏，讳光祖，字显之。祖公济，游太学无成，赀衰，去处州龙泉,居于温。"① 王安石在熙宁四年(1071)十月设立太学三舍法:将太学诸生分为外舍生、内舍生和上舍生三个等级。外舍升入内舍,再升上舍,都需要经过考试选拔,可见,升入上舍并非易事。位居上舍并不仅仅是学业优秀的证明,更为重要的是经过进一步的考试选拔,上舍生上等者可以直接被授予官职,经常会被授为学官,辅助太学长官管理太学;中等者可免去省试;下等者可免去解试。可以想见,如果叶适曾祖叶公济真的曾经位居上舍,那他至少会获得免去解试的机会。作为不可多得的荣耀,后世子孙怎会略而不书呢? 所以滕宬所言"游太学无成,赀衰"更为可能。

从《叶文定公墓碑记》还能得知叶适的祖父叶振端虽也是读书人,但只是曾在县学就读过而已,其中同样没有获取功名的记录。滕宬《致政朝请郎叶公圹志》甚至对之不置一词。至于叶适的父亲叶光祖的事迹,滕宬记曰:"至公定为永嘉人。公性拓荦,志愿大,困于无地,不自振立。岁既晚,专屏静处,不预人事,味山野之乐而远市朝,服台笠以忘官绅焉。"② 可见这是一个早年志大才疏、晚年安享清福的科场落寞之人,朝请郎的职衔也是因叶适而获赠的。

据上述可知,叶适曾祖叶公济、祖父叶振端、父叶光祖三人均无仕宦显达之迹,至叶适祖父叶振端时家境已经相当破败,居无定所。据《叶适集》二十五卷《母杜氏墓志》云:"叶氏自处州龙泉徙于瑞安,贫匮三世矣。当此时,夫人归叶氏也。夫人既归而岁大水,飘没数百里,室庐什器皆尽。自是连困厄,无常居,随僦辄迁,凡迁二十一所……于是家君聚数童子以自给,多

---

① (宋)叶适撰,刘公纯等点校:《叶适集·水心文集》卷十五,北京:中华书局1961年版,第292页。
② (宋)叶适撰,刘公纯等点校:《叶适集·水心文集》卷十五,北京:中华书局1961年版,第292页。

不继。"①

叶适出生于这种既无祖业又无家学的穷困之家,改变自身命运的唯一途径只能是读书应考,走科举入仕的道路,因此他早年曾经访求名师,致力于科举时文,并且获得了较大的成功。

叶适及其先祖的经历也是当时社会现实的一个缩影。游太学无成的曾祖叶公济和仅在县学读书的祖父叶振端显然都是科举竞争中的失败者。他的父亲叶光祖虽也是一个读书人,但命运似乎比自己的祖父辈更为不济,只能空有志愿,无奈接受"困于无地,不自振立"的境况。自叶公济至叶适四世而下,只有叶适一人最终获取功名,这其中也当存在先辈们多次科场失利积累的经验的帮助,足见科场拼争的激烈程度,这就是宋代读书人生存状态的真实写照。专攻时文以求科第成功是实现人生价值的必经之路,心无旁骛地研习科试文章和词赋是读书人的头等要务,只有荣登金榜之后才有资格抛开这些"敲门砖",即便是名公巨儒也大多不能例外。叶适对此有过一段自述:

> 颇记十五六,长老诘何业,以近作献,则笑曰:"此外学也。吾怜汝穷不自活,几稍进于时文尔。夫外学,乃致穷之道也。"余愧,诗即弃去,然时文亦不能精也。②

叶适此处所谓"外学"是指科举时文、词赋以外的诗文创作。他这种发自兴趣的自由创作,却被"长老"笑称为只能使人致穷的"外学",劝诱他着力时文。在深谙世道的"长老"看来,这才是让人能够立足存活的资本。孝宗乾道至淳熙的三十年是南宋少有的和平时期,由高宗恢复因南渡而中断的科举考

---

① (宋)叶适撰,刘公纯等点校:《叶适集·水心文集》卷二十五,北京:中华书局1961年版,第509页。
② (宋)叶适撰,刘公纯等点校:《叶适集·水心文集》卷二十九,北京:中华书局1961年版,第611—612页。

试,至此又成为读书人博取功名的主战场。叶适出身于下层知识人家,投身于科举是振起家声、荣宗耀祖的唯一途径,但是在近乎惨烈的科场拼斗中脱颖而出绝非易事。叶适的科举征程并非一路平坦,能够最终在淳熙五年(1178)的殿试中高中榜眼,既得益于叶适自身的奋斗,亦得益于师友援助,而母亲杜氏的殷切期许和谆谆教诲可说是叶适能够坚持不辍的最大动力。杜氏具有中国传统女性的坚韧品性,也有着异乎寻常的见识。杜氏嫁入叶家之时,正是叶家最为破败的时候,一场大水让家庭一贫如洗,叶光祖"聚数童子以自给,多不继",生活极为困顿,但是杜氏依然恪守妇道母职,努力持家:

> 夫人无生事可治,然犹营理其微细者,至乃拾滞麻遗纻缉之,仅成端匹。人或笑夫人之如此,夫人曰:"此吾职也,不可废,其所不得为者,命也。"穷居如是二十余年,皆人耳目所未尝见闻者,至如《国风》所称之妇人,不足道也。亲戚共劝夫人曰:"是不可忍矣,何不改业由他道,衣食幸易致。"夫人曰:"然。不可以羞吾舅姑之世也。"夫人尝戒适等曰:"吾无师以教汝也,汝善为之,无累我也。"又曰:"废兴成败,天也,若义不能立,徒以积困之故受怜于人,此人为之缪耳。汝勉之,善不可失也。"故虽其穷如此,而犹得保为士人之家者,由夫人见之之明而所守者笃也。
>
> 乾道八年,夫人生之四十七年也,始得疾甚异,上满下虚,每作,惊眩辄死。某等不知所为,但相聚环旁泣耳。夫人稍定曰:"汝勿恐,吾未死也。"又曰:"吾疾非旦暮愈也,而汝所谋以养者在千里之外。汝去矣,徒守我亡益也。"间独叹曰:"吾虽忍死,无以见门户之成立矣。"①

杜氏嫁入叶门时,叶家虽然已是贫匮三世之家,但毕竟还

---

① (宋)叶适撰,刘公纯等点校:《叶适集·水心文集》卷二十五,北京:中华书局1961年版,第509—510页。

是读书门第,杜氏在直面困境、尽力持家的同时,心中最大的期望可能就是叶适兄弟能够读书出仕,振立家声。当亲戚们劝她改业(或从商)的时候,她认为这是辱没家风,予以反对;她鼓励叶适克服困难,努力向学;当她重病卧床,叶适兄弟不忍离家求学的时候,她晓以大义,支持他们外出求学。杜氏"唯有读书高"的思想是时代风尚的折射,而叶适正是在母亲的激励之下更加发奋苦读,遍交当世名儒,于淳熙五年(1178)四月以进士第二名(榜眼)及第,但是叶适及第并没有让母亲的病情得到缓解,杜氏于同年闰六月二十三日病发辞世。她或许是带着满足离开人世,却将无尽遗憾留给了叶适,正所谓"子欲养而亲不待"。

二、师友相助,科举成功

光绪年间《永嘉县志》卷十四记载叶适"十岁能属文,藻思英发"[①],可谓天资聪颖。大约在绍兴三十年(1160),他结识了永嘉事功学派的代表人物陈傅良,叶适以前辈视之,与之相交近四十年。学术上曾追随陈氏且自有发现,但是使叶适最初服膺陈傅良的却是陈傅良的时文声誉。

陈傅良(1137—1203),字君举,号止斋,温州瑞安人。师从郑伯熊、薛季宣,传永嘉事功之学。楼钥《宝谟阁待制赠通议大夫陈公神道碑》云:"其先自闽徙温州瑞安县帆游乡泝村里,至公八世矣。曾祖靖,祖邦,父彬,皆不仕。父以公贵,累赠朝请大夫,妣徐氏赠令人。朝请邃于《易》,教授乡里,以笃行称。公天分高胜,其于学问心悟神解,而苦志自勉,精力亦绝人,隆师亲友,有不可解于心者。兴化刘复之朔以南省第一人来为司户

---

① (清)张宝琳修,徐顺旗,王志邦,应海龙,高远标点:《永嘉县志》卷十四,北京:中华书局2010年版,第612页。

参军,摄教官,得公程文,以为绝出。公之年甚少也,而名已高。"①《水心文集》卷十六《林正仲墓志铭》:"余为儿,嬉同县林元章家……元章能敛喜散,乡党乐附。诸子自刻琢,聘请陈君举为师,一州文士毕至,正仲、懿仲皆登进士第。"②此时叶适还是十多岁的童子,虽然和陈傅良没有形成正式的师生关系,但陈氏的时文声誉给他留下了深刻印象,以至于叶适在嘉定元年(1208)作《宝谟阁待制中书舍人陈公墓志铭》时,开篇便言及于此:"初讲城南茶院时,诸老先生传科举旧学,摩荡鼓舞,受教者无异辞。公未三十,心思挺出,陈编宿说,披剥溃败,奇意芽甲,新语戁长;士苏醒起立,骇未曾有,皆相号召,雷动从之,虽縻他师,亦藉名陈氏。由是其文擅于当世。"③描绘了隆兴元年(1163)至乾道四年(1168)陈傅良执教永嘉县城南茶院寺时的盛况,虽然叶适后来因为承继薛季宣传授的事功之学辞去教职,并且对此前学教时文有愧悔之意,但是他的新体时文已经成为士子们模习的典范,他的应试论文被誉为"论之祖也"。与陈傅良后来讳言科举时文不同,尽管叶适也对时文四六等科举弊端提出过批评,但是他几乎终身收徒授业,自言晚年退居水心村也曾和前来求学的士子们探讨破题工拙。叶适时文创作取法唐宋优秀古文,并能反映社会现实,强调时文为文有用,是对"以古文为时文"的较好尝试。其与陈傅良的时文成就堪为并驾齐驱,清代永嘉学者孙衣言将以他和陈傅良时文为代表的时文称为"永嘉体"。

迫于生计,叶适自乾道元年(1165)就离开永嘉,到温州乐清县白石北山小学执教谋生,直到淳熙四年(1177),他都是过

---

① 曾枣庄,刘琳主编:《全宋文》卷五九八九,上海:上海辞书出版社;合肥:安徽教育出版社2006年版,第313页。
② (宋)叶适撰,刘公纯等点校:《叶适集·水心文集》卷十六,北京:中华书局1961年版,第311页。
③ (宋)叶适撰,刘公纯等点校:《叶适集·水心文集》卷十六,北京:中华书局1961年版,第298页。

着读书—教书—游学的生活。在此期间对永嘉学派前辈薛季宣的拜访、与永康学派的陈亮订交及问学于理学宗师吕祖谦,对其学术思想的发展和文学创作影响颇深。

在乐清教学的空暇,叶适曾往婺州游学,拜会时任婺州司理参军的薛季宣,薛季宣(1134—1173),字士龙,号艮斋,学者称常州先生,薛徽言之子,为永嘉事功学说的创立者。叶适向他致书问学,薛季宣在《答叶适书》中写道:"执事通百氏诸子之书,可以为博矣;为人师而学不厌,又知所谓约矣……执事秀发妙龄,多闻多识,通于古,明于文,行不自贤,不耻下问,一日千里,吾知方发轫焉。"①叶适作为同乡后辈,其治学门径、求学态度得到了前辈的认可;追求根柢六经、博观约文的文章观,不同于斤斤计较于时文成败的一般士子,因此作为同乡大儒的薛季宣对"秀发妙龄"的叶适的学问文章寄予厚望。叶适与薛季宣交游不多,但是鉴于薛氏当时在温州学术界的地位,他的称誉对叶适来说意义重大。

叶适在淳熙四年(1177)前最重要的交游应该是与永康学派代表陈亮的订交,并且通过陈亮结识了吕祖谦。

陈亮(1143—1194),字同甫,原名汝能,人称龙川先生,婺州永康人。在南宋乾淳年间,儒学中的道学和事功学出现了明显的分野,从两大阵营的简单区分考量,陈亮属于事功学派的学者,但是他与薛季宣、陈傅良等永嘉事功学派学者又有显著不同。后世研究者将薛季宣、陈傅良等人的事功学称为经制之学,其与朱熹的正统道学似乎并非水火不容,比如陈傅良在评论朱熹与陈亮的论辩中就曾承认朱熹学术的正统地位;再有,叶适是公认的继薛、陈之后的永嘉学派的代表人物,但是在乾淳诸老离世之后的宁宗时期,叶适曾被理学家魏了翁视为道学宗师。而陈亮与叶适不同,美国学者田浩将陈亮定确为功利主

---

① (宋)薛季宣撰,张良权点校:《薛季宣集》,上海:上海社会科学院出版社2000年版,第328页。

义儒家代表,并且将他的功利学说视作对朱熹学说的挑战,但是田浩同时指出,陈亮的学术思想经历了倾心道学、离开道学走向功利主义、最终站在道学对立面的过程,而1168年至1177年正是陈亮服膺周、程和张载等理学宗师的阶段,而叶适也是在此期间游学婺州赴永康与陈亮结识。

叶适与陈亮结识的具体年月,因文献不足无法确定,但可以肯定的是在乾道八年(1172)前后。陈亮《祭叶正则母夫人文》写道:"呜呼!昔余识夫人之子于稚年,固已得其昂霄耸壑之气。自其客居永康,每一食未尝不东向悽然,有时继以泪下,曰:'吾家甚贫而吾母病,饮食医药宜如何办?又以劳吾父之心,吾将何以为人子!'"①参看上文叶适之《母杜氏墓志》所记,其母亲杜氏病起于乾道八年(1172),叶适回家侍疾床前,但是母亲坚持让他继续外出求学,陈亮所录叶适之语当发于此时。家庭的极度贫困让叶适不能在母亲病榻前尽孝,令他痛彻心腑,发出愧为人子的悲叹。可能也正是叶适的这种赤子诚心感动了陈亮,在其应举为官的道路上陈亮经常施以援手,帮助年轻的学子渡过难关。叶适能够与当时的学术泰斗、文坛宗主吕祖谦结交,从现存资料判断,陈亮应当是有功于其中的。此时的陈亮潜心周、程和张载的道学,和吕祖谦过从频密,陈亮曾经评价吕祖谦说:"海内知我者惟兄一人。"②陈亮将年少俊逸但是身处困境的叶适引荐给吕氏以图揄扬是很有可能的。从陈、吕两人的来往书信中可以得到一些印证,吕祖谦有言:"正则且得有啖饭处,去岁相聚,觉得其慨然有意,若到雁山,必须过存之也。"③此信作于淳熙三年(1176),吕祖谦与陈亮言及去岁(淳熙

---

① (宋)陈亮撰,邓广铭点校:《陈亮集》(增订本),北京:中华书局1987年版,第440页。
② (宋)陈亮撰,邓广铭点校:《陈亮集》(增订本),北京:中华书局1987年版,第321页。
③ (清)孙衣言撰:《瓯海轶闻》,上海:上海社会科学院出版社2005年版,253页。

二年)与叶适相聚,察语气当是与叶适的初次会面,并将对叶适的初次印象转述于陈亮,可以推测陈亮即是吕、叶相识的作筏之人。而陈亮也在致吕氏的信中提到叶适:"正则来,又承专书,副以香茶之贶,甚珍。"①淳熙五年(1178),叶适应殿试及第,时吕祖谦为考官,陈亮写信给吕祖谦说:"廷试揭榜,正则、居厚、道甫皆在前列,自闻差考官,固已知其如此……正则才气俱不在人后,非公孰能挈而成之?"②宋代殿试也采用糊名、誊录等方式以防止舞弊,所以吕祖谦即使身为考官也难对叶适的及第有多少直接的帮助。陈亮特别指出吕祖谦对叶适的提挈之功,实际上也暗含对自己慧眼识人及引荐之功的肯定。

在叶适的仕途发展过程中,陈亮也给予过有力的帮助。淳熙十三年(1186),《叶文定公墓志》《叶文定公墓碑记》《宋史》均载叶适自浙西提刑司干办公事改宣教郎,任太学正。但是本传说"参知政事龚茂良复荐之,召为太学正",意谓举荐叶适为太学正的人是龚茂良,这是一个显见的误载。《宋史·孝宗本纪》明言,淳熙五年(1178)闰六月,龚茂良卒于英州,距此已有八年之久。那么实际举荐叶适的人是谁呢?据周必大《奉诏录》卷七淳熙十五年(1188)十月二十七日《缴荐士表·再贴黄》:"叶适是王淮用为学官。"王淮(1126-1189),婺州金华人,与陈亮同郡,可能是基于此种关系,陈亮曾上书王淮,力荐叶适:"丞相今日纵未能尽收召天下之人才,当一一知其姓名,某人可当何任,某人可办何事……亮向尝言叶适之文学与其为人,此众所共知,丞相亦尝首肯之矣。此人极有思虑,又心事和平,不肯随时翻覆,既有时名,又取甲科。今一任回,改官,于格例极易拈

---

① (宋)陈亮撰,邓广铭点校:《陈亮集》(增订本),北京:中华书局1987年版,第322页。
② (宋)陈亮撰,邓广铭点校:《陈亮集》(增订本),北京:中华书局1987年版,第321页。

掇,丞相若拔擢而用之,必将有为报效者。"①可见陈亮举荐叶适不遗余力,并且取得实效。

陈亮看重叶适的人品和才学,"极有思虑,又心事和平,不肯随时翻覆"的评价符合叶适的为文和为人特点。叶适对陈亮极力推挽自己心存感激,对陈亮的文学才华也赞赏有加,也曾受到过陈亮政论文风的影响。他在《龙川集序》中说:"同甫文字行于世者,《酌古论》《陈子课稿》《上皇帝四书》,最著者也。"②《书龙川集后》又说:"同甫集有《春秋属辞》三卷,放今世经义破题,乃昔人连珠急就之比,而寄意尤深远。又有长短句四卷,每一章就,辄自叹曰:'平生经济之怀,略已陈矣!'余所谓微言,多此类也。若其他文,海涵泽聚,天霁风止,无狂浪暴流,而回漩起伏,萦映妙巧,极天下之奇险,固人所共知。"③陈亮钟情于军事、修皇帝王霸之学,学术品格激扬慷慨,植根现实,重功利不重动机,其《酌古论》等史论文偏重议论古今人物在军事决策方面的得失,纵横家习气甚浓。叶适虽重事功,但并重义理,因此对陈亮的学术思想并不十分认同,但是欣赏陈亮纵横捭阖的文风,该文风在其政论文创作中有所体现,叶文形成"雄赡"和"横肆"的特点,与陈亮不无关系。

叶适与吕祖谦于淳熙二年(1175)结识,淳熙八年(1181)吕祖谦病逝,相交时间并不长,但是这段经历对叶适的学术思想和文学创作实有影响。吕祖谦与朱熹、张栻并称"东南三贤"、理学宗师,广博容众是他的学术特点,但他对待科举时文的态度不像朱熹那样严苛,讲学授徒不仅传授道学性理,同时兼授科举文章之学,这可能也是他能接纳当时正为科举仕途奔忙的

---

① (宋)陈亮撰,邓广铭点校:《陈亮集》(增订本),北京:中华书局1987年版,第309—310页。
② (宋)叶适撰,刘公纯等点校:《叶适集·水心文集》卷十二,北京:中华书局1961年版,第207页。
③ (宋)叶适撰,刘公纯等点校:《叶适集·水心文集》卷二十九,北京:中华书局1961年版,第597页。

叶适的原因。叶适《与吕丈书》说:"去冬之书,辄自陈道。大抵以乍出坑谷,忽见天地日月,不觉欣跃惊诧,过于高快。自接报报,益用力其间,乃知天地尽大,日月尽明,缉熙工夫无有穷已,其智愈崇,其礼愈卑,向时平实之语,乃今始知味矣。更惟有以进之,不胜颙俟。"①从这段话可以看出,叶适初见吕祖谦时,可能显露出了少年才俊的好高骛远之态,在吕祖谦的劝诱之后,认识到缉熙功夫的重要性,追求学问当以平实为宗,平实之语才是最为有味之言。叶适兼容义理的事功思想的形成当与此时问学于吕氏有关。

毋庸讳言,叶适拜识吕祖谦,应当还存在为自己的科举之路做铺垫的意图。吕祖谦虽然身为理学宗师,但同时也是科举时文大家,需要提及的是,南宋乾淳时期的时文创作是继欧苏以后的又一个高峰,学术与时文的融汇是这一时期科举应试文的特点。即使轻视科举时文的朱熹、陆九渊等人为了传播学术也不能与科举时文决裂,而吕祖谦更是主动地倡导利用创作科举时文团结士子,他本人在乾道四年(1168)就创作了《东莱博议》那样的时文教科书,在应试举子中广为流传。叶适曾经回忆与吕祖谦论学析文的情形:"某往从吕丈伯恭道欧公初为执政时,言不思而得,与既得而不患失。吕丈曰:'至论也。'某云:'只为不合有侵寻做官职之意。'吕伫思久之,曰:'此说太高。'所论竟不决而罢。"②这是二人对欧阳修得失观的探讨,叶适的态度正如上文所言的"过于高快",而吕氏之言则相对平和。叶适晚年授徒的时候,仍然回想起当年吕祖谦指导自己作文的情景。吴子良《荆溪林下偶谈》记载:"水心与箦窗论文至夜半,

---

① (宋)叶适撰,刘公纯等点校:《叶适集·水心文集》卷二十七,北京:中华书局1961年版,第548页。
② (宋)叶适撰,刘公纯等点校:《叶适集·水心文集》卷二十九,北京:中华书局1961年版,第603页。

曰：'四十年前曾与吕丈说。'吕丈，东莱也。"①吕祖谦对叶适的文章给予过极大的称赏，叶适曾经自豪地回忆吕祖谦对他殿试《廷对》的评价："东莱吕氏评余《廷对》，谓自有策以来，其不上印板即不可知，已上印板皆莫如也。"②

  叶适离家别亲读书游学，结交名儒巨贤，直接目的当是希望能使自己的科第之路平坦一些，陈亮和吕祖谦对叶适的奖掖对其无疑是大有助益的。但是宋代已经没有唐代的"行卷"和"通榜"风气，一般士子必须经过州府解试—省试—殿试三级考试，州府解试是第一道难关，对于叶适而言尤其如此。因为南宋时期温州经济发达，读书应举之风甚盛，而朝廷给温州的解额（解试合格数）又特别少。刘宰《上钱丞相论罢漕试太学补试札子》说："顾今天下士子多而解额窄者，莫甚于温、福二州……温州终场八千人，合解四十名，旧额十七名。"③录取比例近二百比一，因此有势力的士子为了获取发解资格，极尽钻营请托之能事，叶适出身低微，想要通过州府解试非常困难。但是南宋解试方法除难度最大的州府解试以外，还有一种解额较宽的"漕试"，亦称"牒试"，是转运使司为照顾本路现任官员子弟，五服内亲属以及寓居本路士人、有官文武举人、宗族子女等而设的考试，其解额比例高达七比一。叶适就是在淳熙四年（1177）由时任翰林学士的周必大以门客名义推荐，参加两浙东路转运使司"漕试"，得以"发解"，周必大《与王才臣书》记曰："前年秋，偶见温州叶适者，文笔高妙，即以门客牒漕司。适会有石司户识见颇高，遂置前列……叶行年三十（当时叶适年龄二十八岁），在乡曲未尝发荐，以此知遗才甚多。"④周必大认识到叶适

---

① 王水照主编：《历代文话·荆溪林下偶谈》，上海：复旦大学出版社2007年版，第562页。
② （宋）周南：《山房集》卷七，文渊阁四库全书本。
③ 曾枣庄，刘琳主编：《全宋文》卷六八二一，上海：上海辞书出版社；合肥：安徽教育出版社2006年版，第172页。
④ （宋）周必大：《周文忠公全集》，文渊阁四库全书本。

虽然"文笔高妙",但很难得到"发解"的机会。实际上,不合理的科举制度使得很多像叶适这样的"遗才"被湮没。

叶适的科举之路是坎坷的,但他又是幸运的,通过自己的努力,在与陈傅良、陈亮、吕祖谦、周必大等名公巨儒的交往中,增进了学问,锻炼了作文技法,并实现一个重要目标——走上仕途,揭开人生崭新的一页。

第二节　宦海沉浮　文名日盛

一、文名日盛,党禁落职

叶适在中举之前受到陈亮和吕祖谦等人的推挽,其文章才华在当时已经小有名气;高中榜眼也是缘于他《廷对》的见识、文采的出众,加上吕祖谦的称扬,叶适的文名因此大有提升。自淳熙八年(1181)至淳熙十二年(1185)任浙西提刑司干办公事,聚徒讲学,并且创作了两组重要的政论文章:《进卷》和《外稿》,文名远播;自淳熙十三年(1186)入朝为官至嘉定元年(1208)落职回到永嘉水心村,其间经历绍熙内禅、庆元党禁、开禧北伐等政治、军事动荡和个人的仕宦沉浮;永嘉学派的学术文章也一度在朝野产生重要影响。叶适作为永嘉学者,其最为时人推重的是他的文章才能,与陈傅良一起在科场文坛享有盛誉。叶适文名日盛,应人之请创作了大量的墓志铭;任职朝廷敢于独抒己见,上书直谏,为官地方乐于兴学勤政,有文风独特的学记和美政序记文传世。

《四朝闻见录》甲集"胡纮李沐"条:"(胡纮)道出衢,从太守觅舟,客次偶与水心先生遇,时犹未第。纮气势凌忽,若宿与之不合者,厉声问先生曰:'高姓仙里?'先生应之曰:'永嘉叶适。'纮又诘之曰:'足下何干至此?'先生对曰:'亲病求医。'纮笑,以手自摇紫窄带,叹曰:'此所谓亲病在床,入山采药。'先生怃然,莫知其所以见讶者。会太守素稔先生名,遂命典谒语胡小竢,先请叶学士。胡尤不平。"①胡纮对境况困窘的叶适倨傲不敬,原以为郡守会先接待自己,孰料郡守"素稔先生名",而让胡纮等待,此时叶适乃一介书生,能够赢得尊重的原因只能是他出众的文名学行。

淳熙五年(1178)四月,叶适参加省试,以治《礼记》高中,仍据《四朝闻见录》乙集载:"水心本为第一人,阜陵览其策,发有'圣君行弊政,庸君行善政'之说。上微笑曰:'即是圣君行弊政耶?即是庸君行善政耶?'有司遂以为亚。"②也就是说叶适省试结束位列第一名,殿试时在孝宗复核后被移至第二名。南宋殿试名为皇帝亲自主持的考试,实际上大多数情况下还是由皇上指定的考官们施行其事,不过皇帝对考试结果略作调整是有可能的。时任殿试考官的吕祖谦在《与陈同甫》中说:"廷对四方,极有忠言,大抵皆在甲乙科。既经乙览,惟就前五名中,略加次第,其余悉仍有司之旧。"③可见叶绍翁所说不是虚言。叶适《廷对》受到吕祖谦的褒奖并且上印板印行,在朝野和士林流传,其文名必当因此大振。周必大就称赞叶适的《廷对》:"切时要论,自是一家。"④

淳熙五年(1178)六月,叶适回家省亲,母亲杜氏在二十三日病亡,刚被授予文林郎、镇江府推官的叶适即在家丁忧守制。淳熙八年(1181),擢授浙西提刑司干办公事,任所在今天的苏州。这是一个官阶不高、责任不大的属官,没有多少公事可办,《故大理正知袁州罗公墓志铭》自述其时情况:"始余游吴,为宪

---

① (宋)叶绍翁撰:《四朝闻见录》,北京:中华书局1989年版,第17页。
② (宋)叶绍翁撰:《四朝闻见录》,北京:中华书局1989年版,第62—63页。
③ (宋)吕祖谦撰:《吕东莱文集》卷五,北京:中华书局1985年版,第113页。
④ 周必大:《周文忠公全集》卷二五,文渊阁四库全书本。

属……然余旦旦挟书坐曹,帖牒漫不省,胥吏顾失笑。"①《祭刘公实侍郎文》也说:"昔我官吴,事公为属。且戆且拙,无一可属。手书一卷,随吏后先。公顾而笑,如是积年。"②可能身为低级属官施展抱负无从谈起,加上多年读书求学的习惯,初为官属的叶适似乎并不适应从政之后的生活,而是依然保持手不释卷的读书人姿态。

此时的叶适可以说以文名闻天下,四方前来从学者甚众,他就在苏州蔀门设教。赵希道《超然堂记》:"水心叶先生负天下重名。淳熙十年宾浙右提点刑狱,幕士争宗之。"③《水心文集》卷二十五《孟达甫墓志铭》云:"蔀门幽寂,红药被野如菜,俊流数十,论杂捷起。"④没有官司俗务缠身,叶适才有可能与数十俊流徜徉于幽寂的蔀门,论辩于被野如菜的红药之中。在讲学的空暇,叶适创作了一组与苏州风物有关的诗歌,有《超然堂》《灵岩》《蔀门》《齐云楼》《虎丘》《北斋》《题椿桂堂》等。在追随叶适游学的"俊流"之中,有吴县孟猷(字良甫)、孟导(字达甫)兄弟,有后来文才出众的周南(字南仲)及以武学建功的厉详(字仲方)。

在担任浙西提刑司干办公事的将近五年的任期内,叶适并没有满足于徜徉苏州山水美景和读书授徒的闲适生活,更不可能无视南宋小朝廷仅存半壁江山、偏安一隅的耻辱现状。在孝宗富国强兵国策的激励下,变弱图强、收复失地几成士大夫的共识,他们从各自的学术立场提出不同的治国强国方案。叶适就是在这样的政治背景下,利用事务不多、时间充裕的有利条

---

① (宋)叶适撰,刘公纯等点校:《叶适集·水心文集》卷二十三,北京:中华书局1961年版,第455页。
② (宋)叶适撰,刘公纯等点校:《叶适集·水心文集》卷二十八,北京:中华书局1961年版,第576页。
③ 清同治《苏州府志》卷一三三。
④ 叶适撰,刘公纯等点校:《叶适集·水心文集》卷二十五,北京:中华书局1961年版,第495页。

件,根据自己对时局的观察,结合历史得失教训,覃思熟虑,纵论经史,剖析现实,创作了两组体大思精的政论文章,分别是淳熙十一年(1184)的《进卷》和淳熙十二年(1185)的《外稿》。《进卷》是为应制举而作,《外稿》是在即将离任赴京面圣,为备皇上垂询而作,都是有为而发。《进卷》一出,即在科场文坛广为流传,被士子们奉为典范;《外稿》由于整理编订较晚,其流传则盛于嘉定年间。

前文已述,淳熙十三年(1186),叶适浙西任回改官,因陈亮的力荐,王淮用为学官,改宣教郎,任太学正。虽然官阶不高,但是太学是全国最高的教育机构,学官通过颁行教材,改革考试内容、引导学术倾向等方式,有可能主导全国的学风。宋代行文治,重太学,因此选拔学官也多以鸿儒硕士为之,叶适早有文名,《廷对》一文对策精切,《进卷》享誉士林,因而是极为合适的人选。

淳熙十四年(1187),叶适升任太学博士,获得了"轮对"的机会,并向宋孝宗呈奏了著名的《上殿札子》。所谓"轮对",见于赵升《朝野类要》卷一:"自侍从以下,五日轮一员上殿,谓之轮当面对,则必入时政或利便札子。"①"轮对"是宋代一种制度性的面圣上奏的方式,官员能够直接面对皇上,直陈无隐地表达自己的心胸抱负、治国方略,叶适显然对此非常期待,将自己长期以来对国是的思考和盘托出,洋洋四千余言一气呵成。在文末他说道:"臣昼诵夜思,审观天意,稽考人事,十五年矣,今日始得对清光,发绪论,陛下加听之,愿反复诘难以究其始末,非独臣之幸,天地祖宗之灵所以望于陛下也。"②叶适自言今日的"轮对"是他十五年来"昼诵夜思,审视天意,稽考人事"的结

---

① (宋)赵升撰,王瑞来点校:《朝野类要》卷一,北京:中华书局1985年版,第2页。
② (宋)叶适撰,刘公纯等点校:《叶适集·水心文集》卷十五,北京:中华书局1961年版,第836页。

晶,绝非一时冲动之言,所言不是虚夸。因为淳熙元年(1174)他曾经上书当时的签书枢密院事叶衡,畅论天下大势和治乱之道,即《上西府书》。在奏折中称自己已经"在京逾年",可知他在乾道九年(1173)的时候曾游历京师,希望能够得到施展抱负的机会,距今确已十五年了。《上殿札子》中的一些观点即发轫于《上西府书》。

《上殿札子》的思想基点是"一大事而已",即"二陵之仇未报,故疆之半未复",还表达了希望进一步为孝宗出谋献策的意愿。叶适此次离职入京,带来了精心结撰的《外稿》,介绍了更为具体、更为全面的治国之策,但是让叶适失望的是,此时的宋孝宗已经没有了即位之初的风发意气了。《宋史》记录说:"读未竟,帝蹙额曰:'朕比苦目疾,此志已泯,谁克任此,惟与卿言之耳。'及再读,帝惨然久之。"①宋孝宗的复仇志向,经过即位之初的军事败绩和高宗投降政策的长期掣肘已经几乎被消磨殆尽,叶适的慷慨陈词也不能将之唤起,只能让他觉得无奈。但叶适的恢复之志并未因孝宗的冷漠而消亡,因为他忧虑的并非仅是"二陵之仇",让他更为挂怀的还有饱受苦难的百姓,叶适在《高宗皇帝挽词二首》中写道:"遗民犹望幸,泪血洒中原。"②

淳熙末年叶适入朝为官之时,正是道学与反道学两股势力论战正酣的时候。

淳熙十五年(1188)六月,反道学集团首领王淮罢相,其余党陈贾上书请禁道学,《道命录》卷五《陈贾论道学欺世盗名乞摈斥》:"臣窃谓天下之士,学于圣人之道,未始不同,既同矣,而谓己之学独异于人,是必假其名以济其伪者也……臣伏见近世缙绅士夫有所谓道学者,大率类此,其说以谨独为能,以践履为

---

① (元)脱脱等撰:《宋史》卷四三四,长春:吉林人民出版社1995年版,第8941页。
② (宋)叶适撰,刘公纯等点校:《叶适集·水心文集》卷七,北京:中华书局1961年版,第89页。

高,以正心诚意、克己复礼为事。"①另据《孝宗本纪三》:"(淳熙十五年)癸酉,以新江西提点刑狱朱熹为兵部郎官,熹以疾未就职。侍郎林栗劾熹慢命,熹乞奉祠。太常博士叶适论栗袭王淮、郑丙、陈贾之说,为'道学'之目,妄废正人。诏熹仍赴江西,熹力辞不赴。"②实际上,林栗弹劾朱熹是因为之前两人论《易》和《西铭》时有所不和,因而借故诬陷,他说:"熹本无学术,徒窃张载、程颐之绪余,为浮诞宗主,谓之道学。"③叶适在《辨兵部郎官朱元晦状》中针锋相对地驳斥:"至于其中'谓之道学'一语,则无实最甚。利害所系,不独朱熹,臣不可不力辩。盖自昔小人残害忠良,率有指名,或以为好名,或以为立异,或以为植党。近创为'道学'之目,郑丙倡之,陈贾和之,居要津者密相付授,见士大夫有稍慕洁修,粗能操守,辄以道学之名归之。"④

叶适此状并非仅关涉朱熹一人祸福,亦非只为道学正名,主要是因为林栗之流党同伐异的做法损害了学术的自由精神,所谓"积在厉阶,将害大体尔",所论实是出于公心。叶适受吕祖谦的影响较大,早期曾部分接受道学思想,但他没有走向格物致知、正心诚意的性理之学的道路,而是始终以经世致用之学为旨归。不过,叶适和陈傅良为代表的永嘉事功学说与朱熹道学之间的矛盾并非不可调和,事实上叶适和陈傅良在坚持事功立场的同时还是有倾向道学一面的。而朱熹也以"吾党"为号召,将包括陈亮、陈傅良、叶适在内的浙学人士都纳入道学阵营之中,将他们的不同学术观点都看作"吾党"内部出现的思想偏差,并极力劝导他们。同时,除陈亮以外,叶适、陈傅良等人都没有正面与朱熹展开过论辩,对朱熹的诘难基本保持回避

---

① (宋)李心传撰:《道命录》卷五,知不足斋丛书本。
② (元)脱脱等撰:《宋史》卷三十五,长春:吉林人民出版社1995年版,第429页。
③ (宋)李心传撰:《道命录》卷五,知不足斋丛书本。
④ (宋)叶适撰,刘公纯等点校:《叶适集·水心文集》卷二,北京:中华书局1961年版,第19页。

的态度。永嘉学派诸子如叶适、陈傅良、蔡幼学等在当时的党争中是以道学力量同盟者的身份出现的。绍熙五年(1194)绍熙内禅之后,赵汝愚为与韩侂胄抗衡,引道学人士以助己,将道学领袖朱熹从潭州召至临安。《朱子年谱》记云:"(朱熹)及至六和塔,永嘉诸贤俱集,各陈所欲施行之策,纷然不决。先生曰:'彼方为几,我方为肉,何暇议及此哉!'"①在斗争形势已呈"山雨欲来风满楼"之势的时候,叶适等永嘉学派诸子还在积极地为朱熹出谋划策。

叶适与朱熹弟子林湜和詹体仁相交甚深,并且与他们站在一起与反道学势力周旋。《水心文集》卷十九《中奉大夫直龙图阁司农卿林公墓志铭》:"余昔与公(即林湜)及詹元善同在太常,续炬纵语。"②绍熙五年(1194)十月,朱熹上《山陵议状》对反道学阵营主张置孝宗陵寝于绍兴提出异议,双方为此展开激辩,《四朝闻见录》记载叶适在这场论辩中的表现:

> 及刘(德秀)为大理司直,会治山陵于绍兴,朝议或欲他徙。丞相留公正会朝士议于其第,刘亦往焉。是早至相府,则太常少卿詹体仁元善、国子司业叶适正则先至矣。詹、叶亦晦翁之徒,而刘之同年也。二人方并席交谈,攘臂笑语,刘至,颜色顿异。刘即揖之,叙寒温,叶犹道即日等数语,至詹则长揖而已。揖罢,二人离席默坐,凛然不可犯,刘知二人之不吾顾也,亦移席别坐。……诸公复向赵汝愚第议之。至客次,二人忽视刘曰:"年丈何必尔耶?"刘对曰:"愚见如此,非敢异也。"既而刘辩之如初,易地之议遂格。刘因自念曰:"变色而离席,彼自为道学,而以吾为不知臭味也,虽同年如不识矣。至枢府而呼年丈,未尝不

---

① 朱熹撰,朱杰人、严佐之、刘永翔主编:《朱子全书》,上海:上海古籍出版社;合肥:安徽教育出版社2010年版第27册,第368页。
② (宋)叶适撰,刘公纯等点校:《叶适集·水心文集》卷十九,北京:中华书局1961年版,第376页。

知也。矜己以傲人,彼自负所学也,而求私援故旧,则虽迁易梓宫勿恤也。假山陵以行其私意,何其忍为也!曰曾,曰詹,曰叶,皆以道学自名,而其行事若此。皆伪徒也,谓之伪学何疑?"未几,刘迁御史,于是悉劾朱氏之学者而尽逐之,伪学之名自此始。①

平心论之,朱熹提出更易孝宗陵寝有出于党派斗争意气用事的成分。从上述材料可以感觉到,道学一派在朱熹的号召下,追求性理,轻视实务,因而集团成员也具有较强的道德优越感和排他意识,有时甚至发展到自命不凡、有失官场礼仪的地步。詹体仁和叶适的清高和傲慢激怒了刘德秀,在任职御史之后他们给予道学派重重一击,在刘德秀看来,叶适是不折不扣的道学党。从文中叶适与詹体仁同声出气的表现来看,也不能不令人作如是观,加上之前为朱熹辩诬的宏文,在绍熙宫廷政变中为赵汝愚献计献策,这也都被反道学势力当作叶适倾心道学的佐证,因此叶适在庆元党禁中遭受株连。《宋会要辑稿》七三:"同日,朝请郎、试太府卿、总领淮东军马钱粮叶适降两官,放罢。以臣僚言适阿附权臣,过从伪党,诬蔑君上。"②庆元三年(1197),道学之禁升级,被置伪学之藉,凡五十九人,叶适名列其中。

本来给叶适赢得声誉的《进卷》现在成了罪证,并且和陈傅良的《待遇集》一起遭到劈版。有意味的是,朱熹在得知《待遇集》和《进卷》被毁的消息时说"毁板,亦毁得是"③,一直以来,他不满陈傅良和叶适不能真正皈依道学,认为他们传授科举时文是诱导士子舍本逐末,见利忘义。对于叶适和他的《进卷》朱熹

---

① (宋)叶绍翁撰:《四朝闻见录》,北京:中华书局1989年版,第151—152页。
② 刘琳、习忠民、舒大刚校点:《宋会要辑稿》,上海:上海古籍出版社2014年版,第5012页。
③ (宋)黎靖德编,王星贤点校:《朱子语类》卷一百二十三,北京:中华书局1986年版,第2967页。

说过:"叶正则说话,只是杜撰,看他进卷,可见大略"①,叶适、陈傅良等崇尚的浙学,在他看来都是必须纠正的学术异端。

参与绍熙内禅是叶适政治生涯的第一个高峰,《宋史》本传、《四朝闻见录》《齐东野语》等史料都曾言及叶适在这场宫廷政变中所起的作用,但是叶适很快就被抛入了低谷,庆元党禁对叶适来说是一次沉重的打击。庆元四年(1198),据《叶文定公墓碑记》载:"差管冲佑观,朝奉大夫。"叶适于本年回到永嘉,定居于永嘉县城郊生姜门外、松台山下的水心村。此时,陈亮已经辞世,永嘉学派诸子也大都罢官奉祠,道学受到打压,一度引领风气的永嘉学派诸贤也归于沉寂,漂泊半生的叶适在水心村暂时收起一腔报国之志,过起了"难得"的闲适生活。《水心即事六首兼谢吴民表宣义》就是对这一时期生活的真实写照,其中有两首诗这样写道:

我久无家今谩归,卖田买宅事交违。填高帮阔为深费,柱涉檐低可厚非。

虽有莲荷浸屋东,暑烦睡过一陂红。秋来人意稍苏醒,似惜霜前零乱风。

前一首是说长久宦游没有顾得上整治家业,也没能积累多少资财,如今只为安居,尚需卖田买宅,虽稍显无奈,但也能安然处之。后一首以所居之西湖美景为素材,言屋东一陂红艳的莲荷,在酷暑之时未曾留意它的美好,当零乱秋风乍起的时候,稍稍苏醒,不禁爱惜那一片热闹的艳红荷花了。此诗亦是一时之兴,联系诗人此时失意寂寥的境况,其中或许隐含若有若无的寄托。

二、北伐失败,以文受祸

嘉泰元年(1201),叶适复官,除湖南路转运判官,这时伪学

---

① (宋)黎靖德编,王星贤点校:《朱子语类》卷一百二十三,北京:中华书局1986年版,第2967页。

之禁开始松动。韩侂胄兴起庆元党禁,打压赵汝愚集团,从历史客观事实分析,原因并非韩侂胄对道学有先天的厌恶,而是赵汝愚在绍熙政变之后不听叶适等人的劝告,没有客观地对韩侂胄论功行赏且独揽大权,即如张端义所言:"韩侂胄柄国,皆由道学诸公激之使然……宁庙即位,诸公便掩侂胄一日之劳,嗾台谏给舍攻其专辄之罪。此时侂胄本不知弄权怙势为何等事,道学诸公反教之……及至太阿倒持,道学之祸起矣。"①所以随着反道学骨干力量胡纮、刘德秀、何澹等或免职或离任,韩侂胄也对党禁有所厌倦,而且此时他已开始做北伐的准备,叶适和一贯主张抗金的永嘉学者如薛叔似、陈谦等都陆续被起用。《宋史》编纂者尊尚道学,对韩侂胄主张北伐持完全否定的态度,认为韩侂胄欲"立盖世功以自固"。这是以成败论英雄的论调,自有偏颇,也因此对叶适参与韩侂胄北伐颇有微词,本传提及:"适志意慷慨,雅以经济自负。方侂胄之欲开兵端也,以适每有大仇未复之言重之,而适自召还,每奏疏必言当审而后发,且力辞草诏。第出师之时,适能极力谏止,晓以利害祸福,则侂胄必不妄为,可免南北生灵之祸。议者不能不为之叹息焉。"②

可能是淳熙十四年(1187)叶适力主恢复中原的《上殿札子》给韩侂胄留下了深刻印象,与此同时乾淳诸老渐次离世,叶适擅文并且享有极高学术声望,韩侂胄确有借叶适的文才誉望来为北伐制造舆论的想法。他希望叶适能够接受直学士院之职,为北伐草拟诏书,《建炎以来朝野杂记》:"韩侂胄将举兵,先以叶正则直学士院,盖藉其名使草出师诏也。正则谕其意,坚辞至三四,不受。于是用李璧草之。"③《荆溪林下偶谈》"水心荐

---

① (宋)张端义:《贵耳集》卷一下,北京:中华书局1958年版,第63页。
② (元)脱脱等撰:《宋史》卷四三四,长春:吉林人民出版社1995年版,第8944页。
③ (宋)李心传撰:《建炎以来朝野杂记》第十册,扬州:江苏广陵古籍刻印社1981年版,第8页。

周南仲"条也有类似记载:"韩侂胄当国,欲以水心直学士院,草《用兵诏》,水心谢不能为四六。易彦章见水心,言:'院吏自有见成本子,何难?'盖儿童之论,非知水心者。"①

叶适不肯接受直学士院之职,拒绝为出师草拟诏书,当是出于以下两点考虑:

首先,吸取绍熙内禅和庆元党禁的教训,不愿意再冒因文受祸的风险,在庆元党禁中,政敌打击他时就对准了他的"文名"。《宋史》本传记录他在绍熙内禅中的作用时曾说:"凡表奏皆汝愚与适裁定,临期取以授仪曹郎,人始知其预议焉。"这就是他在党禁中被劾为"阿附权臣"的根据之一,所以叶适可能因此而心有余悸。

其次,叶适对韩侂胄贸然出兵北伐是有异议的,虽然他从根本上支持北伐恢复故土,但是具体策略与韩侂胄的有着很大的分歧。他曾经向韩侂胄阐述自己的战略思想,认为北伐不可轻举妄动,但是韩侂胄没有听从。

叶适复出之后,分别于嘉泰三年(1203)和开禧二年(1206)两次共上宁宗皇帝六札。其中嘉泰三年第一札最能反映他经历了庆历政治风波之后的思想状况。在这篇札子中,叶适开篇即说:"臣闻欲占国家盛衰之符,必以人材离合为验。"强调人才对于国家兴盛的重要性。这其实不能算作新奇独到的见解,叶适此言实际是鉴于党争对人才带来的人为戕害,由此心生感慨。他提醒宁宗珍惜人才的实际行动就是希望宁宗能够调和党派矛盾,避免再次发生庆元党争那样的内耗力量之事。他说:

> 臣闻治国以和为体,处事以平为极。和如庖人之味焉,主于养口而无酸醎甘苦之争也;使犹有酸醎甘苦之争,则非和矣。平如工人之器焉,主于利用而无痕迹节目之累也;若犹以痕迹节目为累,则非平

---

① 王水照主编:《历代文话·荆溪林下偶谈》,上海:复旦大学出版社2007年版,第566页。

矣。……仁宗初年,尝有党论。至和、嘉祐之间,昔所废弃,皆复湔洗,不分彼此,不问新旧,人材复合,遂为本朝盛时。①

在淳熙十四年(1187)上《上殿札子》之时,叶适意气风发,环视宇内,几乎没有能被他认可的人才:

> 然而童贯逃师于始至,种师道玩寇于被围,李纲失守于太原,李回扫迹于河上,黄潜善不知南渡,杜充未战迎降,赵鼎持重,迄无定算,张浚经略,屡致奔溃。……贤佞虽异,败事岂殊!②

在当时的叶适看来,国内几无可用之材,不禁喟叹:"此则人材之难三也。"彼时他甫登庙堂,平视群贤,意气昂扬,经历近二十年的仕宦沧桑,他所期待的"杰材异禀,克就勋绩者"并没有出现,国家命运也没有发生实质的变化。这虽然没有让他气脉衰歇,但是让他认识到,更好地聚合人才、爱惜人才是治国强国的良药秘方。这可能也与历经党禁、知友飘零带来的深切感悟有关,所以当韩侂胄意欲北伐并且迫切希望得到叶适支持的时候,叶适没有率然允诺,而是冷静地分析时局形势,告诉韩侂胄"是未可易言也"③。并在开禧二年(1206)连上三札,反复申说理由。

这三札可视作一篇来看,叶适首先表明"甘弱而幸安者衰,改弱以就强者兴"的态度,承认发动北伐恢复故土是应当的,但是"必先审知今日强弱之势而定其论,论定而后修实政,行实德,如此则弱果可变而为强"。叶适通过分析认为北伐此举实际上是"移迫动应久之兵而为问罪骤兴之举,作东南幸安之气

---

① (宋)叶适撰,刘公纯等点校:《叶适集·水心文集》卷一,北京:中华书局1961年版,第2页。
② (宋)叶适撰,刘公纯等点校:《叶适集·水心文集》卷十五,北京:中华书局1961年版,第832—833页。
③ (清)黄宗羲撰:《宋元学案》,北京:中华书局1986年版,第1739页。

而催女真素锐之锋",具有相当大的风险,"故必备成而后动,守定而后战"。①

韩侂胄和宁宗都没有采纳叶适的建议,而战事的发展证明了叶适的判断和担忧是正确的。南宋军队开战初期的小胜并没有能够持续多久,很快,东线和中线就开始全面溃败,南宋军政腐败、将帅乏人、军队战斗力弱等劣势暴露无遗,而西线吴曦的叛变更使得形势雪上加霜。韩侂胄焦头烂额之际,起用了老臣叶适出任宝谟阁待制、江东安抚使、知建康兼行营留守之职。

叶适在接任之时,人心动摇,长江北岸军民如惊弓之鸟,一有风吹草动即争相逃渡江南。叶适详考前后案牍及前任守官采取的诸种措施,认为被动防守无法稳定军心、民心。于是大胆采用劫营偷袭的方法,招募勇士袭渡江北,"凡十数往返,取其俘馘,系累以报,江南奋气,见者贾勇,而人心始安,虏亦由此卷甲遁矣。"②

叶适在防守策略上强调以江北守江,而不是被动地退守江南。而以江北守江的前提是在江北建立稳固的军事基地,否则,一旦战事起时,渡江之兵就会"江北无家,基寨无所驻足"。③叶适这种主动防御的思想在《定山瓜步石跋三堡坞状》中有详尽阐述,他在《安集两淮申省状》中指出朝廷应该措置屯田、安集两淮流民,使"边面牢实,虏人不得逾越,所以安其外也"④,意在建立更为广阔的根据地。叶适在实战中展现出智勇果敢的将才,并且具备远见卓识,为恢复北方失地筹划长久之计。前

---

① (元)脱脱等撰:《宋史》卷四三四,长春:吉林人民出版社1995年版,第12892页。
② (宋)叶适撰,刘公纯等点校:《叶适集·水心文集》卷二,北京:中华书局1961年版,第13页。
③ (宋)叶适撰,刘公纯等点校:《叶适集·水心文集》卷二,北京:中华书局1961年版,第13页。
④ (宋)叶适撰,刘公纯等点校:《叶适集·水心文集》卷二,北京:中华书局1961年版,第11页。

面所提到的两篇奏状不是空言性理的道学家愿意写或能够写的,务实的事功思想是创作它的心理本源,周详细密是此类时务政论的特点。

开禧北伐时叶适已年近六十,衰病缠身,自开禧二年(1206)临危受命以来,指挥战事和建筑堡坞等繁重事务让他心力交瘁,在堡坞建成之时,叶适向朝廷提出辞职,开禧三年(1207)七月十七日,他的好友徐谊接任了他的职务。此时,虽然金军攻势已经大为减弱,攻防进入相持阶段,但是投降派却日益得势,最终刺杀了韩侂胄,并将他的首级作为乞降之物送给金军。开禧北伐完全失败,叶适也由有功之臣转而变成"阿附权臣,盗名罔上"和"纵吏出兵""附会侂胄"①的罪臣,于开禧三年(1207)十二月八日落职,次年回到永嘉城郊水心村居住。

叶适在绍熙内禅时和韩侂胄一起拥立宁宗,庆元党禁时受到韩侂胄的打击,开禧北伐又得到他的重用,一度是韩侂胄的座上宾,并也因此被诬指为攀附韩侂胄的小人。其实从北伐议起之时叶适拒撰出师诏书和提醒韩侂胄、宁宗谨慎行事等言行判断,叶适最终加入支持北伐的阵营中,并非是对韩侂胄的阿附,而只是践行他一贯恢复故土的主张,这也是韩侂胄倚重叶适的一个原因。韩侂胄把叶适引为同道,但是叶适仍然坚持自己对时局的判断,不一味地盲目追随附和。更为重要的是现存史料不能表明叶、韩之间有深厚的私人情谊,叶韩之交只能归结为韩侂胄希望借叶适的文名为自己的北伐张本助威,以文用人,然叶适因文受祸。

---

① 刘琳、习忠民、舒大刚校点:《宋会要辑稿·职官》七三,上海:上海古籍出版社2014年版,第5023页。

第三节　晚年退居　一代文宗

一、罢职回乡，亲友凋零

嘉定元年(1208)，年近花甲的叶适落职回乡，这是叶适政治生涯真正意义上的终结。投降派在取得对韩侂胄的绝对胜利之后，认为像叶适这样毕竟在开禧北伐中建有战功的老臣，没有必要穷追不舍，而是采取优待置闲的措施。叶适从嘉定四年(1211)开始转为从五品的中奉大夫，此后又历经提举江州太平兴国宫、隆兴府玉隆万寿宫、西京嵩山崇福宫等数次提举宫观，转为正五品的中大夫。嘉定十二年(1219)除华文阁待制，年届七十，请求致仕，不允，直到嘉定十六年(1223)除敷文阁学士，提举南京鸿庆宫，再次请求致仕，除宝文阁学士，转正议大夫(从三品)。可以看到除去刚被参劾去职的前三年，叶适的官阶在后来的十三年中不断升高，虽都是奉祠提举宫观一类的虚衔，但为叶适晚年生活提供了物质保障，使他不再需要为生存奔波。

虽然物质生活充裕，但遭受政治打击，叶适的郁闷之情不能平复。他在起复之初，于嘉泰三年(1203)所上的第一札中期望宁宗能够"治国以和为体，处事以平为极"，不要再起无谓的党派纷争，结果使自己再一次沦为朝廷权力倾轧的牺牲品，其失望之情可以想见。在相当长的一段时间内，叶适都背负着"阿附权臣"和"附会侂胄"的罪名，这种与事实不符的评判到宋末元初依然流行。方回曾经说过："水心为侂胄一再出，有可议……永嘉诸人，嘉泰、开禧间出处乖剌，谓文足掩行，未也。"①方回置永嘉诸人在庆元党禁中被韩侂胄清洗的历史于不顾，更

---

① (元)方回:《桐江集》卷三，清嘉庆宛委别藏本。

没有体察叶适一以贯之的恢复北方失地的夙愿。《宋史》认为叶适不能极力谏止韩侂胄出兵而负罪也属于"欲加之罪,何患无辞"。

以天下为己任的宋代士大夫,对自身的命运跌宕一般不会过分挂怀,叶适并没有在文学作品中表露出自己的怨愤和不平,只是偶尔流露出对世事的厌倦和无奈,作于嘉定二年(1209)的《宿觉庵记》就表达了此种心境。他所退居的水心村位于松台山下,山上曾有为纪念六百年前唐代高僧玄觉而建的宿觉禅寺。叶适喜爱玄觉留下的数十章歌诗,更爱其"拨钞疏之烦,自立证解,深而易达,浅不可测,明悟勇决,不累于生死"①,称之"盖人杰也"。叶适多年后重登松台山,宿觉禅寺已经残破不堪,隐没于乱石之中,叶适心生感慨,重建了一座小精舍,并题名"宿觉",撰文记之。

叶适在湖北参议官任上曾阅读佛经千卷,对佛学颇有自得之见。叶适并不佞佛,但也不主张盲目排佛,从上述引文中可以看出他对高僧玄觉能够"不累于生死"的心性修为心存敬意。叶适重建宿觉精舍并以文记之并非仅仅是表达他对玄觉的缅怀,而且是对当时自己抑郁矛盾心情的一种排遣,在文末他这样说:

> 呜呼!余老矣,病而力不给,惰而志不进,岂非不复知以古人自期,而遁流汩没于异方之学者哉!盖世有畏日暮,疾走猖狂而迷惑者,然犹反顾不已。余之记此,既以自警,而又以自笑也。②

衰病和怠惰只是戴罪落职后沉郁心境的外在表现,内心的惶惑与失落则难以排解,叶适对此有清醒认识。他告诫自己应

---

① (宋)叶适撰,刘公纯等点校:《叶适集·水心文集》卷九,北京:中华书局1961年版,第158页。
② (宋)叶适撰,刘公纯等点校:《叶适集·水心文集》卷九,北京:中华书局1961年版,第159页。

当以"古人"自期,不能隐遁于佛学倡导的出世逃避之中,崇尚儒家政治伦理规范的叶适已经将忠君爱民的政治伦理化为主体的自觉行动,能够警醒自己,也对自己有相当的自信。他从佛家那里获得了应对挫折的睿智和通达的态度,郁结于心的不平借此得以消解。这是叶适的人生感悟,也是他应对挫败的人生智慧,这一点与苏轼有相同之处。

叶适可以冷静地面对仕宦沉浮对情感的冲击,但是故交亲友渐次离世带来的悲凉孤独却让他几乎难以承受。

庆元六年(1200),党禁尚未完全解除,"东南三贤"的最后一位理学宗师朱熹在孤寂中辞世。叶适之于朱熹属于晚辈后学,虽未独尊道学,学问文章亦多不为朱氏认同,但是叶适对朱熹一直是尊崇有加,曾在早年为维护朱熹和道学愤然上章,朝野震惊。对朱熹等不拘泥于汉儒经解创造宋学的功绩,叶适有足够的认识,并能给予客观评价:"未有博探详考,务合本统也……然后序次不差而道德几尽信矣,非程、张暨朱、吕数君子之力欤!"①

嘉泰三年(1203)十一月,对叶适来说可谓噩耗连连,十一日,其父叶光祖卒,十二日,交游四十年的陈傅良卒于瑞安家中。陈傅良的死是永嘉事功学派行将衰落的重要标志,叶适也因而格外感伤:"公既弃我,又遭鞠凶;日余几何,而不随公。"②

嘉定元年(1208)七月,接替叶适守建康仅数月即被调任知隆兴府的徐谊卒于任所,其是庆元党禁之前与叶适同朝为官、绍熙内禅中与叶适共同进退,党禁中同被贬斥、开禧北伐中同被起用的温州老乡。徐谊死后,叶适为之作墓志、祭文和挽诗,可见交情笃厚。

---

① (宋)叶适撰,刘公纯等点校:《叶适集·水心文集》卷十,北京:中华书局1961年版,第166—167页。
② (宋)叶适撰,刘公纯等点校:《叶适集·水心文集》卷二十八,北京:中华书局1961年版,第573页。

其他师友如永嘉学者戴溪、王楠,是叶适终身挚友,还有永嘉、瑞安的友人如陈烨、陈谦、蔡幼学、薛叔似等,也都在七八年间相继谢世,叶适或撰文或写诗为他们送行,孤悽悲凉之感郁塞于心,发出"耆老都尽,寂寥谁主!我但孤存,有陨如雨"①的悲叹。

一些追随叶适几十年的弟子也先他而去,如叶适最为赏识的弟子周南,自叶适初仕浙西提刑司干办公事时即问学于左右,叶适一直希望他能传承自己的文章之学,但是周南在五十五岁时即溘然而逝。和周南一样早年即追随叶适的厉仲方出身于武举,在开禧北伐中屡立战功,后来也被主和派污蔑为"开隙生事"而降秩编管邵州,于嘉定五年(1212)卒于贬所,年仅五十四岁。还有在开禧北伐中积极主张劫寨杀敌的滕宬,怀才不遇,终身未仕,于嘉定十四年(1221)郁郁而终。这些叶适精心培育的人才由于遭受不公平的待遇而不能施尽其才,让他备感痛惜。

故友影绝、爱徒早逝让叶适心生孤单悲凉之感,而亲人的离去更让他产生"情何以堪"的切肤之痛。其间最让叶适痛彻心腑的莫过于嘉定四年(1211)、嘉定五年(1212)妻子高氏和幼子叶宓的相继离世。

高氏出身于县吏之家,自小便能助母持家,替父分忧,嫁与叶适之后,无论"赁舍甚贫",还是"始有宅居,稍垦田,不市籴"②,她都能做到"刚简无欲""精密有智""缓急中程,识事本末"。在叶适看来,妻子的这些品质是家庭得以维持的保证,"大抵余所资以为家也"③。而在生活渐趋稳定的时候,妻子却

---

① (宋)叶适撰,刘公纯等点校:《叶适集·水心文集》卷二十八,北京:中华书局1961年版,第586页。
② (宋)叶适撰,刘公纯等点校:《叶适集·水心文集》卷十八,北京:中华书局1961年版,第355页。
③ (宋)叶适撰,刘公纯等点校:《叶适集·水心文集》卷十八,北京:中华书局1961年版,第355页。

在中寿之年撒手人寰,这给已步入晚年的叶适带来了刻骨铭心的悲痛。然而祸不单行,叶适还没有从老年丧偶的悲伤中恢复过来,命运又给了他重重一击,年仅十余岁的幼子叶宓在次年夭折。

从《祭子三郎文》可以看出,叶适对三子叶宓是寄予厚望的,他写道:

> 噫嘻!汝其幼成耶?汝幼既能率礼,长必能行义。教以良师,如护珠玉;日望成立,如养苗稼。何物怪病,如追寇仇!我但迷痴,莫敢挽夺。方葬汝母,俄丧汝生;哭泪纵横,同口异说。①

叶宓幼知礼义,而年龄又最小,叶适对之格外怜爱,分外器重,但是病魔却无情地将之夺走,此种撕心裂肺的伤痛非常人可以承受,连失爱妻幼子的重创给叶适的晚年生活蒙上一层挥之不去的阴影。

二、创作高峰,一代文宗

闲居奉祠,没有案牍之烦和衣食之忧,叶适晚年生活表面上平静而悠闲,事实上在平静的表象之下,他的心灵和情感并没有真正地得到安歇。被动地远离政治主流、不能直接公开地表达对国是的抵触和不满;亲人、故交、弟子相继离世,不得不承受孤独凄凉的晚景,这些情感在叶适胸中激荡,他做不到万事不挂碍于心,于是便用文章来表达自己对南宋前途和命运的关切和思考,表达对亲人故交的思念,他迎来了创作的高产阶段。叶适的创作数量大大超过前期,体裁从政论文转向以碑志等哀祭文和序记文为主,艺术风格从前期政论文章的辩驳横肆转向简重优缓。据朱迎平先生统计:"叶适著有记文三卷,共五

---

① (宋)叶适撰,刘公纯等点校:《叶适集·水心文集》卷二十八,北京:中华书局1961年版,第589页。

十三篇,晚年之作近四十篇;墓志铭十三卷,共一百五十篇,晚年之作有约一百篇;祭文一卷、杂著一卷各五十余篇,晚年所作均近四十篇;其余序文、书启等类难以作编年统计。因此,在叶适文集总共约四百篇文章中,晚年十六年的作品将近二百五十篇,约占全部作品的三分之二;其中写作最多的文体依次是墓志铭、记文、祭文、杂文、序文等。"①

叶适晚年的作品数量不仅多,成就也大。朱熹弟子黄震曾经评论说:"水心之见称于世者,独其铭志序跋,笔力横肆尔。"②稍后的理学家真德秀也说:"永嘉叶公之文,于近世为最,铭墓之作,于他文又为最。"③黄震和真德秀都是学承朱熹的理学家,学术主张与叶适不同,对叶适的学术思想评价不高,但是他们都没有否认叶适墓志铭的价值,黄震认为叶适的墓志序跋"笔力横肆",其实这用于评价叶适的政论文章应该更合适。

叶适利用晚年十六年的时间,撰成学术著作《习学记言序目》,这是他多年的读书札记,通过评论儒家经典和历史典籍,表达了他的政治经济主张和伦理思想。叶适弟子孙之弘为本书作序云:

> 《习学记言序目》者,龙泉叶先生所述也。初,先生辑录经史百氏条目,名《习学记言》,未有论述。自金陵归,间研玩群书,更十六寒暑,乃成《序目》五十卷。子宷既以先志编次,谂今越帅新安汪公,锓木郡斋,又嘱之弘揭其大指于书首。④

由叶适撰,其子叶宷按照他的意图编次的《习学记言序目》

---

① 朱迎平:《永嘉巨子——叶适传》,杭州:浙江人民出版社2006年版,第157—158页。
② 王水照主编:《历代文话·黄氏日抄·读文集》,上海:复旦大学出版社2007年版,第870页。
③ 曾枣庄,刘琳主编:《全宋文》卷七一七二,上海:上海辞书出版社;合肥:安徽教育出版社2006年版,第211页。
④ (宋)叶适撰:《习学记言序目》,北京:中华书局1977年版,第759页。

是一部评论经史的哲学著作,但是本书第四十七至第四十九卷却以吕祖谦的《皇朝文鉴》为研讨对象。叶适用了三卷的篇幅,按体裁分类、以《皇朝文鉴》所选篇章为立论材料进行论述,但常常溢出于此纵论文体特征及其发展历史,总结评价文学史上的大家名作和文学现象,较为集中地反映了叶适的文学思想。

随着陆九渊、陈亮、朱熹、陈傅良等人先后谢世,乾淳时期思想界的活跃气氛渐趋冷寂,像朱熹、陆九渊"鹅湖论道"和朱熹、陈亮那样往复辩难的学术论争已经不可能再现,叶适成为当时硕果仅存的大儒。叶适从未正面与道学一派展开过学术论战,没有像陈亮那样鲜明地尊尚王霸之术,并且在道学遭受诋斥时挺身为之辩护的举动给道学家留下深刻印象。黄震就曾说过:"呜呼,壮哉!然晦翁初不以此重轻,而水心则由此与之重矣。"①在绍熙内禅和庆元党禁中一度与道学人士共进退,后起道学领袖之一的魏了翁还曾称叶适为"道学正宗",在《上建康留守叶侍郎(适)书》中写道:"名其所居斋,拟求一语为谢。侍郎方以道学正宗倡明后进,几有以警诲之,俾得以循是而思所以立焉,不胜幸甚"。②叶适的思想归属留待后文讨论,仅从此则材料我们可以说至少在当时,有人是将叶适看作道学中人的。再加上叶适享誉已久的文章之学,以及他在嘉泰四年(1204)整理、由其子叶宷遵嘱编次的二十年前的旧著《外稿》在嘉定年间的流行,问学于叶适者甚众,叶适晚年生活的另一重要内容就是讲学授徒。刘宰《漫塘文集》卷十九《送黄竹涧序》曰:"杨慈湖(简)在四明,叶水心在永嘉,户外之履常满。盖其师友相从尽有乐地。"③可以说晚年的叶适在学术界和文学界

---

① 王水照主编:《历代文话·黄氏日抄·读文集》,上海:复旦大学出版社2007年版,第852页。
② 曾枣庄,刘琳主编:《全宋文》卷七○六九,上海:上海辞书出版社;合肥:安徽教育出版社2006年版,第309页。
③ 孙衣言撰:《瓯海轶闻》,上海:上海社会科学院出版社2005年版,第250—251页。

全祖望说:"然水心工文,故弟子多流于辞章"①。从学术角度而言,叶适弟子似乎没有能够继承和发扬老师的衣钵,但实际情况是叶适晚年更希望有人能够传承自己的辞章之学。吴子良《荆溪林下偶谈》"知文难"条:

> 往时水心先生汲引后进,如饥渴然。自周南仲死,文字之传未有所属;晚得赟窗陈寿老,即倾倒付嘱之。时士论犹未厌,水心举《太息》一篇为证,且谓'他日之论终当定于今日。'今才十数年,世上文字日益衰落,而赟窗卓然为学者所宗,则论定固无疑。②

可见一直以来叶适都希望找到一位能够将自己辞章之学"倾倒付嘱之"的人。周南仲死后,已步入晚年的叶适此种心情就更为迫切,而陈寿老(即陈耆卿)是他认为的最合适的人选。也有人质疑叶适的选择,他举《太息》为证,借用当年苏轼选取张耒和秦少游、秦少章兄弟为文学传承的故事。这里他实际上以文坛宗主自许,有意将传承的重任交给陈寿老,陈寿老亦没有辜负水心的重托,十数年后"卓然为学者所宗"。周南仲作为叶适辞章之学的开山弟子,成为传承水心文法最有成就和影响的作家之一。

叶适以学术大儒面世,其学术思想为世人所重,晚年的文学活动也对南宋文坛影响颇深,最重要的莫过于对北宋古文运动传统的有意识继承,培养文章后辈,努力接续"文统"。另外,还有对永嘉四灵的评骘和对江湖派领袖刘克庄的推重,并与江西诗派后期重要作家"上饶二泉"也保持良好的情谊。可见叶适在当时文坛具有举足轻重的作用,这些我们将在后文列专章论述。

叶适还通过编选诗文集的方式表达自己的文学思想,以及

---

① (清)黄宗羲撰:《宋元学案》,北京:中华书局1986年版,第1738页。
② 王水照主编:《历代文话·荆溪林下偶谈》,上海:复旦大学出版社2007年版,第550页。

展开文学批评,可惜的是这些诗文集均已失传。众所周知,诗文选集也能够体现编选者的文学观念和批评思想,令我们感到可惜的是,叶适编选的诗文集都没有能够保存到现在,最为著名的《播芳集》只留下他的一篇《播芳集序》。而在当时就影响巨大的《四灵诗选》也早已亡佚,人们靠许棐《跋四灵诗选》才知道曾经有这么一回事。这些选集亡佚的原因除历史久远自然失传而外,可能与叶适的思想家身份有关,世人皆重其思想成就,轻其文学成果;看重其承载学术思想的散文,对其纯粹的文学活动就少有关注了。

第二章 叶适的"文统"论

第一节 学术思想与文学观

一、叶适:经、史、文并重的学术思想

陈傅良的事功思想建立在薛季宣的基础之上而又有所发展,体系更为完善,理论更为精密。他重视史学,力求以史为鉴,以除当世之弊,形成自具特色的经制之学。

叶适自言和陈傅良知交长久,曾经说过"余亦陪公游四十年,教余勤矣"[①]的话,后世的大多数研究者也都自然而然地把叶适当作继陈氏以后的永嘉事功学派的领袖,叶适所著文集《水心集》和学术专著《习学记言序目》中也反映了作者的事功思想。如果出于简单的思想归类之需要,我们将叶适归于事功学派固然没有问题,叶适也当之无愧地可称为永嘉事功学派的集大成者。叶适固然不属道学家之列,但也没有对前代事功学者亦步亦趋,而是具有自己的特色,自南宋始就有人认为他的思想已经溢出事功学派的范围。

---

① 曾枣庄,刘琳主编:《全宋文》卷六五○一,上海:上海辞书出版社;合肥:安徽教育出版社2006年版,第214页。

为学宗尚朱熹的黄震就发现了叶适学术思想的独特性,他在《黄氏日抄》中说:

> 愚按乾、淳间,正国家一昌明之会,诸儒彬彬辈出,而说各不同。晦翁本《大学》致知格物以极于治国平天下,工夫细密。而象山斥其支离,直谓即心是道;陈同甫修皇帝王霸之学,欲前承后续,力挝乾坤,成事业而不问纯驳;至陈傅良则又精史学,欲专修汉唐制度吏治之功。其余亦各纷纷,而大要不出此四者,不归朱则归陆,不陆则又二陈之归,虽精粗高下难一律齐,而皆能自白其说,皆足以使人易知。独水心混然于四者之间,总言统绪,病学者之言心而不及性,则似不满于陆,又以功利之说为卑,则似不满于二陈;至于朱则忘言焉。水心岂欲集诸儒之大成者乎?①

黄震在这里勾画了乾淳时期学术流派的脉络,从总的方面将当时学术厘为朱学、陆学和二陈功利之学,其中除不能将陈亮和陈傅良区别对待失之粗略外,其他基本符合当时的情况。重要的是黄震敏锐地察觉到了叶适学术思想的与众不同,虽然没能给予具体细致的剖析,但他能够将叶适与其他思想家的不同之处揭示出来亦属不易。但是他说叶适于其他诸家都表现出不满,独于朱子"忘言焉",显然不符合实际,叶适留下的以事功思想为主的学术成果本身就说明他的治学主张与朱熹道学是泾渭分明的。黄震认为叶适"欲集诸儒之大成者"的猜想倒是颇有道理,至少突破了叶适仅从属于事功学派的成说,肯定了叶适学术的异识超旷、不假梯级的优长。

清代学者全祖望也这样说过:"水心较止斋又稍晚出,其学始同而终异。永嘉功利之说,至水心始一洗之。"②

---

① 王水照主编:《历代文话·黄氏日抄》,上海:复旦大学出版社2007年版,第855页。
② (清)黄宗羲撰:《宋元学案》卷五四,北京:中华书局1986年版,第1738页。

黄震说叶适不满二陈功利之说,全祖望则说叶适将永嘉功利之说洗濯殆尽。我们可以肯定的是叶适的事功思想源于永嘉,并有所发展,与二陈存在着差异,从学术进步的角度而言,这或许才能算作真正意义上的集大成。孙诒让就更为明确地说过:"水心论学,在宋时自为一家,不惟与洛、闽异趋,即于薛文宪、陈文节平生所素与讲者,亦不为苟同。"①

前文论及叶适曾经在道学受到攻击的时候上书为朱熹辩护,还曾经与朱熹弟子詹体仁一起与反道学人士刘德秀关于孝宗陵寝易改的问题发生过激辩。这些成为他在庆元党禁中被牵连和贬黜的罪证,但是叶适上述的言行并不代表他在学术上追随道学,毕竟学术取向和政事行为不一样,不过叶适早年问学于吕祖谦的时候有可能受其心性之学的影响。当时就有人认为叶适学出吕氏,叶适在《习学记言序目》卷五十《皇朝文鉴四》记曰:"吕氏既葬明招山,亮与潘景愈使余嗣其学,余顾从游晚,吕氏俊贤众,辞不敢当。"②叶适不愿承嗣吕学,认为自己跟随吕氏较晚,而且吕氏"俊贤众"。表面上看这些理由是成立的,因为一般来说,吕祖谦的弟弟吕祖俭应当是继承吕学的最佳人选(实际最后也确是他继承了家学),但是陈亮和潘景愈为什么要推举在当时尚属年轻后辈的叶适来担当此任?合理的解释就是叶适当时确曾有过倾心吕氏之理学思想的表现,叶适所言理由实际是推脱之词,他之所以不愿接受吕氏衣钵,最根本的原因是他在思想深处不能完全接受吕学。很早的时候,叶适就能清醒地认识到道学奢谈心性对改变南宋贫弱现实于事无补的事实。他曾在作于淳熙十二年(1185)的《外稿·终论》中写道:"赵鼎书生,自附于问学,收拾文义之遗说,与其一

---

① (清)孙诒让撰:《温州经籍志》卷十七,上海:上海社会科学出版社2005年版,第707页。
② (宋)叶适撰:《习学记言序目·皇朝文鉴四》卷五十,北京:中华书局1961年版,第756页。

时士大夫共为贵中国贱夷狄之论,此说《春秋》者所常讲也,不可以为不美。虽然,中国之不可以徒贵,夷狄之不可以徒贱也。所谓女真者,岂口舌讲论,析理精微之所能胜邪?"①有论者认为叶适在前期有过倾心道学的学术主张,后期才和道学公开决裂。通过以上两例可以判断叶适早年或许受过道学的微弱影响,但是没有真正地接受道学思想,他曾在《答吴明辅书》中表达了自己对道学的总体态度,吴子良向他请教道学的名实真伪,他回答说:

> 垂谕道学名实真伪之说,《书》:"谓学逊志,务时敏,厥修乃来。允怀于兹,道积于厥躬。"言学修而后道积也;《诗》:"日就月将,学有缉熙于光明。佛时仔肩,示我显德行。"言学明而后德显也;皆以学致道而不以道致学。道学之名,起于近世儒者,其意曰:"举天下之学者皆不足以致其道,独我能致之,"故云尔,其本少差,其末大弊矣。②

从二程到朱熹都只以经书为材料,以圣贤人格为典范,强调反求自身的内省功夫,重在邃密的思辨,以期建立理想的人格,因而他们鄙视汉唐以后的政治伦理,轻视对三代以后宋以前的历史经验的研判,认为历史过程充斥着贪婪狡诈的人性。他们执着于先验的终极伦理范畴"道"或者"天理",学者的目的只是对"道"或者"天理"的体认、修为和实践。因此他们对历史的观照不抱以史为鉴之目的,而是以"道"或"天理"为预设标准来对历史加以评判。朱熹就多次表露过对当时学者研究史学的不满,道学家明显存在重经学轻史学的倾向,叶适认为这种重道轻学的做法是本末倒置。

---

① (宋)叶适撰,刘公纯等点校:《叶适集·水心文集》卷十五,北京:中华书局1961年版,第825页。
② (宋)叶适撰,刘公纯等点校:《叶适集·水心文集》卷二十七,北京:中华书局1961年版,第554页。

薛季宣和陈傅良等事功学者都精通史学,他们对历史进行近乎全景式的考察,以期能够从历史中找到解决当代问题的答案,但是在叶适看来这样未免不能通脱义理,流于支离烦琐。

如上所述,经史是古代思想家进行学术研究的主要素材,只是由于方法和目的存在差异,不同的学派对经史的态度会有所不同,或重经,或重史。"自为一家"的叶适能够摆脱此种定式,主张经史并重。他在《徐德操〈春秋解〉序》中明白无误地表达了自己的主张:

> 经,理也;史,事也。《春秋》名经而实史也,专于经则理虚而无证,专于史则事碍而不通,所以难也。年时闰朔,禘郊庙制,理之纲条不专于史也;济西河曲、丘甲田赋,事之枝叶不专于经也。……然则理之熟,故经而非虚;事之类,故史而非碍欤![①]

叶适此处的"理"并非道学所言之"天理",应该解释为"义理",其内涵当然不是道学心性之理,更偏指传统的孔孟儒学。这里的"事",既指历史事实,也有以古鉴今的事功含义。他还指出了"专于经"和"专于史"的偏颇之处,"专于经"会落入疏阔虚谈,"专于史"则会碍塞难通。叶适的学术专著《习学记言序目》共五十卷,凡经十四卷,诸子七卷,史二十五卷,宋文鉴四卷,对经史的研究是主体。

叶适的这种兼重经史的学术特点,即是义理和事功兼通的学术思想。道学重经学,传统事功学重史学,都不是叶适认可的理想学术框架,经史结合即是对叶适"总言统绪"较为明晰的阐释,这一"统绪"的组成还包括道学家轻视的"文"。他在《纪年备遗序》中说:"孔子没,统纪之学废。汉以来,经、史、文词裂而为三,它小道杂出,不可胜数,殚聪明于微浅,自谓巧智,不足以成德而人材坏矣。王通、二司马,缉遗绪,综世变,使君臣德

---

① (宋)叶适撰,刘公纯等点校:《叶适集·水心文集》卷十二,北京:中华书局1961年版,第221页。

合以起治道,其粗细广略不同,而问学统纪之辨不可杂也。"① 叶适经常谈到的"统绪""本统"和"统纪"等概念,实际上表达了他对孔子之前,经、史、文没有分裂时那种浑融一体的学术特征的向往。这也并不意味着叶适崇尚复古主义,与之相反,承认经、史、文是学术"统绪"三个组成部分,其实是承认了三者之间在地位上没有悬殊不伦的主次之分,都有存在的必要和理由。"经"固然是传统儒学义理的核心价值载体,但是"史"和"文"亦不能可有可无。虽然这里的"文"不可能与现代意义上以抒情为主的文学概念内涵相提并论,但毕竟叶适在这里赋予了它名正言顺的存在权,这与道学家作文害道的理论相比不啻天壤之别。历来论者都说"水心工文",甚至以纯粹的文士来定位叶适,其实作为一代大儒,叶适不可能将全部精力投入吟风弄月的文学创作中。水心所工之"文",是承载贯通经史、融合事功和义理任务的学者之文,在文学已经被严重挤压的南宋时期,叶适对"文"的重视对延续气息微弱的文学命脉是有所助益的。叶适重"文"受到自命为醇儒的道学家的讥讽,但是他并没有放弃立场,而是针锋相对地批判道学对文学的戕害。

二、"洛学起而文字坏"的文学史意义

综观中国古代文学史,学术与文学之间经常保持着此消彼长、时亲时疏的关系,而宋代可以说是少见的学术和文学共同繁荣的时期之一,民族文化的发展达到前所未有的高度,正如陈寅恪先生所言:"华夏民族之文化,历数千载之演进,造极于赵宋之世。"② 这是从宋代学术发达的角度而论的,宋代学术与宋代文学之间的关系究竟如何,必须具体分析。

---

① (宋)叶适撰,刘公纯等点校:《叶适集·水心文集》卷十二,北京:中华书局1961年版,第208页。
② 陈寅恪:《金明馆丛稿二编》,上海:上海古籍出版社1980年版,第245页。

《宋代文学通论》将宋学的基本精神总结为三个方面，分别是疑古精神、议论精神和内省精神。这三种精神全方位、多层次地影响了宋代文学的创作，对宋文的影响更加具有代表意义。疑古精神是宋学具有开创意义的学术新发展，对宋文，特别是宋代散文中的史论文、政论文的文风形成具有比较直接的启发作用。因擅怀疑而多议论是顺理成章的事，所以宋学议论精神在宋文中的表现就是散文中议论的成分增加，句子变长，角度多变，锋芒犀利，呈现出宋代学者意气风发的时代精神，这些都可以看作宋学对宋文发展的正面推动的结果。

如果宋学的疑古精神和议论精神对宋文的影响以积极和正面为主的话，那么内省精神对宋文的作用则较多地体现在消极方面，因为内省精神主要反映的是宋代理学的思维特点。"宋学发展传统儒学的独特成就主要是性命（理）之学，即立足天人合一观念，从性、理角度追溯儒家伦理道德本源，建立儒家道德本体论，并由此衍生出以正心诚意、格物穷理为内容的道德知行论，而这一学说的形成及其观点都与内省精神密切相关。"[①]

在宋代，有一对与宋学和宋文相对应的概念，就是"道"与"文"。唐代中叶产生的文道关系论争几乎贯穿整个宋代，文道关系的隐伏消长往往影响文学的兴起和衰歇。李汉在《韩昌黎集序》中提出"文者，贯道之器也"[②]，大概是最早将道与文并举而论的，自此以后，文章家论文，均难离此二字。一般来说，在宋代没有任何一位作者敢于离道而言文，只是在不同时期，不同作家对道的内涵和文道之间的轻重关系的界定会有差异和变化。至南宋，总的来说文道关系趋于紧张，从北宋二程开始，

---

① 王水照主编：《宋代文学通论》，郑州：河南大学出版社1997年版，第237页。
② （唐）韩愈撰，马其昶校注，马茂元整理：《韩昌黎文集校注》，上海：上海古籍出版社1998年版，第1页。

重道轻文、作文害道思想成为理学家的文道观,朱熹自身的文学修养、文学造诣和创作实绩远远超出一般的理学家,但是他的文学理论却仍然是"文以载道"说,且在当时影响巨大。

"洛学起而文字坏"为刘克庄回忆叶适之语,他曾经回忆说:"昔水心先生常云:'洛学起而文字坏。'此论伤于激,如游杨胡文定父子,文皆极工,意者,水心未之览耶?向使水心及见相公四百七十五篇,必悔前论。"①叶适晚年曾极力推挽刘克庄,刘氏所言应为不虚。在《习学记言序目·皇朝文鉴》中有与此意义相同的表达,但叶适并不是仅批评洛学一家对"文字"的戕害,还把矛头指向王安石新学。他在《皇朝文鉴一·周必大序》写道:

> 文字之兴,萌芽于柳开、穆修,而欧阳修最有力,曾巩、王安石、苏洵父子继之始大振;故苏氏谓"虽天圣、景祐,斯文终有愧于古",此论世所共知,不可改,安得均年析号各擅其美乎?及王氏用事,以周孔自比,掩绝前作,程氏兄弟发明道学,从者十八九,文字遂复沦坏。②

在同卷中叶适再次指出王学对文学创作的负面作用:

> 初,欧阳氏以文起,从之者虽众,而尹洙、李觏、王令诸人,各自名家。其后王氏尤众,而文学大坏矣。③

为便于后文论述,我们首先对引文中叶适所言"文字"和"文学"二词的含义稍加辨析。"文学"一词最早出现在《论语·先进篇第十一》中,"文学子游子夏",与"德行""言语""政事"一起被称为孔门四科,这是最广义的文学概念,一切文章、书籍和

---

① (宋)刘克庄撰:《后村居士集》卷四十六,四部丛刊本。
② (宋)叶适撰:《习学记言序目·皇朝文鉴一》卷四十七,北京:中华书局1977年版,第696页。
③ (宋)叶适撰:《习学记言序目·皇朝文鉴一》卷四十七,北京:中华书局1977年版,第698页。

学术学问均包括在内。到两汉时期,具有现代文学意义的"文章"和"文辞"开始与具有学术含义的"文学"并存于典籍。魏晋南北朝时期,文学内涵除学术一层以外,同时具备了今天的文学意味,但是到了宋代,特别是道学勃兴之后,文学的含义又基本退化到兼指文章和学术了。而文章之学或者真正的文学意义表达则由一些不固定的词汇来承担,比如"文词(辞)""文字"和"文"。我们从叶适文章中对这些词语的运用可以了解到这一点:

> 至其文辞,则余于墓铭论之矣。①
> 汉以来,经、史、文词裂而为三。②
> 同甫文字行于世者。③

结合以上文句涉及的全篇文章考察,"文词(辞)"兼指诗文而言;"文字"与"文词(辞)"含义相近,但这里叶适所言主要指向文章,"文"就明确指的是文章。所以"洛学兴而文字坏"之"文字"主要指以文章为主的文学创作。"文学大坏矣"之"文学"似为兼指文学和学术,但是在这里也主要指文章之学。

王学和二程洛学都是两宋重学术、轻文艺的学术派别,叶适一针见血地揭露了这两个学派对文学创作的贬抑,为文学创作力争应有的地位和空间。在南宋或许很多人感觉到王学、洛学打压文艺造成文学创作萎靡,但是却少有像叶适这样有勇气大声疾呼的。叶适剖析问题的细致准确也令人叹服,比如他将王安石本人文学创作成就和王学作为一种影响全社会文学创作的学术思潮辩证地区分开来,指出王安石是"用事"以后出于

---

① (宋)叶适撰,刘公纯等点校:《叶适集·水心文集》,北京:中华书局1961年版,第209页。
② (宋)叶适撰,刘公纯等点校:《叶适集·水心文集》,北京:中华书局1961年版,第208页。
③ (宋)叶适撰,刘公纯等点校:《叶适集·水心文集》,北京:中华书局1961年版,第207页。

政治目的贬损文学的价值，均显示其识见的敏锐精微。刘克庄认为叶适"洛学兴而文字坏"的论断失之过激，并举胡文定父子文章成就为例，这实际上低估了叶适的高超概括能力和思辨水平。如果按照刘氏的思路，理学宗师朱熹的诗文俱佳，这岂不是对叶适论断更好的反证？刘克庄对学术与文学关系问题的认识存在偏颇在其文《平湖集序》中也有表现：

> 本朝五星聚奎，文治比汉唐尤盛。三百余年间，斯文大节目有二：欧阳公谓昆体盛而古道衰，至水心叶公则谓洛学兴而文字坏。欧、叶皆大宗师，其论如此。余谓昆体若少理致，然东封、西祀，粉饰太平之典，恐非穆修、柳开辈所长；伊洛若欠华藻，然《通书》《西铭》，遂与六经并行，亦恐黄、秦、晁、张诸人所未尝讲。①

刘克庄对欧阳修"昆体盛而古道衰"和叶适"洛学兴而文字坏"的论断均有微词，他其实没有理解欧阳修和叶适的论断都是在学术和文学关系极度失衡的时候作出的，欧、叶试图调解二者使之处于相对平衡的状态，欧阳修不是只追求古道不讲文艺，叶适也不是只重视"文字"而不允许洛学有存在的空间。刘克庄认为学术和文学都是本朝文治尤盛的表现，认为只是作家才性的不同才造成了或尊学术或尚文学的局面，本属自然，欧阳修和叶适这样的大宗师似乎不必对此太过紧张，这说明刘克庄没有能够充分认识学术和文学关系被扭曲之后可能产生的恶果。对叶适"洛学兴而文字坏"观点表示完全赞同的是周密，他说："吕氏《文鉴》去取多朱意，故文字多遗落者，极可惜。水心叶适云'洛学兴而文字坏'，至哉！言乎。"②周密向来鄙薄道

---

① 曾枣庄、刘琳主编：《全宋文》卷七五七〇，上海：上海辞书出版社；合肥：安徽教育出版社2006年版，第163页。
② （宋）周密撰，邓子勉校点：《浩然斋雅谈》卷上，沈阳：辽宁教育出版社2000年版，第12页。

学,故而对叶适的文学观尤为认可。

《宋史》评论王安石散文:"其属文动笔如飞,初若不经意,既成,见者皆服其精妙。"①王安石散文作品数量丰富,风格独特,留下很多脍炙人口的名篇,政论文如《上仁宗皇帝言事书》《本朝百年无事札子》;游记散文如《游褒禅山记》;杂感类短文如《读孟尝君传》《伤仲永》等。各类散文都以议论说理见长,立意高远,思想深刻,不重词采但是说理透辟。叶适承认王安石和曾巩都是直接承继欧阳修衣钵的古文大家,所不满的是王安石的文学观念以及王安石执政期间推行的以经义为宗、贬斥词赋文艺,以《三经正义》为代表的新学。王安石从政治的角度出发,更多地强调文学经世致用的价值,在宋代,集学者、官员、文人三位于一体的士大夫几乎人人都将经世致用作为治学的最终目标。王安石出于为变法制造舆论,采用取消词赋、改习经义、颁布新经等政治手段,为变法营造统一的思想意识形态环境,虽然没有到彻底取消文艺的地步,但至少是在努力让文学成为政治教化的附庸。他在《与祖择之书》中说:"治教政令,圣人之所谓文也。书之策,引而被之天下之民,一也。圣人之于道也,盖心得之,作而为治教政令也。"②王安石在这里将"文"直接等同于治教政令,将文的内涵狭隘化了。而对于明显属于文学范畴的"辞",他也尽可能消解其文学性,强调其实用性:

> 尝谓文者,礼教治政云尔。其书诸策而传之人,大体归然而已。而曰"言之不文行之不远"云者,徒谓"辞之不可以已也",非圣人作文之本意也……且自谓文者,务为有补于世而已矣。所谓辞者,犹器之有刻镂绘画也。诚使巧且华,不必适用;诚使适用,亦不必巧且华。要之以适用为本,以刻镂绘画为之容而已。

---

① (元)脱脱等撰:《宋史》卷三二七,长春:吉林人民出版社1995年版,第7453页。
② 曾枣庄,刘琳主编:《全宋文》卷一三九二,上海:上海辞书出版社;合肥:安徽教育出版社2006年版,第168页。

不适用,非所以为器也。不为之容,其亦若是乎? 否也。然容亦未可已也,勿先之,其可也。①

王安石在这里意欲割裂"文""辞",追求纯粹的"适用"及不"巧且华"之"文",但是他也明白"容亦未可已也。"有论者认为这是王安石主观认识到"辞"的刻镂绘画的重要性,为文学性的存在打开了方便之门,我们以为这只是王安石的无奈之词,他大概不得不承认即使治教政令也需要"刻镂绘画",方能更好地颁行流传。

王安石的文学观和他的变法思想是一致的,罢词赋试经义既是变法的重要举措,也是对其文学观的实践,叶适早年在《进卷·士学下》中就曾批评专用经义取士的弊端:

> 夫科举之患极矣。何者? 昔日专用词赋,摘裂破碎,口耳之学而无得于心。此不足以知经耳,使其知之,则超然有异于众而可行,故昔日之患小。今天下之士,虽五尺童子无不自谓知经,传写诵习,坐论圣贤。其高者谈天人,语性命,以为尧、舜、周、孔之道,技尽于此,雕琢刻画,侮玩先王之法言,反甚于词赋。②

晚年在《习学记言序目》中,叶适仍然对王安石专经义、废词赋的做法耿耿于怀:

> 汉以经义造士,唐以词赋取人,方其假物喻理,声谐字协,巧者趋之,经义之朴阁笔而不能措。王安石深恶之,以为市井小人皆可以得之也;然及其废赋而用经,流弊至今,断题析字,破碎大道,反甚于赋。③

---

① (宋)王安石撰:《王文公文集》卷三,上海:上海人民出版社1974年版,第44页。
② (宋)叶适撰,刘公纯等点校:《叶适集·水心别集》卷三,北京:中华书局1961年版,第677页。
③ (宋)叶适撰:《习学记言序目》卷四十七,北京:中华书局1977年版,第699页。

叶适认为采用词赋、经义取士均存在不足,而经义之弊尤甚。王安石及其新学在南宋饱受诟病,虽固然带有党派倾轧的色彩,叶适可能也多少受到此种思潮的影响,但可以肯定的是他之所以指责王氏,主要原因是王安石推行的学术垄断政策造成了"文学大坏矣"的局面。

洛学作为一种哲学流派,从诞生之初就对文学抱着不友善的态度,格物致知、正心诚意和持敬修为等哲学主张从字面上看即让人感觉与文学隔阂深远,莫砺锋先生对道学排斥文学创作有过较为合理的剖析,他说:"宋代的理学家(尤其是道学家本文作者注),一来为了把主要的精力和时间用在养性明理方面,从而拒斥文学;二来担心沉溺于吟诗作文会导致玩物丧志而妨碍明道;三来唯恐以情感为生命的文学会引导人们重视'人欲'而背离'天理';四来从社会功利的价值观来衡量文学而认为它实属无用之物,所以他们合乎逻辑的属性应是非文学、反文学的。"[①]更为重要的是,为了争夺思想阵地,道学派主动出击,对文学进行贬损和压制,他们举起的武器便是"道",将"道"高高凌驾于文学之上,他们讨伐文学的口号便是"作文害道":

> 问:作文害道否?
>
> 曰:害也,凡为文,不专意则不工,若专意则志局于此,又安能与天地同其大也?《书》曰:"玩物丧志",为文亦玩物也。吕与叔有诗云:"学如元凯方成癖,文似相如始类俳;独立孔门无一事,只输颜氏得心斋。"此诗甚好。古之学者,惟务养情性,其佗则不学。今为文者,专务章句,悦人耳目。既务悦人,非俳优而何?
>
> 曰:古者学为文否?曰:人见六经,便以谓圣人亦作文,不知圣人亦摅发胸中所蕴,自成文耳。所谓"有德者必有言也"。

---

① 《徽学》2000年卷,合肥:安徽大学出版社2001年版,第232页。

> 曰：游、夏称文学，何也？曰：游、夏何尝秉笔学为词章也？且如"观乎天文以察时变，观乎人文以化成天下"，此岂词章之文也？①

二程所谓的"道"，异于传统的孔孟儒道，程颢说："吾学虽有所受，天理二字却是自家体贴出来。"②他们以此作为他人千载未睹之秘籍，并且为了维护"道"的权威性，忽视儒家重文的传统，将"文"视为弘道之障碍，刻意贬低"文"的地位，将中唐的"文以贯道"修正为"文以载道"，即使是文学性本不强的六经之文，他们也要欲盖弥彰地加以顺从己意的曲解。殊不知"摅发胸中所蕴""自成文耳"就是承认了文学描写人类情感的固有功能，因为人有七情六欲，不唯有"德"之一端。道学家反文学、非文学的属性主要源于试图借打压文学来扩大其学术影响的动机。

诗是最具文学性的体裁，道学家们对之也格外警惕，并且不无鄙意地称之为"闲言语"，程颐说："某素不作诗，亦非是禁止不作，但不欲为此闲言语。且如今言能诗无如杜甫，如云'穿花蛱蝶深深见，点水蜻蜓款款飞'，如此闲言语，道出作甚？某所以不常作诗。"③这番话给了不会作诗的理学家不作诗的理由，也让会作诗的理学家不得不为作诗找借口。比如在理学家中诗歌成就最为突出的朱熹就这样解释自己的作诗动机：

> 诗之作，本非有不善也。而善人之所以深惩而痛绝之者，惧其流而生患耳。初亦岂有咎于诗哉！……诗本言志，则宜其宣畅湮郁，优柔平中，而其流乃几至于丧志。群居有辅仁之益，则宜其义精理得，动中伦

---

① （宋）程颢、程颐：《二程集·河南程氏遗书》卷一八，北京：中华书局1981年版，第239页。

② （宋）程颢、程颐：《二程集·河南程氏遗书》卷一二，北京：中华书局1981年版，第424页。

③ （宋）程颢、程颐：《二程集·河南程氏遗书》卷一八，北京：中华书局1981年版，第240页。

虑,而犹或不免于流。况乎离群索居之后,事物之变无穷,几微之间,毫忽之际,其可以营惑耳目,感移心意者,又将何以御之哉!①

此段话产生的背景缘于一部诗集,乾道三年(1167),朱熹和门人林用中赴长沙访问张栻,在讲论理学问题之余游览南岳衡山,相互唱和中诞生了《南岳唱酬集》这部诗集。全集收诗149首,其中48首为朱熹所作,"真可说吟兴甚浓了"②。

朱熹的辩解之词可以分为这么几层:其一,诗,本非不善也;其二,诗可作,只是不能因"流"而丧志;其三,群居作诗可以相互监督义理,尚且有"流"的危险;其四,离群索居最不宜作诗,因为情感的自发涌动无法抵御。如果以上理解没有大错的话,朱熹的这番说辞着实令人忍俊不禁!将能否作诗与群居独居强加牵合,确实难有说服力,倒是承认了作诗并非坏事,而且也是文人一般无法拒绝的事,正如莫砺锋先生所言,朱熹的这番检讨非但没能撇清自己,反而给诗歌创作打开了方便之门。

还有一些理学家打着以诗乐道的旗号作诗,创作理学意味浓厚的诗,其中虽出现一些理趣诗情结合得较好的诗作,但是连篇累牍、主题单一的理趣诗最终会让人觉得情趣全无。叶适对理学家这种以诗乐道的做法不以为然,《习学记言序目》卷四七云:

> 邵雍诗以玩物为道,非是。孔子之门,惟曾晳直云"浴乎沂,风乎舞雩,咏而归",孔子与之,若言偃观蜡,樊迟从游,仲由揖观射者,皆因物以讲德,指意不在物也。此亦山人隐士所以自乐,而儒者信之,故有云淡风轻傍花随柳之趣,其与穿花蛱蝶点水蜻蜓何以较重轻,而谓道在此不在彼乎!③

---

① (宋)朱熹撰:《四部丛刊初编集部·晦庵先生朱文公文集》,上海:上海书店1989年版。
② 莫砺锋:《朱熹文学研究》,南京:南京大学出版社2000年版,第38页。
③ (宋)叶适撰:《习学记言序目》卷四十七,北京:中华书局1977年版,第706页。

邵雍的理学诗集《伊川击壤集》收诗 1500 余首,绝大多数是悟道、喻道、乐道之诗,借诗歌之形式,行体道之实,其出发点就与文学创作有很大偏差。邵雍自谓其诗:"所作异乎人之所作也。所作不限声律,不沿爱恶,不立固必,不希名誉。如鉴之应形,如钟之应声。其或经道之余,因闲观时,因静照物,因时起志,因物寓言,因志发咏,因言成诗,因咏成声。"①可见其根本没有按照诗歌创作规范去作诗,作诗只是"经道之余"的一种消遣,是用押韵形式演绎的理学讲义,这实际上也是由对文学独立性的轻视所导致的。

叶适对道学家所持"道"的内涵本不认同,对这种近似随意修"道"的方式更是反感,叶适所理解的"道"应该是与具体事物紧密结合的义理。他对此批评说:"奈何舍实事而希影象,弃有而用为无益?"②程颐批评过杜甫"穿花蛱蝶深深见,点水蜻蜓款款飞"为闲言语,从句子表面上看,程颢的"云淡风轻近午天,傍花随柳过前川"不也是闲言语吗?叶适认为诗歌作为一种文学体裁应该具有自身的独立地位,而不应成为学术思想的载体,否则势必落得两伤的局面。叶适虽然主张诗歌应当有助于政教,但是仍然坚持诗自有自己的创作规律和要求。

通过以上分析,我们可以得出这样的结论:世言水心工文自不为错,但是水心亦重文,工文缘于重文,这两者之间存在着主动与被动的区别,他主动地回击王学和洛学对文学的侵凌,虽然稍显势单,但影响深远,刘克庄亦受之启发,发出"理学兴而诗律坏"之论。③叶适寄意于儒家统绪,承认经、史、文在这个统绪中各有自己的位置,不可相互替代。经、史、文并重是叶适的学术特色,也体现了他的文学观念,在文学退居社会文化舞

---

① (宋)邵雍撰:《伊川击壤集》,四部丛刊本。
② (宋)叶适撰:《习学记言序目》卷四十七,北京:中华书局 1977 年版,第 706 页。
③ (宋)刘克庄撰:《后村居士集》卷九十八,四部丛刊本。

台一角的南宋时期,此种认识难能可贵,这为文学命脉的延续提供了支撑,从而让叶适名正言顺地跻身南宋文学家之林。

第二节 接续"文统"的努力

一、北宋"文统"的创立

韩愈出于维护日益衰弱的中央集权统治的目的,倡为儒家统绪之说,既尊儒道,又重文学,主张以文贯道。北宋的文学家和道学家都受到了韩愈的启发,但却是向两个不同的方向延展,形成了自北宋中叶开始的道统和文统判然分离的局面。

韩愈在《原道》中说:"斯吾所谓道也,非向所谓老与佛之道也。尧以是传之舜,舜以是传之禹,禹以是传之汤,汤以是传之文武周公,文武周公传之孔子,孔子传之孟轲,轲之死,不得其传焉。"[①]韩愈之于儒学的最大功绩就是清晰地梳理出儒家道统的传承顺序,后世儒学家们大都以此为基础增删减改,不过在宋代以二程为代表的道学家看来,韩愈道统说存在明显的不足,最主要的缺漏是没有精微明确地阐发"道"的含义,让后学者无法可循;另外道学家不满韩氏对"文"的重视。韩愈《进学解》篇云:"上规姚姒,浑浑无涯;周诰殷盘,佶屈聱牙;春秋谨严,左氏浮夸;易奇而法,诗正而葩;下逮庄骚,太史所录,子云相如,同工异曲。"[②]这段话纯粹是从艺术风格的角度评价儒家经典,甚至对庄子的文章亦予以称许,曾国藩《求阙斋读书记》评曰:"退之于文用力绝勤,故言之切当如此。"难怪重道轻文的道学家指责韩愈,说他"倒学"了:"退之晚年为文,所得处甚多。

---

① (唐)韩愈撰,马其昶校注:《韩昌黎文集校注》,上海:上海古籍出版社1998年版,第10页。
② (唐)韩愈撰,马其昶校注:《韩昌黎文集校注》,上海:上海古籍出版社1998年版,第26页。

学本是修德,有德然后有言,退之却倒学了,因学文日求所未至,遂有所得。"①他们与韩愈存在分歧的根源是对儒学中"道"的内涵的体认和界定存在差异。韩愈说:"博爱之谓仁,行而宜之之谓义;由是而之焉之谓道。"②他所言之"道"强调实践的重要性,是实现儒家核心价值"仁"和"义"的途径,这种阐释似乎没有十分深刻的哲学思辨的意味,而且最有可能转化为现实行动。二程言"道"则标榜"天理"这一极具形而上的概念,其指向显然与现实功用理念背离。

对韩愈道统的不同解读和实践决定了宋代道学家和古文家对"文"的不同态度,道学家从卫道出发敌视文艺,试图达到废文存道的目的。古文家重视"文"的现实功用,因而重视对文法文风的探讨和树立,郭绍虞先生即认为在北宋中叶存在着壁垒森严、各不相下的分别以道统和文统为旗帜的道学家阵营和古文家阵营,道学家更是主动地、有意识地彰显两者之间的隔阂。二程说:"今之学者有三弊:一溺于文章,二牵于训诂,三惑于异端,苟无此三者,则将何归?必趋于道矣。"又说:"古之学者一,今之学者三,异端不与焉。一曰文章之学,二曰训诂之学,三曰儒者之学。欲趋道,舍儒者之学不可。"③所谓"异端"当指释与道,训诂则指的是固守经传的训诂之学,二程对这两者的指责不无道理,但是为了独尊道学而连文章之士也一并打压则显得既不合理,也不现实。古文家对待文道关系就不像道学家那么极端,古文运动的领袖欧阳修在《答吴充秀才书》中写道:"夫学者,未始不为道,而至者鲜焉。非道之于人远也,学者有所溺焉尔。盖文之为言,难工而可喜,易悦而自足。世之学

---

① (宋)程颢、程颐:《二程集·河南程氏遗书》卷一八,北京:中华书局1981年版,第232页。

② (唐)韩愈撰,马其昶校注:《韩昌黎文集校注》,上海:上海古籍出版社1998年版,第7页。

③ (宋)程颢、程颐:《二程集·河南程氏遗书》卷一八,北京:中华书局1981年版,第187页。

者往往溺之,一有工焉,则曰:'吾学足矣。'甚者至弃百事而不关于心,曰:'吾文士也,职于文而已。'此其所以至者鲜矣。"还说:"圣人之文虽不可及,然大抵道胜者,文不难而自至也……后之惑者徒见前世之文传,以为学者文而已,故愈力愈勤而愈不至。"①此处所论,近乎上面所引二程之"有德然后有言",但是两者有本质的区别,一是两者所言"道"之含义不同,欧阳修所言"道"与韩愈所言践行儒家仁义的核心价值是一致的,不同于二程近乎玄妙的"天理"。二是欧阳修这些话是在承认"文"具有独立自主价值的基础之上而发的,但是这里的"文"的内涵不是指向以抒发私人情感为主的宋诗、宋词,而是指向承载相当社会伦理责任的宋文,古文运动本就不是纯粹的文学改革,或者说其宗旨不是像性灵派那样追求自我情感的宣泄,因此作为文坛盟主的欧阳修一方面力主提升"文"在文道关系中的地位,另一方面也不得不警惕文章流于昆体之弊,走向因文废道的另一个极端。这正是欧阳修作为古文运动领袖比一般文人思考得深刻和全面的地方,是不能和二程崇道卑文等而观之的。曾巩也和欧阳修有比较相近的认识,王安石则过分强调"文"的政教功用而削弱"文"的自身独特性质。

　　集中精力于作"文"本身,为古文创作构建理论系统的是三苏,其中苏轼的古文理论更具典范性。三苏论文未尝不言道,只是他们不再像欧阳修和曾巩那样的谨慎,而是更多关注"文"之所以为"文"的本然规律,这也与他们对"道"的理解不再局限于传统的仁义范围有关。郭绍虞先生在《中国文学批评史上文与道的问题》一文中说:"朱子处处在载道一方面说话,东坡处处在贯道一方面说话,所以东坡之所谓道,与道学家之所谓道,本不是指同一对象。东坡之所谓道,其性质盖通于艺,故较之

---

① 曾枣庄,刘琳主编:《全宋文》卷六九七,上海:上海辞书出版社;合肥:安徽教育出版社2006年版,第58页。

道学家之所谓道,实更为通脱透达而微妙。"①郭绍虞先生指出苏轼所言"道"与道学家之道存在性质差别,至为精确,然而将苏轼所言之"道"理解为"艺",恐怕未必尽合苏轼本意,且看苏轼《日喻》中的一段话:

> 故世之言道者,或即其所见而名之,或莫之见而意之,皆求道之过也。然则道卒不可求欤？苏子曰:'道可致而不可求。'何谓致？孙武曰:'善战者致人,不致于人。'子夏曰:'百工居肆以成其事,君子学以致其道。'莫之求而自至,斯以为致也欤？南方多没人,日与水居也,七岁而能涉,十岁而能浮,十五而能浮没矣。夫没者,岂苟然哉,必将有得于水之道者。日与水居,则十五而得其道。生不识水,则虽壮,见舟而畏之。故北方之勇者,问于没人,而求其所以没,以其言试之河,未有不溺者也。故凡不学而务求道,皆北方之学没者也。②

苏轼认为,"即其所能见而名之"和"莫之见而意之"两种求道方式都是错误的,正确的方法是由学而致道,只有长期探索客观规律,遵循客观规律,才有可能掌握客观规律,即孔子所谓"君子学以致其道"。苏轼"南方多没人"的例子是对传统儒学将"道"神圣化和道学家将"道"神秘化的反拨,认为客观事实规律就是"道",掌握"道"的不二法门就是"学"。苏轼对"道"的新解使他在对待作文的问题上解除了一些束缚,获得了遵从文学创作自身规律的自由。苏轼提出了"辞达说"和"随物赋形说",在宋代散文方面,苏文的艺术成就最高。他的文论能够摆脱道统说的干扰,自立新说,就文而论文,比如:

> 孔子曰:"言之不文,行而不远。"又曰:"辞达而已

---

① 郭绍虞:《照隅室古典文学论集·上编》,上海:上海古籍出版社1983年版,第183页。
② (宋)苏轼撰:《苏轼文集》,北京:中华书局1986年版,第1981页。

矣。"夫言止于达意,即疑若不文,是大不然。求物之妙,如系风捕影,能使是物了然于心者,盖千万人而不一遇也。而况能使了然于口与手者乎?是之谓辞达。辞至于能达,则文不可胜用矣。①

吾文如万斛泉源,不择地皆可出,在平地滔滔汩汩,虽一日千里无难。及其与山石曲折,随物赋形,而不可知也。所可知者,常行于所当行,常止于不可不止,如是而已矣。其他虽吾亦不能知也。②

夫昔之为文者,非能为之为工,乃不能不为之工也。山川之有云雾,草木之有华实,充满勃郁,而见于外,夫虽欲无有,其可得耶!自少闻家君之论文,以为古之圣人有所不能自已而作者。故轼与弟辙为文至多,而未尝敢有作文之意。③

道学家倡导的"辞达而已矣"一句的意思就是为文只求达意而无须文饰,孔子的"辞达说"被他们拿来当作废黜文艺的武器,而苏轼则举出"言之不文,行而不远"说明"辞达"的原意并非不追求文饰和技巧。辞达不是一般意义上的仅追求达意而已,而是要"求物之妙"并且能够"了然于口与手",而物之妙又不是人人都能轻易了解到,"盖千万人而不一遇也",当然也是需要长期锻炼和琢磨的。"辞至于能达,则文不可胜用矣"的结论与二程之"有德然后有言"和欧阳修"然大抵道胜者,文不难而自至也"相比,是真正意义上的文学理论。

第二则材料是苏轼自评其文,表现的是一种既自由自主,又遵循客观现实规律的状态,没有一般文人常说的文道关系纠缠其中。

从第三则材料可以了解到,苏轼论文源自其父苏洵著名的风水相激而成文的观点。苏洵曾经这样描述文章的创作机制:

---

① (宋)苏轼撰:《苏轼文集》,北京:中华书局1986年版,第1418页。
② (宋)苏轼撰:《苏轼文集》,北京:中华书局1986年版,第2069页。
③ (宋)苏轼撰:《苏轼文集》,北京:中华书局1986年版,第323页。

"故曰：'风行水上涣'此亦天下之至文也。然而此二物者，岂有求乎文哉？无意乎相求，不期而相遭，而文生焉。是其为文也，非水之文也，非风之文也。二物者非能为文，而不能不为文也，物之相使而文出于其间也。"①苏洵所言之"水"当是指现实生活中的阅历、情感，"水"在作者胸中蕴积，所言之"风"当是触动这些阅历、情感蓬勃而出的机缘，这有点类似于陆机《文赋》中的灵感说。苏辙受到苏洵启发创养气之说，他说："然文不可以学而能，气可以养而致。"②苏辙所养之"气"不同于曹丕所说受之天赋的气质之"气"，而是通过游历山川，遍访英杰孕育积累而成的"文气"。

简言之，三苏论文，少受"道"的羁绊，贴近"文"之特质，较少拘泥于传统儒家仁义道德学说，更与道学家的作文害道之说判若云泥，与欧阳修、曾巩等人试图调和文道关系相比，其论调更为彻底，可谓欧阳氏开其源而三苏扬其波，他们的文论是"文统"创作理论的核心组成。实际上自欧阳修后，三苏即有比较清楚的"文统"意识，苏轼事实上承担了承续"文统"的责任。李廌《师友谈记》记录："东坡尝言文章之任，亦在名世之士，相与主盟，则其道不坠。方今太平之盛，文士辈出，要使一时之文有，所宗主。昔欧阳文忠常以是任付与某，故不敢不勉。异时文章盟主，责在诸君，亦如文忠之付授也。"③由此可以明白，北宋中叶，确实存在着道统与文统的对立现象，二程和欧苏分别是两个系统的代表人物，这得到之后文人的普遍认同。周必大就说："周程以理学显，欧苏以古文倡。"④朱熹更是明白无误地指出："文章正统，在唐及本朝，各不过两三人。其余大率多不

---

① 曾枣庄，刘琳主编：《全宋文》卷九二六，上海：上海辞书出版社；合肥：安徽教育出版社2006年版，第163页。
② 曾枣庄，刘琳主编：《全宋文》卷二〇七二，上海：上海辞书出版社；合肥：安徽教育出版社2006年版，第185页。
③ （宋）李廌：《济南先生师友谈记》，北京：中华书局1985年版，第20页。
④ （宋）周必大：《周文忠公全集》，文渊阁四库全书本。

满人意,此可为知者道耳。""文字到欧、曾、苏,道理到二程,方是畅。"①

叶适对北宋"文统"脉络的认识更为清晰:

> 初,欧阳氏以文起,从之者甚众,而尹洙、李觏、王令诸人,各自名家。其后王氏尤众,而文学大坏矣。独黄庭坚秦观张耒晁补之始终苏氏,陈师道出于曾而客于苏,苏氏极力援此数人者,以为可及古人,世或未能尽信。然聚群作而验之,自欧曾王苏外,非无文人,而其卓然可以名家者,不过此数人而已。②

在叶适的心中俨然存在一个传承有序的"文统",他对之抱着认同和肯定的态度,视之为文学发展的正确方向。他和朱熹的区别在于:朱熹承认欧、苏的文章正统地位,但是并不主张继承他们的学说;叶适则是主动积极地试图接续欧、苏"文统",或者说在南宋新的历史条件下建立承继古文运动倡导的经世致用精神的新"文统"。

二、叶适接续"文统"的努力

北宋中叶的"文统"是古文运动的一个重要成果,确立了以欧苏古文为典范的创作规范,但是这一"文统"自北宋末年崇宁、大观年间开始至宋室南渡以后变得越来越模糊了。其原因主要有以下两个方面,一是北宋崇观年间至南渡初年绍兴年间,蔡京新党人士出于党争目的,禁毁元祐学术;南渡后秦桧专权,对外主张投降和议,文坛盛行谄谀之风;二是乾道、淳熙年间,以朱熹为代表的道学思想对文学的排挤压制,叶适对此有清醒的认识和深刻的剖析。

---

① (宋)黎靖德编,王星贤点校:《朱子语类》卷一三九,北京:中华书局1986年版,第3309页。
② (宋)叶适撰:《习学记言序目·皇朝文鉴》卷一,北京:中华书局1977年版,第698页。

蔡京利用王学，为一姓专权而制造"丰亨豫大"的盛世假象，秦桧为邀宠希恩维护投降国策而打压程学。他们手法的相同处之一就是利用文禁和党禁，控制科场，使士人们或被动屈从以避祸或主动逢迎以求荣，最终导致科场的万马齐喑，文坛诌谀之风盛行。南渡以后，乾淳之前，科场和文坛被主和派监控和把持，除了为主和派帮腔作势、摇旗呐喊，士人们没有权利发出属于自己的声音，"科场尚谀佞，试题问中兴歌颂"。①

叶适对这种诌谀、卑弱的文风痛心疾首，多次予以揭露和批判，在《谢景思集序》中说："崇、观后文字散坏，相矜以浮，肆为险肤无据之辞，苟以荡心意，移耳目，取贵一时，雅道尽矣。"②《归愚翁文集序》云："余尝叹章、蔡氏擅事，秦桧终成之，更五六十年，闭塞经史，灭绝理义，天下以佞谀鄙浅成俗，岂惟圣贤之常道隐，民彝并丧矣。"③

这种文风带来的流弊已经侵入太学，这是叶适最为担忧的，因为太学文风往往会波及朝野，文人靡然相从，危害甚大。《叶适集》之《进卷·学校》论曰：

> 及秦桧为相，务使诸生为无廉耻以媚己，而以小利啗之，阴以拒塞言者。士人靡然成风，献颂拜表，希望恩泽，一有不及，谤议喧然。然至于今日，太学尤弊，遂为姑息之地。④

叶适对文风日靡的焦虑促使他生出接续元祐"文统"的愿望。《题陈寿老文集后》：

---

① （元）脱脱等撰：《宋史》卷四五九，长春：吉林人民出版社1995年版，第9286页。
② （宋）叶适撰，刘公纯等点校：《叶适集·水心文集》卷十二，北京：中华书局1961年版，第212页。
③ （宋）叶适撰，刘公纯等点校：《叶适集·水心文集》卷十二，北京：中华书局1961年版，第216页。
④ （宋）叶适撰，刘公纯等点校：《叶适集·水心别集》卷十三，北京：中华书局1961年版，第800页。

> 建安中,徐陈应刘,争饰词藻,见称于时,识者谓两京余泽,由七子尚存。自后文体变落,虽工愈下,虽丽益靡,古道不复庶几,遂数百年。元祐初,黄、秦、晁、张,各擅毫墨,待价而显,许之者以为古人大全,赖数君复见。及夫纷纭于绍述,埋没于播迁,异等不越宏词,高第仅止科举,前代遗文,风流泯绝,又百有余年矣。文之废兴,与治消长,亦岂细故哉!①

叶适认为,建安和元祐是两个文风康健的时期,还曾经说过:"古今文人不多出,元祐惟四建安七。"②在这里,叶适再次表达了对经历绍述纷纭和南渡埋没之后,前代遗文风流泯绝的忧虑,还指出"文"的兴废关系治道,因此,传承北宋"文统"显得尤为迫切。

孝宗时期对苏文的提倡是叶适接续北宋"文统"的契机。孝宗御书《苏轼文集序》开篇:"成一代之文章,必能立天下之大节。立天下之大节,非其气足以高天下者,未之能焉。孔子曰:'临大节而不可夺,君子人欤?'孟子曰:'我善养吾浩然之气,以直养而无害,则塞乎天地之间。'养存之于身,谓之气,见之于事,谓之节。节也,气也,合而言之,道也。"③最高统治者的关注具有巨大的号召力,苏轼文风盛行于科场文坛,陆游《老学庵笔记》记云:"建炎以来,尚苏氏文章,学者翕然从之,而蜀士尤盛。亦有语曰:'苏文熟,吃羊肉。苏文生,吃菜羹。'"④孝宗御书《苏轼文集序》将对苏文的崇尚推向了顶峰,士子模习苏轼诗文既能实现博取科第的功利追求,又迎合了上意,何乐不为?这使道学家们心理紧张,他们站在崇苏热潮的对立面,对苏学和苏

---

① (宋)叶适撰,刘公纯等点校:《叶适集·水心文集》卷二十九,北京:中华书局1961年版,第609页。
② (宋)叶适撰,刘公纯等点校:《叶适集·水心文集》卷七,北京:中华书局1961年版,第78页。
③ (宋)苏轼撰:《苏轼文集》,北京:中华书局1986年版,第2385页。
④ (宋)陆游撰,李剑雄点校:《老学庵笔记》,北京:中华书局1979年版,第100页。

文进行诋斥。在朱熹看来，苏轼在经术方面造诣粗浅，行为实践上不能持敬修为，都是显见的不足，容易攻破，而苏轼的文章却可谓是奇锋侧出，对广大士子极具"诱惑力"和"欺骗性"，因而"坏人心术，学校尤宜禁绝"。① 朱熹在二程"文章之学"的基础上又提出了"文章之士"的说法："小儿子叫他做诗对，大来便习举子业，得官，又去习启事、杂文，便自称文章之士。然都无用处，所以皆不济事。"② 这是从功能上将"文人之文"定义为"习举""得官""习杂文"，与道学家穷理尽性、正心诚意形成对比，含有鄙薄科场举业和"文章之士"的意味，朱熹因此对叶适、陈傅良创作的科举文集《进卷》和《待遇集》流行于科场非常不满。

在道学家阵营中，吕祖谦对叶适重续"文统"的帮助最大。叶适当年问学于吕祖谦，主要向他学习文章作法，在第一章我们曾经述及叶适晚年向他的高徒陈耆卿说及当年与吕祖谦论文至夜半的事，而他与吕祖谦借以探讨的范文则是欧阳修、苏轼等北宋古文大家的作品。在《习学记言序目·皇朝文鉴三》中又记曰："苏轼《徐州上皇帝书》，自惜其文，所谓'故纸糊笼箧'者，吕氏数语余，叹其抑扬驰骤开阖之妙，天下奇作也"③ 欧苏的文章成就自北宋中叶以后就深入文人之心，即使朱熹也不能否认这一点，朱熹对欧苏古文家们的作品也做出过不少精准的评价。但是他与吕祖谦的不同之处在于，他虽部分地认可欧苏文章，然而对欧苏学术的诋毁以及他总体上崇道学、轻科举、卑文艺的思想几乎将他对欧苏的肯定抵消了。因此朱熹也不可能真正地去仿效欧苏文风作文。吕祖谦宏博兼容的学术思想使得他在对待科举和时文两个方面采取了与

---

① （宋）罗大经撰，王瑞来点校：《鹤林玉露》，北京：中华书局1983年点校本，第33页。
② （宋）黎靖德编，王星贤点校：《朱子语类》卷三十四，北京：中华书局1986年版，第548页。
③ （宋）叶适撰：《习学记言序目·皇朝文鉴》卷四十八，北京：中华书局1977年版，第726页。

朱熹截然不同的态度。

在科举时代,文风树立往往与科举考试的导向密切相关,对学风的形成起着非常重要的作用。欧阳修当年为了扭转险怪的"太学体",利用了嘉祐二年(1057)进士科考的机会,黜落刘几,录取苏轼,从而确定通俗平易的新文风。乾淳时期,苏文盛行于科场,吕祖谦非但没有像朱熹那样视之为洪水猛兽,相反身体力行,创作了极具苏文风格的时文集《东莱博议》。钱基博先生评价《东莱博议》:"辞气铿訇,与传说之朴实说理如语录者异趣,读之令人宴宴寻绎不倦……其为文章长于比例,工于推勘,急言竭论,往复百折而无艰难劳苦之态,能近取譬,尤巧设喻,波澜顿挫,盖原出苏轼而能变化。"①

在上文我们讨论过叶适在吕祖谦逝世之时不愿承继吕氏学术的问题,陈亮等人之所以会选择叶适,一个原因是在当时叶适的学术思想表现出受到吕氏浸染的迹象,另一个原因就是叶适当时的文风也深受吕祖谦的影响。《宋元学案·水心学案》黄宗羲曰:"黄溍言叶正则推郑景望、周恭叔以达于程氏,若与吕氏同所自出,至其根柢六经,折衷诸子,凡所论述无一合于吕氏,其传之久且不废者直文而已,学固勿与焉。"②黄溍认为叶适的学术渊源最终可以上溯至二程,在这一点上他的观点与吕祖谦相近,而叶适真正传承的是吕氏的文法、文风。吕祖谦身为理学名儒,其文学思想却没有囿于道学藩篱,吴子良《筼窗续集·序》曰:"谈理者主程,论文者宗苏,而理与文分为二。吕公病焉,思融会之。故吕公之文,早葩而晚实。"③吕祖谦鉴于元祐以后道学与文学之间的对立,希望能够寻找一条折中道路,弥合两者的鸿沟。吕祖谦此主张亦被叶适接受,刘埙《隐居通

---

① 钱基博:《中国文学史》,北京:中华书局1993年版,第640—642页。
② (清)黄宗羲撰:《宋元学案》,北京:中华书局1986年版,1737页。
③ 曾枣庄,刘琳主编:《全宋文》卷七八六三,上海:上海辞书出版社;合肥:安徽教育出版社2006年版,第19页。

议》卷二:"永嘉有言洛学起而文字坏,此语当有为而发,闻之云卧吴先生曰:'近时水心一家欲合周程、欧苏之裂。'"①然吕祖谦天不假年,未能完全实现这一想法,叶适融合事功和义理的学术主张确实表现在他的文学作品中。

叶适试图重建的新"文统",他在潜意识中将自己放在与苏轼大体相同的位置上,吕祖谦对他的帮助也与欧阳修对苏轼的提携相类似。上引吴子良《荆溪林下偶谈》中提到叶适汲引陈耆卿时受到质疑,举《太息》一篇为证,实际上就是自比苏轼了。苏轼《太息一首送秦少章秀才》原文如下:

> 孔北海与曹公论盛孝章云:孝章,实丈夫之雄者也。游谈之士依以成声。今之少年喜谤前辈,或能讥评孝章,孝章要为有天下重名,九牧之人,所共称叹。吾读至此,未尝不废书太息也。曰:嗟乎! 英伟奇逸之士不容于世俗也久矣。虽然,自今观之,孔北海盛孝章犹在世,而向之讥评者与草木同腐久矣。昔吾举进士,试于礼部,欧阳文忠公见吾文,曰:"此我辈人也,吾当避之。"方是时,士以剽裂为文,聚而见讪,且讪公者所在成市。曾未数年,忽焉若潦水之归壑,无复见一人者,此岂复待后世哉。今吾衰老废学,自视缺然,而天下士不吾弃,以为可以与于斯文者,犹以文忠公之故也。张文潜、秦少游此两人者,士之超逸绝尘者也,非独吾云尔,二三子亦自以为莫及也,士骇于所未闻,不能无异同,故纷纷之言,常及吾与二子,吾策之审矣。士如良金美玉,市有定价,岂可以爱憎口舌贵贱之欤? 少游之弟少章,复从吾游,不及期年,而论议日新,若将施于用者,欲归省其亲,且不忍去。呜呼,子行矣,归而求诸兄,吾何加焉。作《太息》一篇,以践其行,使藏于家,三年而后出之。②

---

① (元)刘埙:《隐居通议》,北京:中华书局1985年版,第17页。
② (宋)苏轼撰,孔凡礼点校:《苏轼文集》,北京:中华书局1986年版,第1979—1980页。

叶适以苏轼这篇文章回击那些非议他将文法传授给陈耆卿的人,这是表明自己的做法具有传承"文统"的意图。吕祖谦早年即对叶适多有揄扬,又是叶适参加殿试时的主考,并且曾经称许叶适殿试作品《廷对》为当世第一。这些对叶适文坛宗主地位的确立至关重要,作为浙学领袖和当时的文坛主盟者,吕祖谦对叶适的推挽之功较之欧阳修之于苏轼亦不为少。苏轼在文中呈露出的敢于主盟文坛的自信和勇气,相信叶适也同样具备。可以说叶适试图接续北宋"文统"而建立新"文统"的动机源于吕祖谦的推挽。

三、"永嘉文派"说辩证与叶适新"文统"的流变

近年来,研究界流行"永嘉文派"说,认为永嘉学派诸子多擅文,以陈傅良、叶适为代表最终形成"永嘉文派",分别以周南、陈耆卿为第一代传人;吴子良、车若水为第二代传人;舒岳祥、刘庄孙为第三代传人,直至宋末元初的戴表元。其中以朱迎平先生的说法为代表,其专著《宋文论稿》上编专设"永嘉文派考论"一节,主要从以下几个方面阐述"永嘉文派"说。

第一,永嘉文派的形成,是永嘉学派重文的传统发展的自然结果。文章按照历史顺序介绍了永嘉学派重文的传统。比如永嘉学派的先驱者周行己和郑伯熊、郑伯英兄弟都传有文集,并且重视文章创作。学派的奠基者薛季宣、陈傅良也是能文之士,其中陈傅良早年文名甚盛。

第二,永嘉学派的几代学者重视文章的传统,终于培育出散文大家叶适,叶适既是永嘉学派的集大成者,又是永嘉学派的一代文宗。

第三,叶适传学的同时也传其文,从而开创了承传有序的永嘉文派。但叶适已集永嘉之学之大成,其后学在学术思想的阐发上已无法与之比肩,故永嘉功利学派到南宋后期渐趋式微。但由于"水心工文,故弟子多流于辞章",叶适文章之学通

过弟子代代相传,从而形成了永嘉文派,也可以说,在叶适之后,永嘉学派在承传过程中渐渐蜕变成永嘉文派。

文章最后指出叶适是促使永嘉学派变成永嘉文派的关键人物,"他集永嘉学术之大成,又开启了永嘉文派之先河"。①

朱文追根溯源,指出永嘉学派先驱者和奠基者们重视文章之学,并且认为这是所谓"永嘉文派"形成的根本原因。没有先驱者和奠基者几代人的努力,就不可能培育出叶适这样的散文大家,而又因为叶适已经集永嘉学术之大成,后学难以为继,只能继承叶适的文章之学,于是永嘉文派因此产生。因此,朱文认为:永嘉文派的形成,是永嘉学派及其重文传统发展的自然结果,同时也是永嘉学派向文派的一种蜕化。

朱先生认识到叶适在其所谓"永嘉文派"中所起到的关键作用,认为叶适开启了永嘉文派之先河有一定道理。但是他认为叶适成为散文大家是永嘉几代学者"培育"的结果,不免流于简单,抹杀了叶适学术和文学思想的独立性,更重要的是没有透彻领悟叶适"经""史""文"并重的学术思想对他重视文章之学的根本意义。诚然,永嘉重文的传统必然对叶适产生深刻影响,但是叶适的文学思想已经超出永嘉之学的藩篱,我们需要再次强调的是叶适"工文"是他主观上"重文"的结果,而他的文学思想渊源应当是北宋以欧阳修、苏轼为代表的古文运动精神。永嘉事功学派诸子虽然有相当数量的文学作品传世,但是他们并没有在主观意识上给予文章之学应有的地位,在这一点上,陈傅良最具有代表性。

> 吾乡南宋时学者极盛,而当时科举之文亦推东瓯婺越,乡先生中如陈文节之《待遇集》,叶文定之《进卷》及《八面锋》《奥论》《论祖》等作,皆所谓场屋文字,一时谓之"永嘉体"。②

---

① 朱迎平:《宋文论稿》,上海:上海财经大学出版社2003年版,第128页。
② (清)孙衣言:《逊学斋文钞》卷八,影印清同治刻本。

在乾道初年,陈傅良的文名胜过叶适,文章风格也是继承欧阳修和苏轼等古文运动大家。自追随薛季宣专于事功之学而后,陈傅良就将文章之学视为与道相碍妨之物,其撰《文章策》曰:

> 三代无文人,六经无文法。非无文人也,不以文论人也;非无文法也,不以文为法也。是故文非古人所急也。古者,道德同而风俗一,天下未尝惟文之尚也。学校进士无文教也,乡党选士无文科也,朝廷爵士无文品也。士之有文,皆汲养之素。而谈笑之发,蹈履之熟,而议论之及,非有意也。是故虽其所出,而非其所为,虽其所有,而非其所知,文之在天下郁郁矣。……呜呼!道盛则文俱盛,文盛则道始衰矣。射策之晁错,不如木强之申屠;谈经之公孙,不如戆愚之汲黯。自汉以来,甚矣文之日胜,而士之俗日漓,人才之日乏,而国家之日不理也。华藻之厚,而忠信之薄也。词辩之工,而事业之陋也。学问之该而器识之浅也。吾不意夫文之为天下患如此也。①

陈傅良首先认为三代无文人,无文法,并且说"道盛则文俱盛,文盛则道始衰矣",明显将"文"的地位远置于"道"之下,又说"吾不意夫文之为天下患如此也",真可谓是程朱道学派"作文害道"说的又一版本。与叶适所持汉以前"经""史""文"三者合为统绪的观点背道而驰。因此,永嘉学派的学者们虽亦从事文学创作,但是在他们的主观意识中,重学要远胜过重文。据此,朱迎平先生"永嘉文派是永嘉学派发展的自然结果"的观点就站不住脚了。

另外,朱文提到的所谓"永嘉文派"后代传人的师承渊源几乎只指向叶适一个人,这恰恰证明了这一文章之"文统"与永嘉学派之"学统"并非密不可分。还有一点,朱先生也已经注意到

---

① 曾枣庄,刘琳主编:《全宋文》卷六〇五二,上海:上海辞书出版社;合肥:安徽教育出版社2006年版,第209—210页。

了,他所考索的永嘉文派的传人中,除戴栩外,其余的主要传人都不是永嘉人,例如周南是平江(今江苏苏州)人,陈耆卿和吴子良是台州临海人,车若水是黄岩人,最后一位代表戴表元是奉化人,这与永嘉学派代表人物多出永嘉显不相符,名之曰"永嘉文派"显然名不副实。

通过以上分析,我们可以看出,所谓"永嘉文派"是永嘉学派自然发展结果的说法不能成立,永嘉文派更谈不上是永嘉学派的蜕化。叶适的学术视域已经大大跃出永嘉学派的范围,如全祖望所言:"水心之门,有为性命之学者,有为经制之学者,有为文字之学者。"①

其实,在叶适文章之学的传人心目中,他们的宗师只有叶适一人,并没有地域上的认同感,他们清醒地理解叶适致力于接续"文统",或者说建立新"文统"的良苦用心。

王象祖《答车若水书》记曰:

> 文字之趋日靡矣。皇朝文统,大而欧、苏、曾、王,次而黄、陈、秦、晁、张,皆卓然名家,辉映千古。中兴以来,名公巨儒不自名家,张、吕、朱氏,造儒术而非文艺。独水心擅作者之权,一时门人,孰非升堂,孰为入室,晚得陈筼窗(耆卿)而授之柄。今筼窗之门亦伙矣。②

王象祖也是叶适文章之学的传人,这段话告诉我们叶适确有承续"皇朝文统"的理想,而且这种理想的产生是因为理学家贬斥文艺,导致古文运动以来形成的健康文风和散文文法有被弃置和消灭的危险。王象祖描述的北宋欧、苏文统与叶适所论也如出一辙,他还解释了叶适有可能将自己的想法付诸实施,是由叶适在当时文坛享有的地位所决定的,"独水心持作者之权"。王象祖也没有提及永嘉学派其他学者参与叶适重续"文

---

① (清)黄宗羲撰:《宋元学案》卷五十五,北京:中华书局1986年版,第1797页。
② (宋)车若水撰:《脚气集》,北京:中华书局1991年版,第32页。

统"的行动中,一个"独"字表明那是叶适不满"文字之趋日靡"的现状而产生的一己之宏愿。

王象祖没有认识到吕祖谦对叶适重建"文统"的启发和帮助,这是他的不足,吴子良对叶适新"文统"的认识比他要深刻、全面得多,他的《〈筼窗续集〉序》云:

> 文有统绪有气脉。统绪植于正而绵延,枝派旁出者无与也;气脉培之厚而盛大,华藻外饰者无与也。六籍尚矣,非直以文称,而言文者辄先焉,不曰统绪之端、气脉之元乎!
>
> 自周以降,文莫盛于汉、唐、宋。汉之文以贾、马倡,接之者更生、子云、孟坚其徒也。唐之文以韩、柳倡,接之者习之、持正其徒也。宋东都之文以欧、苏、曾倡,接之者无咎、无几、文潜其徒也。
>
> 宋南渡之文以吕、叶倡,接之者寿老其徒也。寿老少壮时,远参洙泗、近探伊洛,沉涵渊微,恢拓广大,固已下视笔墨町畦矣!及夫满而出之,则波浩渺而涛起伏,麓秀郁而峰崚嶒,户管摄而枢运转。舆卫而冠冕雍容,其奇也非怪,其丽也非靡,其密也不乱,其疏也不断,其周旋乎贾、马、韩、柳、欧、苏、曾之间,疆场甚宽而步武甚的也。不幸吕公不及见,而叶公晚见之,惊诧起立,为序其所著《论孟纪蒙》若干卷、《筼窗初集》若干卷,以为学游、谢而文晁、张也。至其独得于古圣贤者,中夜授、垂死嘱焉,而曰:"吾向以语吕公伯恭,今以语寿老"。四十年矣。叶公既殁,筼窗之文遂岿然为世宗,盖其统绪正而气脉厚也。
>
> 自元祐后,谈理者祖程,论文者宗苏,为理与文分为二。吕公病其然,思会融之,故吕公之文早范而晚实。逮至叶公,穷高极深,精妙卓特,备天地之奇变,而只字半简无虚设者。寿老一见,亦奋跃,策而追之,几及焉。然则所谓统绪正而气脉厚者,又岂直文而已!余十六从筼窗,二十四从叶公,公亦以其嘱筼窗者嘱予也。惰不复进,每逌想太息之,故于《筼窗初

集》既以锓之海陵,而今复并其续集锓之豫章,使夫统绪气脉之传,来者尚有考也。①

吴子良(1198—1257年)曾直接师承叶适,其所言之"统绪"可理解为叶适的散文史观,基本涵盖历代优秀散文作家,代表中国古代散文发展的主脉络,这就是所谓的"统绪正";所谓气脉当可理解为不同时代作家通过学习、积累所具备的气质神韵,这与特定的社会现实和学术思潮有关。

吴子良将吕祖谦名列于叶适名之前,将其看作这一文章统绪中南宋阶段的起始环节,叶适自己说:"吾向以语吕公伯恭,今以语寿老,四十年矣!"表明自己是承上启下关键的一环。不过吕、叶两人努力承续的"文统"带有南宋乾淳以来的特点,那就是试图融会理学和文学二者,寻求一种学与文之间的平衡。叶适在为陈耆卿的著作写的序中,说他"学游、谢而文晁、张",游、谢是指二程弟子游酢和谢良佐,晁、张当然就是晁补之和张耒的简称,这里就是在称赏陈耆卿能够将理学与文章之学很好地结合起来。这是叶适的一种尝试,也是理学思想逐渐扩大之后在学术界必然引起的连锁反应。但是正如莫砺锋先生所分析的那样,理学本身具有非文学、反文学的属性,哲学思辨和文学形象恐怕很难做到水乳交融,肯定会部分地牺牲文学性,即使是叶适自己的一些试图将两者结合的散文,为了兼顾义理而使文章的精彩减少了。

文中按照吕祖谦—叶适—陈耆卿—吴子良包括早期的周南的顺序排列了南宋新"文统"的承续图,并希望后来者能够传承下去,"使夫统绪气脉之传,来者尚有考也"。叶适及其门人就是以这种师门传授的方式将水心文法一直传到宋末元初,成为成就和影响很大的一支文学力量。叶适传周南、陈耆卿;陈耆卿传吴子良和车若水;吴子良传舒岳祥和刘庄孙;舒岳祥的

---

① (宋)林表民编:《赤城集》,文渊阁四库全书本。

弟子戴表元是水心文法在南宋的最后一代传人。当然，在流传的过程中由于作家个人思想、才性的差异，加上受到社会思想变化的影响，这一新的"文统"内部也出现了不一致的发展方向，其中一个重要的变化就是在理学上升为官学之后，有些作家就放弃了对文章之学的探究，转而皈依理学了。车若水对水心文法的放弃就是一个具有代表性的例子，他晚年所作的笔记杂著《脚气集》中回忆了自己从倾心文章之学到改变初衷的过程：

> 予登篔窗先生门，方逾弱冠，荆溪吴明辅先从篔窗，已登科，声誉甚振，长予十有三年。予系晚进，篔窗一日于人前见誉过当，同门初不平，久方浃洽。相与作为新样古文，每一篇出，交相谀佞，以为文章有格。归呈先祖，乃不悦，私意谓先祖八十有余，必是老拙晓不得文字。顾首顾尾，有间有架，且造语俊爽，皆与老拙不合也。既而先祖与篔窗皆即世，吾始思念六经不如此，韩文不如此，欧苏不如此，始知其非。①

车若水（1209—1275年）将年轻时追随陈耆卿所学文章称为"新样古文"，其章法特点是"顾首顾尾，有间有架，且造语俊爽"，当时受到其先祖的批评，车若水并不接受，但是当陈耆卿和其先祖离世以后，车若水开始检讨所学的文章作法，转而认为所学文法不合经典，于是改弦易辙了。《四库全书总目》记云："若水少师事陈耆卿学为古文，晚乃弃去，改师陈文蔚，刻意讲学。"②车若水放弃学习古文，潜心理学，这是当时理学已经在思想界占据主流，士人大多趋之若鹜的真实反映。当然水心文法在传承过程中可能也有追求形式化、模式化的不良倾向出现，对义理的探寻被慢慢忽视。"然自水心传于篔窗，以至荆

---

① （宋）车若水撰：《脚气集》，北京：中华书局1991年版，第29页。
② （清）纪昀等著：《钦定四库全书总目（整理本）》，北京：中华书局1997年版，第75页。

溪，文胜于学，阆风则但以文著矣。"① 兼通义理和文学的精神被逐渐稀释淡化，甚至流于单纯的文章技法的考较。

叶适接续文统的努力在陈耆卿、吴子良和戴表元等人那里得到了回应，他们能够坚持散文创作的艺术追求，并且都取得不俗的散文成就，戴表元作为由南宋入元的最后一位水心文法传人，致力于克服南宋末年文坛的诸种弊端，成为宋季难得的散文大家。

---

① （清）黄宗羲撰：《宋元学案》卷五十五，北京：中华书局1986年版，第1825页。

第三章　叶适的诗学批评

叶适重文,对历代的文学作品和文学现象发表了很多见解独到的评论和批评。与同时代的其他作家相比,叶适的文学批评范围最广泛,几乎涉猎所有历史时代和所有的文学体裁,也涉及各个历史时期具体作家、作品。中国古代本就少有单纯的文学批评,文学批评经常和经学、史学、伦理学的批评交织难解。叶适本不是一个纯粹的文学家,"经""史""文"并重的学术思想必然导致他的文学批评具有复杂性,他的文学批评存在文学品鉴与道德评判的交叉,与史学批评的抵牾都是正常的,是典型的学者型批评。在某种程度上这是对文学批评的干扰和削弱,但这确实是无法回避的事实。在叶适所处的南宋时期,学术的势力范围在社会文化领域已经渐趋扩大,文学本来已经不得不接受来自学术的公然挑战,在这种情势下,叶适工文、重文,并且能够发表较为系统的文学批评,实属难得。道学家除朱熹外,几乎少有像样的文学批评传世,浙学派中的陈亮文学成就不凡,但是也几乎没有文学批评流传下来。可以说,叶适是同时代的思想家中文学批评成就最为突出的一个,即使和一般的文学家相比,叶适的文学批评成果也毫不逊色。

　　叶适现存的文学批评除散见在他的文学作品中之外,比较集中地保存于《习学记言序目》最后四卷《皇朝文鉴》。上文提到过叶适曾经编选过一些诗文总集,当也能反映他的文学批评思想，只可惜都亡佚了。

第一节　叶适对《诗经》的批评

　　创通经义是宋代儒学的主要任务之一，对儒家经典重新进行阐释、疑注破疏成为宋学的基本特征，不论哪一个学派在这一点上都是一致的。儒家经典是中国儒家文化的源头，其具有文史哲天然结合的多重性质，这给后世学者的解读带来难度，同时也增加了多种可能的解读方向。对儒家经典进行哲学的、伦理的阐释是解读经典的主要任务，解读经典，利用经典，这在宋代学者那里表现得尤为明显。贯通经史以达经世致用是宋儒的追求，功利主义的文学观是中国古代文学理论批评的重点，因此对儒家经典的文学性探求从来不是学者的首要出发点，但是，他们又总是自然而然地将儒家经典作为后世一切文学作品的最高典范，后起的文学样式、文学体裁往往是经典的变异甚至蜕化。因而，对儒家经典的文学性发掘也不可能被完全忽视，到了南宋，经典的权威性表现得更为明显，随着理学的兴盛，理学家们最为关注的是从儒家经典那里寻求"道"的真谛，再以"道"求治，文道关系的天平向"道"那一方倾斜。

　　叶适的学术思想不同于正统的道学派，也不囿于纯粹的事功学说，叶适可以称得上是融合事功和义理的理学家，但是文道关系的不平衡势必对他的文学批评产生影响，而他对儒家经典著作的解读方式也没有能够彻底地脱离当时的历史背景，对义理的阐发多于对文学性的发明，这是必须要承认的。不过叶适重文的思想在他对经典的阐析中时有发露，我们还是能够从中寻觅出他对儒家经典文学特质的批评，有些在他的整个文学批评中还具有纲领性意义。

一、对孔子删诗说的批驳

　　《诗经》是我国第一部诗歌总集，原名《诗》或《诗三百》，全书总共收集了周初至春秋中叶五百多年间的作品,共有305篇,另有6篇笙诗,有目无词。关于《诗经》的编订成书,历史上影响广泛的有"献诗""采诗"和孔子"删诗"之说。"献诗"和"采诗"之说易为人理解和接受,孔子"删诗"之说起自汉代,但从唐代开始就遭受质疑。《史记·孔子世家》:"古者《诗》三千余篇,及至孔子,去其重,趋可施于礼义,上采契、后稷,中述殷、周之盛,至幽、厉之缺。始于衽席,故曰:'《关雎》之乱以为《风》始,《鹿鸣》为《小雅》始,《文王》为《大雅》始,《清庙》为《颂》始。'三百五篇孔子皆弦歌之,以求合《韶》《武》《雅》《颂》之音。"①唐代孔颖达开始怀疑"删诗"说,他说:"书传所引之诗,见在者多,亡逸者少,则孔子所录不容十分去九。马迁言古诗三千余首未可信也。"②清人崔述说:"子曰:'诵《诗》三百……'子曰:'《诗》三百……'玩其词意,乃当孔子之时已止此数,非自孔子删之而后为三百也。《春秋传》云:'吴公子札来聘,请观于周乐。'所歌之风无在十五国外者。……况以《论》《孟》《左传》《戴记》诸书考之,所引之《诗》逸者不及十一,则是颖达之言左券甚明;而宋儒顾非之,甚可怪也。由此论之,孔子原无删《诗》之事。"③崔述辨"删诗"说之理由,确实有力,并且自认为是一己之独见,殊不知早他几百年的叶适已经详细地辨析过这个问题,崔述所言"而宋儒顾非之,甚可怪也",连宋代大儒叶适的观点也没有注意到,实属他个人疏漏。叶适《习学记言序目》卷六《毛诗》云:

> 《史记》"古《诗》三千余篇,孔子取三百五篇",孔安国亦言"删《诗》为三百篇"。按《诗》,周及诸侯用为乐章,今载于《左氏》者,皆史官先所采定,就有逸诗,殊少矣,疑不待孔子而后删十取一也。又《论语》称"《诗》三百",本谓古人已具之《诗》,不应指其自删者

---

① (汉)司马迁撰:《史记》卷四十七,北京:中华书局1959年版,第1936页。
② (汉)郑玄:《毛诗正义》,北京:中华书局1980年版,第263页。
③ 崔述:《崔东壁遗书》,上海:上海古籍出版社1983年版,第309页。

言之也。余于《尚书》，既辨百篇非出于孔氏，复疑《诗》不因孔氏而后删，非故异于诸儒也，盖将推孔氏之学于古圣贤者求之，视后世之学自孔氏而始者则为有间矣，亦次第之义当然尔。①

叶适在接受孔颖达观点的基础之上，又能细致地感觉到孔子不可能称自己删后之诗为"诗三百"，崔述如果不是看到叶适的这番话却故意秘而不宣的话，那么叶适可谓几百年前就已经先他而知了。另外叶适进一步说明自己之所以辨明删诗说之伪，原因并非故意标新立异，他只是想借此纠正一种不正确的思路，那就是主观地认为孔子之前无圣贤，叶适认为"学自孔子而始"是极为不客观的说法，是对孔子的盲目尊崇。他在《毛诗·总论》中还有更为细密的推论：

> 按《左氏》载逸诗，有事本者惟《祈招》。以《诗》考之，独文、武、成王、幽、厉宣王、有诗，康王则已无诗，而美诗多作于成王之时。盖集诗之凡例，专以治乱兴亡两节及中兴为断，而义归于一君之美刺及美刺兼焉者，故康穆以下至夷王，虽有诗皆不录；疑此西周之后，东周之时所裒次也。周以《诗》为教，置学立师，比辑义类，必本朝廷，况《颂》者乃其宗庙之乐乎！诸侯之风，上及京师，列于学官，其所去取，亦皆当时朝廷之意，故《匪风》之思周道，《下泉》之思治，《简兮》思西方之人，皆自周言之也。孔子生远数百年后，无位于王朝，而以一代所教之诗，删落高下十不存一为皆出其手，岂非学者随声承误，失于考订而然乎？且又有甚不可者，孔子之先，非无达人，《六经》大义，源深流远，取舍予夺，要有所承，使皆芜废讹杂，则仲尼将安取斯？今尽掩前闻，一归孔氏，后世之所以尊孔子者，固已至矣，推孔子之所以承先圣者，则未为得也。②

---

① （宋）叶适撰：《习学记言序目》卷六，北京：中华书局1977年版，第61—62页。
② （宋）叶适撰：《习学记言序目》卷六，北京：中华书局1977年版，第79—80页。

此番议论其实是有为而发,道学家虽然表面上尊奉尧、舜、禹、汤,实则将孔学列为所谓道统之源头,这种做法导致过分尊孔。叶适认为周代以诗立教,对诗的增删去取应该主要是周室的意愿,孔子后生几百年,而且地位卑微,不太可能对流传应用了几百年的立教之诗进行十取其九、大刀阔斧的删削。另外,叶适还揭示了一个近乎常理的事实,那就是"孔子之先,非无达人,《六经》大义,源深流远,取舍予夺,要有所承",孔子只是古圣贤传承链条中的一环,不可能是源头之人。叶适的真实意图是要破除当时学术界对孔子近乎神话的顶礼膜拜,认为孔子也当是学有所承,如果将叶适的观点继续向上推演,那就是创造人类文化精华诗歌的原初力量乃是人民大众,也就是叶适所言之"生民"。

叶适下了如此大的力量对删诗说予以辩驳,是叶适论学论文追求独立思考,不随时翻覆的结果。《直斋书录解题》说他"大抵务为新奇,无所蹈袭",《四库全书总目》也说:"所论喜为新奇,不屑摭拾陈语。"这些评论并非都是赞赏,但却道出实情,不过叶适并非刻意求奇,能做到有的放矢,务求事实真相。

二、关于《诗经》"小序"的观点

关于《诗经》"序"的问题叶适同样能不囿于流俗之见,高出众人一筹。

东汉以后,原本激烈角逐的齐、鲁、韩、毛四家《诗经》学派只剩下"毛诗"一家,成为定于一尊的诗说权威。唐代孔颖达撰《毛诗正义》集合《传》和郑《笺》,虽也间出新意,总体上还是遵从旧说,《毛诗正义》就成为汉学诗说的代表之作,自唐初至五代被学者尊奉,无有异词。

较早开始怀疑《毛诗》的是北宋的欧阳修和苏辙,这种怀疑主要是对于《毛诗》"小序"的质疑,可谓开了宋代疑"序"反"序"的先河,并且由此引发遵"序"和反"序"之间的辩争。比较极端的攻"序"学者为南宋初年的郑樵和王质，分别著有《诗辨妄》和《诗总闻》，前者认为：《诗序》皆出汉人之手，而且鄙之为"村野妄人所作"，①竭尽全力驳斥《小序》。王质直接主张废除诗序，自出己意来说诗。与废序、攻序之说针锋相对的是遵序说，这类学者往往认为攻序派的做法是离经叛道，首先发难的是北宋道学家程颐，他说："问：《诗》如何学？曰：只在《大序》中求。《诗》之大《序》，分明是圣人作此以教学者。""问：《诗小序》何人作？曰：《序》中分明言国史明乎得失之道，盖国史得于采诗之官。"②南宋时期遵序派开始占据上风，范处义和吕祖谦等人分别写成《诗补传》和《吕氏家塾读诗记》，宣扬遵序之说。但是朱熹却最终采取了否定《诗序》的态度。

叶适对《诗序》没有一概地简单肯定或否定，他说：

> 作诗者必有所指，故集诗者必有所系；无所系，无以诗为也。其余随文发明，或记本事，或释诗意，皆在秦汉之前，虽浅深不能尽当，读者以其时考之，以其义断之，惟是之从可也。专溺旧文，因而推衍，固不能得诗意；欲尽去本序，自为之说，失诗意愈多矣。③

乍读此段觉得叶适似在采取折中说法，对攻序说、遵序说各打五十大板，实际不是这样，叶适已经洞察遵序和攻序两说之偏颇，再次详为开说，意在了却这桩公案。他首先指出作诗者必是有为而作，集诗者也当是有所寄托，揣摩诗序对理解诗意是有帮助的。但是研究诗序要掌握正确的方法，即当"以其时考之，以其义断之，惟是之从可也"，不能脱离时代背景刻舟求剑，亦不可离开文本自说自话。盲目遵序和不加分析地攻

---

① （宋）黎靖德编，王星贤点校：《朱子语类》卷八十，北京：中华书局1986年版，第2076页。
② （宋）程颢、程颐：《二程集·河南程氏遗书》卷一八，北京：中华书局1981年版，第229页。
③ （宋）叶适撰：《习学记言序目》卷六，北京：中华书局1977年版，第61页。

序、废序都不能真正理解诗意。这种知人论世地解读诗"小序"的主张无疑是客观的。

三、以诗立教说

叶适对《诗经》文学进行批评的核心内容是以诗立教说,并且明确地说以诗立教是从周代开始的,这也是《诗经》存诗始于周朝的原因。他说:"自有生民,则有诗矣,而周诗独传者,周人以为教也。诗一也,周之所传者可得而言也;上世之所不传者不可得而言也。"①叶适承认自有生民便有诗歌即是间接地承认了诗歌来源于人类的生产劳动,此种认识难能可贵,但是他认为对诗歌的利用却只能由古之圣贤来完成,诗歌之所以在周代被第一次当作教化黎民的手段,是因为"诗之道至于周而后备也"。②那么诗之道的内涵如何,它又是如何形成的呢?对此叶适在《进卷·诗》有解说:

> 诗之兴尚矣。夏、商以前,皆磨灭而不传,岂其所以为之者至周人而后能欤?夫形于天地之间者,物也;皆一而有不同者,物之情也;因其不同而听之,不失其所以一者,物之理也;坚凝纷错,逃遁谲伏,无不释然而解,油然而遇者,由其理之不可乱也。是故古之圣贤,养天下以中,发人心以和,使各由其正以自通于物。■缊芒昧,将形将生,阴阳晦明,风雨霜露,或始或卒,山川草木,形著悬长,高飞之翼,蛰居之虫,若夫四时之递至,声气之感触,华宝荣耀,消落枯槁,动于思虑,接于耳目,无不言也;旁取广喻,有正有反,比次抑扬,反覆申绎,大关于政化,下极于鄙俚,其言无不到也。当其抽词涵意,欲语而未出,发舒情性,言止而不穷,盖其精之至也。言语不通,嗜欲不齐,风俗不

---

① (宋)叶适撰:《习学记言序目》卷六,北京:中华书局1977年版,第62页。
② (宋)叶适撰,刘公纯等点校:《叶适集·水心别集》卷五,北京:中华书局1961年版,第700页。

同,而世之先后亦大异矣;听其言也,不能违焉,此足以见其心之无不合也。然后均以律吕,陈之官师,金石震荡,节奏繁兴,羽旄干戚,弦匏箫管,被服衮黼,拜起揖逊,以祭以宴,而相与乐乎其中。于是神祇祖考相其幽,室家子孙协其明,福禄盛满,横畅旁浃,充塞宇宙,薰然粹然,不知其所以然。故后世言周之治为最详者,以其诗见之。然则非周人之能为诗盖诗之道至于周而后备也。①

此段议论作于淳熙十一年(1184),此时叶适的思想既受到永嘉事功学派的影响,也受到吕祖谦理学的熏陶,因此他的对"诗之道"的内涵及古之圣贤以诗立教的解说就显得比较复杂。有学者认为开头关于物—情—理关系的探讨只是叶适事功思想的反映②,这未免将问题简单化了。天地之间的"物"各有不同的"情",这里的"情"似应理解为情状,情状万千而其"理"则一,"理"是对"物"的本质性定义,叶适认为还不止如此,"理"不可乱,"物"和"情"当然就各得其所。古之圣贤就是由此得到启发而借诗立教,调解人伦秩序、社会政教,具体的方法还是儒家传统的中和说,所谓"养天下以中,发人心以和,使各由其正以自通于物",即《中庸》所说:"喜怒哀乐未发谓之中,发而皆中节谓之和",诗的教化作用还需要通过乐来辅助方能发挥,最后达到"于是神祇祖考相其幽,室家子孙协其明,福禄寿满,横畅旁浃,充塞宇宙,薰然粹然,不知其所以然"的境界。当然叶适也知道"言语不通,嗜欲不齐,风俗不同,而世之先后亦大异矣"。总的来看,叶适的这番话没溢出《诗大序》的范围(叶适对《诗大序》是基本肯定的),不仅如此,相比之下,叶适的诗学思想似乎更为温柔敦厚,孔子诗教说中"怨"的成分没有被叶适突出,

---

① (宋)叶适撰,刘公纯等点校:《叶适集·水心别集》卷五,北京:中华书局1961年版,第699—700页。
② 石明庆:《理学文化与南宋诗学》,北京:中国社会科学出版社2006年版,第131页。

比如他对《诗经》中的变风、变雅是这样理解的:

> 论《风》《雅》者必明正变,尚矣。夫自上正下为正,固也;上失其道,则自下而正上矣,自下正上,虽变,正也。《小序》谓"政教失而变风发乎情",审如其言,则是不足以自正,岂能正人哉!今之所存者,取其感激陈义而能正人,非谓怨愤妄发而不能自正也。①

《诗大序》都说过:"至于王道衰,礼义废,政教失,国异政,家殊俗而变风变雅作矣。"叶适却从根本上否定"变"的说法,看似新奇,但是相对《诗大序》来说是一种退步的诗学观。他的意思无非是说,即使王道衰落,作为臣民自己也不能发自怨刺地创作变风变雅之作,亦如他所言只能"感激陈义",而不能"怨愤妄发"。否则就是不能自"正",此种论调显然无视人情的自然发抒,不能认识,或者是不愿认识臣民在王道失、政教衰的时候可能而且应该发出怨愤之声。这是叶适《诗经》批评中的瑕疵,这种过分强调政教功能的批评观导致他观照文学作品时忽视了人的真情实感,即使心中实有体会但却口中不言,造成叶适文学批评中会有较多对同一文学文本的存在相互矛盾的双重批评现象。

在《进卷·诗》一文的最后,叶适这样说:

> 《离骚》,《诗》之变也;赋,《诗》之流也;异体杂出,与时转移,又下而为俳优里巷之词,然皆《诗》之类也。宽闲平易之时,必习而为怨怼无聊之言;庄诚恭敬之意,必变而为悔笑戏狎之情;此《诗》之失也。夫古之为《诗》也,求以治之;后之为《诗》也,求以乱之。然则岂惟以见周之详,又以知后世之不能为周之极盛而不可及也。②

---

① (宋)叶适撰:《习学记言序目》卷六,北京:中华书局1977年版,第61页。
② (宋)叶适撰,刘公纯等点校:《叶适集·水心别集》卷三,北京:中华书局1961年版,第700页。

关于《离骚》和赋,叶适认为它们是《诗经》的流变,这是对两者之间关系的正确认识,但是,依然是从政治教化的价值角度评判它们,叶适认为它们并不是《诗经》的正向发展,而是"《诗》之失也"。称之为杂出的异体,与古时以诗立教的初衷背道而驰,主要理由就是,《离骚》属怨怼无聊之言,赋为侮笑戏狎之情,末尾一句透露出叶适认为后世也有可能出现像周朝那样的极盛之世,因而也就有可能出现像《诗经》一样的文学作品,这看起来似乎矛盾的表述反映出叶适并非一味地厚古而薄今。不过,对诗歌教化功能近乎偏执的追求确实妨碍了他对古代文学史上优秀作品的品鉴。在《汉阳军新修学记》中,对竭忠尽智而被流放楚地的屈原,叶适虽然承认《离骚》是楚地文词之盛的标志,但是没有对屈原的奇冤重怨报以同情,没有对楚辞的华美精致报以赞赏,却依然将屈原看作造成楚人"悲愤刻约,琢外巧之卉木,遂变《风》《雅》而为丽淫者,亦不自悟其失也"①的祸首,实在令人叹息。

叶适的这种观照文学作品的方式是宋代儒家重理节情的极端表现,宋代文人的主体精神高扬,对人在自然天地之间、社会人伦关系之中的地位和使命孜孜探求,追索的结果是,对国家、天下的责任感和使命感空前高涨,理学家张载的话可作为对这种信念的注解:"为天地立心,为生民立命,为往圣继绝学,为万世开太平。"②个人的欲望情志必须压抑和节制到最低限度,正如王水照先生所言:"宋学同时要求把封建伦理道德规范,化为主体的自觉行动方式,作为实现上述最高境界的途径,这又造成对人的主体性的斫伤。因而在他们的理论体系中,人

---

① (宋)叶适撰,刘公纯等点校:《叶适集·水心文集》卷九,北京:中华书局1961年版,第140页。
② (清)黄宗羲撰:《宋元学案》卷十八,北京:中华书局1986年版,第769页。

的主体的独立性和依附性是被奇妙地扭结在一起。"①这种人性灼伤的表现之一就是他们在对待最能反映真实人性和情感的文学作品时,表现得谨慎而警惕,在对它们进行评判的时候,变得挑剔而严苛,这种情况到了南宋尤为突出,最具文学特质的部分往往被当作最为有害的而遭到忽略和抛弃,"义理"充实是第一位的,"文字"的艺术性是第二位的。

第二节 对《诗经》以外历代诗歌的批评

一、平视古今的诗学观念

在南宋理学家中,对历代诗歌做出整体评价的人主要有叶适和朱熹两人,我们先看朱熹的观点:

> 古人情意温厚宽和,道得言语自恁地好。当时叶韵,只是要便于讽咏而已。到得后来,一向于字韵上严切,却无意思。汉不如周,魏晋不如汉,唐不如魏晋,本朝又不如唐。②
>
> 古今之诗,凡有三变,盖自书传所记,虞夏以来,下及魏晋,自为一等。自晋宋间颜、谢以后,下及唐初,自为一等。自沈宋以后,定着律诗,下及今日,又为一等。然自唐初以前,其为诗者固有高下,而法犹未变。至律诗出,而后诗之与法始皆大变。以至今日,益巧益密,而无复古人之风矣。故尝妄欲抄取经史诸书所载韵语,下及《文选》汉魏古辞,以尽乎郭景纯、陶渊明之所作,自为一编,而附于《三百篇》《楚辞》之后,以为诗之根本准则。又于其下二等之中,择其

---

① 王水照主编:《宋代文学通论》,郑州:河南大学出版社1997年版,第19页。
② (宋)黎靖德编,王星贤点校:《朱子语类》卷八十,北京:中华书局1986年版,第2081页。

近于古者,各为一编,以为之羽翼舆卫。其不合者则悉去之,不使其接于吾之耳目,而入于吾之胸次。①

综合上述两则文字,朱熹的诗歌史观表现出明显的尊古陋今的倾向。第一则是从押韵的角度辨析诗歌的,在他看来,古人诗歌未尝不押韵,但是由于古人诗歌是其温厚宽和情意的自然表达,所谓无意为诗而发为言语自然淳好,无意为诗就更不可能在韵脚声律上刻意探究,只是为了"便于讽咏而已",朱熹强调古人押韵出于自然主要指的是《诗经》和《楚辞》。而后来的作者将押韵的重要性提升到过高的位置,削弱了古人作诗的本意,押韵不再仅仅是为了便于讽咏,还成为比较工拙、定夺诗歌优劣的重要标准,这就肯定会影响对诗歌内容的重视。而且此种趋势愈演愈烈,每况愈下,在朱熹看来,真是"汉不如周,魏晋不如汉,唐不如魏晋,本朝又不如唐",一代不如一代了!

对以《诗经》为代表的古诗的尊崇并非个别现象,作为儒家经典之一的《诗经》在中国历代文人心目中几乎都是至高无上的,这并不妨碍后世诗人在文学自身发展规律力量的驱动下对诗歌、诗法进行与时推移的创新,但是在具体的历史时期,对《诗经》的过分尊崇会导致对后世诗歌、诗法的贬抑,在理学倡明的南宋时期尤为如此。朱熹有这种崇古卑今的诗学思想就不足为奇,而且在理学家中有相当的代表性,对《诗经》教化功能的重视遮蔽或者说排斥了他们从文学价值角度对后世诗歌、诗法进行客观公正的批评。

在第二则材料中,朱熹对古今诗歌的发展给予了整体性的考察,将之分成了三个阶段,分别是虞夏至魏晋,晋宋至唐初和唐初至南宋,其中近体律诗的出现和定型是其中的转折点。律诗之前统称为古诗,朱熹认为古诗有古诗之法,律诗有律诗之法,而诗歌创作追求格律化是对古诗朴素自然风韵的破坏,而

---

① 莫砺锋:《朱熹文学研究》,南京:南京大学出版社2000年版,第180—181页。

且与"诗言志"的根本准则相悖逆。他说:"是以古之君子,德足以求其志,必出于高明纯一之地,其于诗固不学而能之。至于格律之精粗,用韵、属对、比事、遣词之善否,今以魏晋以前诸贤之作考之,盖未有用意于其间者,而况于古诗之流乎?近世作者乃始留情于此,故诗有工拙之论,而葩藻之词胜,言志之功隐矣。"①这是把诗歌形式和内容严格对立起来,显然不符合文学创作的基本原理。形式和内容都应该是在不断发展之中的,二者之间也是相辅相成的对立统一关系,朱熹的言论符合理学家片面强调以文载道的逻辑,莫砺锋先生分析说:"只要以儒家的理论为原则,那么儒家崇尚古代的文化观念以及重视社会政治功能的文学思想就必然会导致肯定淳朴质实而反对虚浮华美的价值取向的产生。这样,对散文中的骈偶和诗歌中的声律这些纯属形式的新变当然会持反对态度。朱熹既然是以复兴儒学为己任的理学家,他就不能跳出这个传统。换句话说,"朱熹厚古薄今的文学史观念,乃是理学家文学思想的共性的体现。"②

莫先生的话揭示了朱熹这种厚古薄今的文学史观形成的深层原因,儒家伦理标准和价值观念是理学家文学观念的内核。前面我们已经讨论过叶适以诗立教的思想,可以看出他也同样跳不出儒学文艺思想的大框架,但是考察叶适的诗歌思想史,发现他对历代诗歌发展过程的看法并非如朱熹那样简单地尊古卑今,相比之下要客观、辩证得多:

> 孟子言:"王者之迹熄而《诗》亡,《诗》亡然后《春秋》作。"《春秋》作不作,不系《诗》存亡,此论非是。然孔子时人已不能作诗,其后别为逐臣忧愤之词,其体变坏;盖王道行而后王迹著,王政废而后王迹熄,诗之废兴,非小故也。自是诗绝不继数百年。汉中世文字

---

① 郭齐,尹波点校:《朱熹集》,成都:四川教育出版社1996年版,第1757页。
② 莫砺锋:《朱熹文学研究》,南京:南京大学出版社2000年版,第182页。

兴，人稍为歌诗，既失旧制，始以意为五七言，与古诗指趣音节异，而出于人心者实同。然后世儒者，以古诗为王道之盛，而汉魏以来乃文人浮靡之作也，弃而不论，讳而不讲，至或禁使勿习；上既不能涵濡道德，发舒心术之所存，与古诗庶几，下复不能抑扬文义，铺写物象之所有，为近诗绳准，块然朴拙，而谓圣贤之教如是而止，此学者之大患也。①

叶适认为诗歌发展的历史与社会政治兴废直接相关，"盖王道行而后王迹著，王政废而后王迹熄，诗之兴废，非小故也"，意谓诗歌是对王道或王政的反映，是治世之迹，叶适将反映意识形态的诗歌作为社会现实的反映。这固然没错，但是认为王道行诗歌随之而兴盛，王政废诗歌也就随之消亡显然判之过于简单，他以此来解释《诗经》《楚辞》以后"诗绝不继者数百年"也属牵强：没有诗歌作品留存并不意味着这数百年没有诗歌创作。不过叶适认为诗歌从东汉五七言诗的兴起开始复兴是符合诗歌发展实际的，在这里叶适最为值得称道的观点是没有像朱熹那样将后起的五七言诗兴起看作诗歌发展在走下坡路，他将《诗经》的体制称为"旧制"，新起的五七言诗虽然"与古诗指趣音节异"，"而出于人心者实同"。这是明确表示五七言诗与古诗的指趣音节不同是事实，但他并没有在两者之间强分轩轾，并且认为五七言诗歌也同样是"出于人心"，这里所谓的"出于人心"，应该可以理解为五七言诗歌与《诗经》等古诗一样是人的思想感情的真实流露，同样也应是社会现实的客观反映。这里是将后起的五七言诗与以《诗经》为代表的四言体制的"旧制"等而观之，肯定自有其出现和存在的理由与价值。

叶适这种平视古今的诗歌史观正是针对尊古卑今的偏见而发，锋芒指向"以古诗为王道之盛，而以汉魏以来乃文人浮靡

---

① （宋）叶适撰：《习学记言序目》卷四十七，北京：中华书局1977年版，第700—701页。

之作也,弃而不论,讳而不讲,至或禁使勿习"的"后世儒者"。宋代以前当然也存在厚古薄今的论调,若仅以宋代诗论为背景,叶适此语似有一语双关之意,一则是指元祐党禁之时,新党人士为了打击元祐学术而颁告天下士子禁习诗赋,有违者甚至施以杖刑的举措;二则是针对道学家"作文害道"的主张。叶适还进一步剖析了禁习诗歌可能带来的恶果:"上既不能涵濡道德,发舒心术之所存,与古诗庶几,下复不能抑扬文义,铺写物象之所有。"这是说后世诗歌也和古诗一样具备抒情和体物两大功能,如果像"后世儒者"那样借所谓圣贤之教束缚学者,结果只能是士人都"块然朴拙",了无生气。

正是因为叶适对后世诗歌不存在偏见,所以在他看来,每一个时代都有属于那个时代的名家、大家,他曾经这样总结后世各个朝代的著名诗人:

> 后世诗,《文选》集诗通为一家,陶潜、杜甫、李白、韦应物、韩愈、欧阳修、王安石、苏轼各自为家,唐诗通为一家,黄庭坚及江西诗通为一家。人或谓知古诗,而不能知后世诗,或自谓知后世诗,而不能知古诗,及其皆知,而辞之所至皆不类,则皆非也。韩愈盛称皋夔伊周孔子之鸣,其卒归之于诗,诗之道固大矣,虽以圣贤当之未为失,然遂谓"魏晋以来无善鸣者,其声清以浮,其节数以急,其辞淫以哀,其志弛以肆,其为言乱杂而无章",则尊古而陋今太过;而又以孟郊、张籍当之,则尤非也。如郊、寒苦孤特,自鸣其私,刻深刺骨,何足以继古人之统?又况于无本者乎!愈欲以绝识高一世,而不自知其无识至此,重可叹尔。①

叶适所论几乎涵盖魏晋至宋所有的著名诗人,其中唐诗特指晚唐诗,他反对尊古陋今,也同样反对尊今陋古,即所谓"人

---

① (宋)叶适撰:《习学记言序目》卷四十七,北京:中华书局1977年版,第701页。

或谓知古诗,而不能知后世诗,或自谓知后世诗,而不能知古诗,及其皆知,而辞之所至皆不类,则皆非也"。在这些大家当中,叶适对韩愈"不平则鸣"的诗歌主张颇有微词,他指责韩愈尊古陋今太过,对韩愈一派提倡险怪诗风不满,韩派诗歌求新求变,但付出了偏向奇险丑怪的代价。

对于诗歌史上的诸多大家和风格流派,叶适也有所侧重,他说:"盖自风雅骚人之后,占得大家数者不过六七,苏、李至庾信通作一大家,而韦苏州皆兼有之,陶元亮则又尽弃众人家具而独作一大家者也,从来诗人,不问家数大小,皆(模拟)可到。(独)渊明、苏州,纵极力仿像,终不近似。惟韦诗中有数首全似渊明者。江淹作渊明田居,语若类而意趣全非。"①可见叶适与大多数宋代文人一样,崇尚陶渊明和韦应物的清淡诗风。

叶适还对各朝代的整体诗歌风貌有比较透彻的理解,他曾经这样描述东汉至唐代各朝诗歌的主要艺术特征:"张衡《四愁》虽在苏、李后,得古人意则过之。建安至晋高远,宋齐丽密,梁陈稍放靡,大抵辞意终未尽。唐变为近体,虽白居易、元稹以多为能,观其自论叙,亦未失诗意。"②其中对魏晋、宋齐、梁陈三个时期诗风和艺术特点的归纳可谓言简意赅,而且对在诗歌批评史上多受贬抑的宋齐梁陈诗歌显然也是持肯定态度的。"丽密"一词显然不含贬义,梁陈诗歌虽"稍放靡",但是叶适仍然认为这一时期的诗歌还是有所立意的。相比于建安风骨在诗歌史上的屡受赞誉,叶适对南朝诗的揄扬就显得别有深意,反映出叶适诗歌美学观的宽容性,建安诗歌的健朗高远是一种美,南朝诗歌的阴柔华润又何尝不是呢?叶适曾明言:"按梁世文士之盛,虽格力不逮建安,而华靡精深,众作林起则过之。后世

---

① (宋)叶适撰,刘公纯等点校:《叶适集·水心文集》卷二十七,北京:中华书局1961年版,第553页。
② (宋)叶适撰:《习学记言序目》卷四十七,北京:中华书局1977年版,第701页。

虽云接周汉之风流,然岂能反齐梁之气习!"①唐代近体律诗向来被正统诗论视作诗法变坏的转折点,但是叶适认为它"亦未失诗意",这些都与朱熹的诗学观大相径庭。

叶适不厚古薄今,但也不是一味称颂后世新体诗歌,走向厚今薄古的另一个极端。比如他对律诗过分追求格律化也提出异议,他评价说:"五七言律诗:按诗自曹、刘至二谢日趋于工,然犹未以联属校巧拙;灵运自夸'池塘生春草',而无偶句亦不计也。及沈约谢朓竞为浮声切响,自言'灵均所未睹',其后浸有声病之拘,前高后下,左律右吕,匀致丽密,哀思宛转,极于唐人而古诗废矣。"②这里他客观地叙述了诗歌格律化的过程,对格律化导致诗歌出现"匀致丽密、哀思婉转"的艺术风味也没有神色俱厉地驳斥。结合上面他强调后世诗歌虽然与古诗在旨趣音节方面不同,但"出于人心者实同",因而他所言"极于唐人而古诗废矣"并不是说诗歌尽废。

二、叶适与永嘉四灵关系综论

叶适不泥于古,不拘于今的诗学思想在他对当时诗坛的关注中体现出来,他希望借自己在当时文坛的声望,引导南宋中后期诗歌向正确的方向健康发展。其中包括对晚唐体和永嘉四灵的支持推挽,对江西诗派末流的批驳,对刘克庄和江湖诗派的期许。

宋代人对晚唐体诗歌的接受从北宋初年就开始了,其时基本沿袭晚唐五代的风格,代表诗人有九僧、魏野、林逋、寇准等人,孝宗淳熙年间,是晚唐体诗歌得到较大发展的时期,其间杨万里等著名中兴诗人的提倡尤为重要。宁宗时期,叶适对晚唐

---

① (宋)叶适撰:《习学记言序目》卷三十三,北京:中华书局1977年版,第481页。
② (宋)叶适撰:《习学记言序目》卷四十七,北京:中华书局1977年版,第705页。

体的称赏和对永嘉四灵的鼓吹使得永嘉四灵名扬诗坛,晚唐体开始盛行,刘克庄曾经说过:"旧止四人为律体,今通天下话头行。"①

晚唐体在南宋中叶的再度流行,是以诗坛对江西诗派末流的普遍反感为背景的,在南宋较早对江西诗派提出非议的是张戒,他在《岁寒堂诗话》说:

> 《国风》《离骚》固不论,自汉魏以来,诗妙于子建,成于李杜,而坏于苏黄。余之此论,固未易为俗人言也。子瞻以议论作诗,鲁直又专以补缀奇字,学者未得其所长,而先得其所短,诗人之意扫地矣。②

叶适在《徐斯远文集序》中云:

> 庆历、嘉祐以来,天下以杜甫为师,始黜唐人之学,而江西宗派章焉。然而格有高下,技有工拙,趣有浅深,材有大小。以夫汗漫广莫,徒枵然从之而足充其所求,曾不如脰鸣吻决,出豪芒之奇,可以运转而无极也。③

粗看去张、叶二人似乎都对江西诗派表示了不满,但是两人批评的具体指向还是不同的。张戒不满苏轼、黄庭坚,是将苏、黄放在诗歌发展史的坐标上,认为苏诗、黄诗代表了日趋没落的宋诗,诗法因苏轼的议论、黄庭坚的补缀奇字而坏。张戒也是厚古薄今诗论的拥趸,他也曾经将诗歌发展从古至宋排序,他说:"国朝诸人诗为一等,唐人诗为一等,六朝诗为一等,陶阮、建安七子、两汉诗为一等,《风》《骚》为一等,学者须以次参究盈科而后进可也。"④他将宋诗放在这个等级的最下层,并

---

① (宋)刘克庄《后村居士集》卷十六,四部丛刊本。
② (宋)张戒撰:《岁寒堂诗话》,北京:中华书局1985年版,第6页。
③ (宋)叶适撰,刘公纯等点校:《叶适集·水心文集》卷十二,北京:中华书局1961年版,第214页。
④ (宋)张戒撰:《岁寒堂诗话》,北京:中华书局1985年版,第2页。

且将罪过归到了苏黄的名下,所以张戒反对江西诗派,是从根本上否定江西诗派的诗学价值,是整体上的批判。叶适与之不同,他叙述江西诗派渊源和宗尚,并没有从诗学理论上彻底清算江西诗派的意图,他强调的是江西诗派的末流之弊,江西诗派讲求学问、议论、技法,而叶适认为诗人的格调、技法、识趣、才学都因人而异、各有不同,盲目强调宗派意识,为了壮大声势而"枵然从之",加之诗派不复有像黄庭坚、陈师道、陈与义那样的大家名家作为领袖,难免出现泥沙俱下、鱼龙混杂的局面,流于形式、技法的雕琢。刘克庄曾经评述过江西诗派晚期的这种乱相:"近世以来学江西诗,不善其学,往往音节聱牙,意象迫切,且论议太多,失古诗吟咏性情之本意。"①

最先对晚唐体诗歌风格报以好感并且身体力行投入创作的文坛领袖是杨万里,这也是孝宗隆兴以来,随着江西诗派末流弊端丛生时诗坛的一种近乎集体的转向,对江西诗法的厌弃导致对晚唐体的再度亲近。杨万里《诚斋诗话》云:"自隆兴以来,以诗名者,林谦之、范致能、陆务观、尤延之、萧东夫,近时后进有张镃功父、赵蕃昌父、刘翰武子、黄景说岩老、徐似道渊子、项安世平甫、巩丰仲至、姜夔尧章、徐贺恭仲、汪经仲权,前五人皆有诗集传世。"②这里所列大多曾是诗学江西的诗人,杨万里紧接着列举上述诸人诗句几十联,从风格上看均为接近晚唐体之作,且杨万里还给予了"写物之工如此""绝似晚唐"等评语,可见他列举这些诗句的真正目的是说明这些江西诗派的创作都已经显露出突破江西、崇尚晚唐的趋势。杨万里则在《诚斋〈江湖集〉序》和《荆溪集序》中袒露了自己诗歌创作从江西而至晚唐转变的历程,《诚斋〈江湖集〉序》曰:"予少作有诗千余篇,至绍兴壬午七月皆焚之,大概江西体也。"③《荆溪集序》又说:

---

① (宋)刘克庄撰:《后村诗话》,北京:中华书局1983年版,第70页。
② 丁福保:《历代诗话续编》,北京:中华书局1983年版第142页。
③ (宋)杨万里撰:《诚斋集》卷八十一,四部丛刊本。

"予之诗始学江西诸君子,既又学后山五字律,既又学半山老人七字绝句,晚乃学绝句于唐人。"①

永嘉四灵专仿晚唐当是与上述背景分不开的,需要说明的是杨万里所提到的那些诗人在学习晚唐的态度上远没有永嘉四灵那样主动和决绝。因为他们中间的很多人还不能与江西派彻底决裂,如陆游,虽然倾心晚唐,但是由于出自江西诗派名家曾几之门,所以一直不能与江西诗派公开决裂,甚至在诗学理论上依然对晚唐体语带贬抑。永嘉四灵则没有这样的包袱,他们直接选择了晚唐体作为扬名诗坛的旗帜。叶适《徐文渊墓志铭》记云:

> 初,唐诗废久,君与其友徐照、翁卷、赵师秀议曰:"昔人以浮声切响单字只句计工拙,盖风骚之至精也。近世乃连篇累牍,汗漫而无禁,岂能名家哉!"四人之语遂极其工,而唐诗由此复行矣。君每为余评诗及他文字,高者迥出,深者寂入,郁流攒中,神洞形外,余辄俛仰终日,不知所言。然则所谓专固而狭陋者,殆未足以讥唐人也。②

作为同乡后学,永嘉四灵与叶适都曾保持较为亲密的交往,但是似乎只有徐玑可算作叶适真正的弟子,《徐文渊墓志铭》说:"君与余游最早,余衰甚,朋曹益落。君将请于朝,弃长泰终从余,未及而死。"③从四灵的仕宦经历可以知道,他们或布衣终生,或担任过低微的官职,因此他们试图在诗坛扬名本不是件容易的事,但是他们对江西诗派末流的衰败趋势看得很清楚,想重新开辟一条可以借以成名的道路,而此时诗坛倾心晚唐体已经渐成气候,他们便乘势而上,打出独尊晚唐的旗号,可

---

① (宋)杨万里撰:《诚斋集》卷八十一,四部丛刊本。
② (宋)叶适撰,刘公纯等点校:《叶适集·水心文集》卷二十一,北京:中华书局1961年版,第410页。
③ (宋)叶适撰,刘公纯等点校:《叶适集·水心文集》卷二十一,北京:中华书局1961年版,第410页。

以说他们选对了时机。更为重要的是他们得到当世巨儒、同乡叶适的声援，如上引《徐文渊墓志铭》中叶适对徐玑评诗论文的推崇之词，他专门编选的《四灵诗集》流传诗坛，引人瞩目，所以四灵能够名噪一时。

关于叶适何以会援引四灵，从古至今，论者有很多不同的推测：

> 水心翁以抉云汉分天章之才，未尝轻可一世，乃于四灵若自以为不及者，何耶？此即昌黎之于东野、六一之于宛陵也。惟其富赡雄伟，欲为清空而不可得，一旦见之，若厌膏粱而甘藜藿，故不觉有契于心耳。①
> ——周密《浩然斋雅谈》

> 叶水心适以文为一时宗，自不工诗。而永嘉四灵从其说，改学晚唐。②
> ——方回《瀛奎律髓》

> 水心论诗，贵精切而贱泛滥，与四灵之刻意雕琢，宗旨相合，故有水乳之契。观其所为二徐墓志，可以知之。③
> ——齐治平《唐宋诗之争概论》

> 作为永嘉学派的宗主，叶适的文学思想无疑对四灵有直接的影响，他既反对朱熹的贬抑唐诗，又不满于江西诗派只学老杜一家的局限，因而大力肯定四灵的复尊唐体。……所以四灵的出现，实是对江西诗派的反动；但就其思想根源而言，却又和永嘉学派对抗程朱理学有关联。④
> ——程千帆、吴新雷《两宋文学史》

---

① （宋）周密撰，邓子勉校点：《浩然斋雅谈》卷上，沈阳：辽宁教育出版社2000年版，第8页。
② （元）方回选评，李庆甲汇评：《瀛奎律髓汇评》卷二十，上海：上海古籍出版社2005年版，第771页。
③ 齐治平：《唐宋诗之争概述》，长沙：岳麓书社1984年版，第14页。
④ 程千帆、吴新雷：《程千帆全集（第十三卷）两宋文学史》，石家庄：河北教育出版社2000年版，第441—442页。

周密从诗歌风格互补的角度看待叶适推奖四灵,虽然肯定了叶适援引后进的功绩,但是理由却显得牵强,而且没有揭示四灵选择晚唐体的诗学史背景,另外叶适的诗歌风格也并非只有富赡雄伟一格。

方回则纯粹出于学术门派偏见,率言叶适"不工诗"也是无据之词,而且叶适工文和四灵从其说改学晚唐两者之间似乎不存在因果联系,这主要是因为方回为江西诗派摇旗呐喊而贬斥晚唐体。

齐治平先生则从诗学宗旨的一致来论证这个问题,拈出水心论诗"贵精确而贱泛滥"一端,认为与四灵雕琢精练的诗法一致,有一定道理。

程千帆、吴新雷《两宋文学史》则从更深处发掘其中根源,将永嘉四灵与永嘉学派相联系,认为叶适有借永嘉学派对抗程朱理学的潜在目的。

我们认为,齐论和程说均有值得商榷之处。齐先生立论根据似是二徐墓志,徐文渊墓志中与此相关的论述已经引论,《徐道晖墓志铭》中确有一段称赞晚唐诗的话:"故善为是者,取成于心,寄妍于物,融合一法,涵受万象,豨岑、桔梗,时而为帝,无不按节赴之,君尊臣卑,宾顺主穆,如丸投区,矢破的,此唐人之精也。"①这是将晚唐诗体物精微、覃思苦吟的特点与魏晋名家"多发兴高远之言,少验物切近之实"的诗风相比较而言,意在表明晚唐体自有其独特的诗歌韵味,不容轻视而已。这段话实际上是叶适以徐照的诗歌成就和诗学主张为基础而发的,似乎不能完全代表叶适的诗学主张。叶适诗学思想博大宽容,前文已有论及,如像齐先生所言,叶适与四灵诗学主张契合无间就无法解释后来叶适对四灵发为异词的现象。

程说发前人未发,将诗学主张与学术之争相联系,实际上

---

① (宋)叶适撰,刘公纯等点校:《叶适集·水心文集》卷十七,北京:中华书局1961年版,第321—322页。

也有似是而非之嫌。宁宗时期,永嘉学派已经式微,而叶适虽学出永嘉,但自成一家,永嘉学派此时已经不能够和理学抗衡,学术界正朝着独尊理学的方向迈进。其中一个典型的例子就是四灵之一的赵师秀在担任上元主簿时曾为程颐建立祠堂,积极提倡理学,说叶适称扬四灵有抑制理学的想法未免求之过深。

其实,叶适与永嘉四灵关系的形成建立在当时诗坛逐渐厌鄙江西,亲近晚唐的基础之上,同时,叶适出于乡曲之私而将四灵视为乡帮俊杰、诗坛新锐大加褒许。

正是因为叶适对四灵的提携并非出于诗学宗尚的一致,也不是出于学术争胜的考虑,所以他也容易看出永嘉四灵专擅晚唐带来的格局狭隘、格调不高的弱点,他在《王木叔诗序》中借好友王楠(字木叔)之口表达了自己的看法:

> 木叔不喜唐诗,谓其格卑而气弱,近岁唐诗方盛行,闻者皆以为疑。夫争妍斗巧,极外物之变态,唐人之所长也;反求于内,不足以定其志之所止,唐人所短也。木叔之评,其可忽诸![1]

在晚唐体盛行的时候,叶适能重视王木叔发出的不同声音,并且冷静分析晚唐体诗歌思想内容不够深刻的短处,与盛唐神韵相比较晚唐体确实显得格卑气弱、胸襟不广、他对四灵的要求并不是止步于晚唐,而是期望他们能上追盛唐,他说:"惜其不尚以年,不及臻乎开元、元和之盛。"[2] 这是对徐照早逝表示惋惜,同时也希望四灵能够以盛唐诗歌为旨归。出于对诗歌发展出路的思索,叶适对江湖派领袖刘克庄寄予了希望:

> 往岁徐道晖诸人,摆落近世律诗,敛情约性,因狭

---

[1] (宋)叶适撰,刘公纯等点校:《叶适集·水心文集》卷十二,北京:中华书局1961年版,第221页。

[2] (宋)叶适撰,刘公纯等点校:《叶适集·水心文集》卷十七,北京:中华书局1961年版,第322页。

出奇,合于唐人,夸所未有,皆自号四灵云。于时刘潜夫年甚少,刻琢精丽,语特惊俗,不甘为雁行比也。今四灵丧其三矣,家钜沦没,纷唱迭吟,无复第叙。而潜夫思益新、句愈工,涉历老练,布置阔远,建大将旗鼓,非子孰当!昔谢显道谓"陶冶尘思,模写物态,曾不如颜、谢、徐、庾留连光景之诗"。此论既行,而诗因以废矣。悲夫!潜夫以谢公所薄者自鉴,而进于古人不已,参雅、颂,軼风、骚可也,何必四灵哉!①

叶适并没有抹杀四灵诗歌以"敛情约性,因狭出奇"对抗江西诗派末所起的作用,只是四灵这种内容狭隘、格调略显孱弱的诗风毕竟不可能长期作为诗歌主流存在,四灵诗歌已是如此,在四灵渐次离世之后,其后学更是无法承担引领诗歌发展的重任,相比较而言刘克庄的诗歌内容"涉历老练",境界更为"阔远",并能取材雅、颂、风、骚。叶适因此期待他能够"建大将旗鼓",突破四灵藩篱,将诗歌引向更为开阔的境界。

另外,我们知道,四灵独倡晚唐,直接的目的是扬名,这本就是一个不够远大的抱负,叶适对此似有微词。《徐文渊墓志铭》中了记录了这样一个细节:"垂绝,忽长叹言争者数声,其妹抚之曰:'何争?'张其目视曰:'天争。'妹又言:'天何争?'复力疾大声曰:'争名也。'遂卒。嗟夫!君之志固远于利矣。岂以名未就而有不足耶!"②这个细节表现了徐玑对成名的渴望,而叶适对此不以为然。

叶适在《翁灵舒诗集序》中对翁卷更是发出讥斥之声:"起魏晋,历齐梁,士之通塞无不以诗,而唐尤甚。彼区区一生穷其术而不悔者,固将以求达也。如必待达而后工,工而无益于用舍之数,则奚赖焉?君头发大半白,旁县田一顷,蛙鸣聒他姓,

---

① (宋)叶适撰,刘公纯等点校:《叶适集·水心文集》卷二十九,北京:中华书局1961年版,第611页。
② (宋)叶适撰,刘公纯等点校:《叶适集·水心文集》卷二十一,北京:中华书局1961年版,第411页。

城隅之馆,水石粗足而不能居也。"①这就对四灵以诗求达的思想明确地提出了批评。

清代纪昀对叶适与永嘉四灵关系的论述比较客观,他说:"叶适以乡曲之故,初力推之,久而亦觉其偏,始稍异论。"②这正反映了叶适诗学批评的通达,在晚唐体顺应诗歌发展要求对江西诗派末流进行反拨之时,他支持四灵大力传播晚唐诗风,但是他也能客观估量晚唐体诗歌的价值和局限,并及时纠偏,力求引导南宋诗歌向着健康的方向探索前行,在那个时候,所谓江西诗派、晚唐体及稍后的江湖诗派并不是像后世某些研究者那样出于研究方便将彼此梳理得泾渭分明,彼时的诗坛处于诗歌史上较为少见的混沌状态,作为置身其中的诗人,叶适能够洞见纤微,并且借自己在文坛的声望,适时对诗歌发展方向做出指引,这是叶适对诗歌批评史做出的贡献。

---

① 王水照主编:《历代文话·黄氏日抄》,上海:复旦大学出版社2007年版,第858—859页。
② (清)纪昀等著:《钦定四库全书总目(整理本)》,北京:中华书局1997年版,第75页。

第四章　叶适散文研究

《黎刻水心文集序》云：

> 昔宋盛时，以文章名家，有庐陵、南丰、眉山、临川数公者，穷圣贤之奥，究道德之微，故其为文足以继汉、唐之盛，天下皆师尊之。南渡以来，作者犹众，叶水心先生其一也。①

《水心别集·李序》云：

> 宋乾、淳间，永嘉之学盛于东南，屹然与新安、金华鼎足而立。其诸儒纂述之传于世者，若薛文宪之渊雅，陈文节之醇粹，叶忠定之闳博，可以想见一时之盛；而文章之工，尤以忠定为最，同时讲学诸儒，自东莱吕氏外，莫能及也。②

上引两则论述，一为明代景泰年间王直所发，一为清代同治年间李春和所论，综合起来，可以看到叶适的散文成就在整个宋代的位置，宋代古代散文发展至高峰，北宋散文成就可谓其中的最高点，但是南宋并非没有散文，并非没有名家，叶适就是可以追配北宋大家的代表。南宋孝宗乾、淳时期是学术最为

---

① （宋）叶适撰，刘公纯等点校：《叶适集·水心文集》卷首，北京：中华书局1961年版，第3页。
② （宋）叶适撰，刘公纯等点校：《叶适集·水心别集》卷首，北京：中华书局1961年版，第629页。

自由和繁盛的阶段,也可以算作南宋散文创作的高潮期,而在李春和看来,叶适是其中的佼佼者,"而文章之工,尤以忠定为最"。

自南宋起,叶适已经享有很高的文名。理学家真德秀评曰:"永嘉叶公之文,于近世为最。"①真氏对叶适的学术思想并不是非常赞同,但是对叶适的散文成就的评价可谓是至高至敬了,不吝用一个"最"字来表达。叶绍翁则说:"水心先生之文,精诣处有韩、柳所不及,可谓集本朝文之大成矣。"从整体上看,不能说叶适的散文成就超越韩、柳,但是叶适的散文表现南宋散文的时代特点,渗透着宋代文化和宋代理学的独特品质。

叶适的弟子吴子良在《荆溪林下偶谈》中对叶适的散文成就推崇备至,并且对其散文艺术、思想有较多的系统论述。理学家黄震在其《黄氏日抄》中也将叶适与唐宋诸大家并列。《四库全书总目提要》评价说:"适文章雄赡,才气奔逸,在南渡卓然为一大宗。"②结合上述诸评语,此论信为不虚,叶适散文创作理论、创作实践和艺术水准都堪称同时代作家的典范,是散文创作总体成就稍逊北宋的南宋文坛的一面旗帜,以叶适为中心的南宋散文作家群体在散文史上应该获得他们应得的位置。

第一节　叶适对历代散文的批评

叶适是文章大家,因而他对历代散文的批评值得关注,为了便于论述,我们这里所说的散文概念比较宽泛,泛指诗歌以外的所有文学体裁,除常见的散文体裁以外,还包括赋体和四六文。叶适的散文批评和诗歌批评相同的地方就是纯粹的文学性质的批评比较薄弱而主要评价文章的义理。加之叶适亦

---

① 曾枣庄,刘琳主编:《全宋文》卷七一七二,上海:上海辞书出版社;合肥:安徽教育出版社2006年版,第211页。
② (清)纪昀等著:《钦定四库全书总目(整理本)》,北京:中华书局1997年版,第1705页。

重史学，对历代的历史散文的品鉴显示出他高超的史识功力。对散文的文学批评虽不丰富，但是也经常会有吉光片羽，灵光闪烁，值得珍视。

在古代散文著作中，叶适对"六经"之中位置仅次于《诗经》的《尚书》的评价最高，无论义理还是文字，叶适都认为《尚书》堪为后世文章的典范，并且视之为最为古老的典籍，是古圣贤之所为，所以他不认同《尚书》为孔子所作的说法：

> 按以《书》为孔氏之书，《序》亦孔氏作，其说本出班固。固因司马迁，迁因孔安国，安国无先世的传，止据前后浮称，兼《左氏》楚灵王言倚相事尔。……文字章，义理著，自典谟始。此古圣贤所择以为法言，非史家系日月之泛文也。自是以后，代有诠叙，尊于朝廷，藏于史官，孔氏得之，知其为统纪之宗，致道成德之要者也，何所不足而加损于其间，以为孔氏之书欤？《书序》亦由旧束所述，明记当时之事以见其书之意，非孔子作也。①

在叶适看来，文章就是义理和文字的二元组合，义理就是"道"与"德"，文字就应该是阐释义理章法和结构的技法，文字清晰，义理显著，《尚书》的《尧典》和《大禹谟》已经达到，并且已经达到至善至美的境界。他还说过："文字之兴，盖莫知其所从始……今考典谟，凡后世所谓文字义理，是时皆以备尽，不可复加。"②他还举例说明《尚书》"文字章"的特点："盘庚五迁，民咨胥怨，话而告之，前后谆复其辞切近，皆酬对臣庶之常语，众人所可识，非有文采义理以震耀之也，周诰亦同。而韩愈乃以为'诘屈聱牙'，若难知难解，何也？当更熟考。"③叶适认为《盘庚》和《周诰》均是国王与一般臣庶的直接对话，不可能也不应该过

---

① （宋）叶适撰：《习学记言序目》卷五，北京：中华书局1977年版，第51页。
② （宋）叶适撰：《习学记言序目》卷二十九，北京：中华书局1977年版，第418页。
③ （宋）叶适撰：《习学记言序目》卷五，北京：中华书局1977年版，第54页。

分讲求文采和义理,应是类似于白话的酬对常语,这一分析特别精到,《盘庚》的语言确实很有特色,比喻生动贴切且具有一定的感情色彩和形象性。但是如果换一种情景可能就应该相应地采用另一种文风语调了,比如《洪范》篇:"箕子言天不以洪范九畴畀鲧而以锡禹,其词甚敬而严。"①这又显示出《尚书》语言古奥典雅的主色调。

一、对历史散文的批评

以《尚书》"文字章,义理著"的标准考量,《春秋》是叶适给予评价最高的历史散文。儒家尊《春秋》为六经之一,叶适则以"史"视之,《徐德操〈春秋解〉序》云:"盖笺传之学,惟《春秋》为难工。经,理也;史,事也。《春秋》名经而实史也。"将《春秋》直接定位为史学著作,并且详细考辨了孟子以孔子为《春秋》作者的舛误,指出"孔子之于《春秋》,盖修而不作。"②还告诫学者们不应该慑于孟子的"卓越之论"而不愿或不敢坚持事实,"考索必归于至实,然后能使学者有守而不夸。"③

叶适推崇《春秋》,是因为他视之为《诗经》以后王道变衰的真实记录。《春秋》接续了《诗经》,只不过它所记录的更多是赏罚功罪,是周朝王道将熄的表征。"故《春秋》因诸侯之史,录世变,述霸政,续《诗》《书》之统绪,使东周有所系而未失。盖世之治、道之行,而事之合于道,世之乱、道之废,而事之悖乎道,皆其理之固然;书其悖谬以示后世,皆森然具之,岂待察其所以而后知也?"④对于传述《春秋》的《左传》,叶适也认为和《春秋》一样属于良史,"然左氏之取义广,叙事实,兼新旧,通简策,虽名

---

① (宋)叶适撰:《习学记言序目》卷五,北京:中华书局1977年版,第55页。
② (宋)叶适撰:《习学记言序目》卷九,北京:中华书局1977年版,第117页。
③ (宋)叶适撰:《习学记言序目》卷九,北京:中华书局1977年版,第117页。
④ (宋)叶适撰:《习学记言序目》卷九,北京:中华书局1977年版,第119页。

曰传,其实史也"①,并且继承了《春秋》的史法,他说:"左氏因而作《传》,罗络诸国,备极妙巧,然尚未有变史法之意也。"②"至左氏为《春秋》作《传》,尽其巧思,包括诸国,参错万端,精粹研极,不可复加矣。"③叶适认为《左传》在恪守《春秋》史法的基础之上,所发展的是内容的丰富,叙事的巧妙,这些的确是《左传》在文学成就方面超过《春秋》的地方。

《左传》以后的《战国策》和《国语》都没有能够被叶适所认可。他注意到《战国策》主要记载战国策士纵横之术,而且战国时代被叶适看作"人心无复存矣"的时代,为此对后世有人以"奇书"评价《战国策》大不以为然,但是他也没有否认战国游士以口舌之力打动君王的议论功夫,认为"其饰辞成理,有可观听"④,可以看出叶适对《战国策》辨丽横肆的文风,雄隽华赡的文采是心存赞赏的,而且他自己的政论文、史论文也受到此种文风的影响。

纵观中国古代的历史散文著作,《史记》无疑是成就最大,同时也是引起争议最多的史学巨著,叶适在《习学记言序目》中用超过《春秋》和《左传》相同的篇幅探讨《史记》,足见对它的重视。叶适把《史记》看作中国古代记史之法转变的最为重要的关键点,但是没有把《史记》的出现当作史学进步的里程碑,而是当作史学发展的一次大倒退,他说:"史法之坏始于司马迁,甚矣!"⑤叶适史学知识渊博,但是他的史学观却有保守甚至倒退的一面,他是这样解释史法之坏始于司马迁的:

> 以迁所纪五帝三代考之,尧舜以前固绝远,而夏

---

① (宋)叶适撰:《习学记言序目》卷十一,北京:中华书局1977年版,第162页。
② (宋)叶适撰:《习学记言序目》卷十九,北京:中华书局1977年版,第264页。
③ (宋)叶适撰:《习学记言序目》卷二十,北京:中华书局1977年版,第296页。
④ (宋)叶适撰,刘公纯等点校:《叶适集·水心别集》卷六,北京:中华书局1961年版,第718页。
⑤ (宋)叶适撰:《习学记言序目》卷三十六,北京:中华书局1977年版,第533页。

> 商残缺无可证,虽孔子亦云。独周享国最长,去汉未久,迁极力收拾,然亦不过《诗》《书》《国语》所记而已,他盖不能有所增益也,是则古史法止于此矣。及孔子以诸侯之史,时比岁次,加以日月,以存世教,故最为详密。左氏因而作《传》,罗络诸国,备极妙巧,然尚未有变史法之意也。至迁窥见本末,勇不自制,于时无大人先哲为道古人所以然者,史法遂大变,不复古人之旧。然则岂特天下空尽而为秦,而斯文至是亦荡然殊制,可叹已!①

叶适的史学观大致是这样的:尧舜以前的历史渺不可知,夏商周历史也残缺无证,这些历史只能靠将《诗经》《尚书》等著作留存的少量史材勾稽成文,这即是叶适所言之古史法,不过他认为古史法最为成熟的代表是经过孔子修定的《春秋》,《左传》虽在叙事上较《春秋》更为丰满,不过总体上没有改变史法。而叶适认为司马迁对上述古史源流是清楚的,但是他却不能自制,创《史记》之体,史法随之大变,所谓斯文亦随之变尽。

细味叶适斥责司马迁变尽古史之法的内涵,主要指向两个方面,一是书法,二是体例。所谓书法是指叶适以为《尚书》《春秋》那种简洁含蓄、曲折隐约的笔法应当是古史书法的典范,他认为这是古人刻意求简的结果。他说:

> 述作其难乎!孔子之时,前世之图籍具在,诸侯史官遵其职,其记载之际博矣,仲尼无不尽观而备考之。故《书》起唐、虞,《诗》止于周,《春秋》著于衰周之后,史体杂出而其义各有属,尧、舜以来,变故悉矣。其在于上世者,远而难明,故放弃而不录,录其可明,又止于如此,然则可谓简矣。使仲尼之意犹有所未尽而必见于他书,则法当益详;惟其以为不待他书,而古今之世已尽见于此矣。然则法简而义周,后世可不深思其故哉!

---

① (宋)叶适撰:《习学记言序目》卷十九,北京:中华书局1977年版,第264页。

追求"法简而义周"无疑是无可非议的,但是叶适不能历史地考察和解释古代文章之简的深层原因,比如人类思维发展的阶段性,语言和语汇由简约向丰富演进的渐变性,而是带着对经典的敬畏,静止地观照古代流传的经典文本,奉为圭臬,并曲为之说。因此他这样指责司马迁:"而纤细烦琐,徒以殚天下之竹帛而玩习后世之口耳者,圣人固宜其有所不录也。噫!太史迁不能知圣人之意,而纷然记之为奇以夸天下者,何耶?迁出秦人之后,诸侯之史皆已燔灭而不可见,然犹傅会群书,采次异闻,如此其多。使迁如圣人尽见上世之书籍,炫其博而不能穷,将如之何耶?"①这是一段语带讽刺的责难,是批评司马迁的刻意求繁,炫耀文采,"迁、固以文采炫耀其人,辞多而实寡"②,简直是在浪费竹帛!

  叶适不满司马迁不能删繁求简,败坏书法,并且因此对《史记》的纪传体例发出指责,他说:"司马迁创本纪、世家,史法变坏,遂不可复。"③《春秋》《左传》采用的都是编年体,叶适认为这种"以世求年,以年求时,以时求月"的史法是避免烦琐的有效形式,故而对司马迁创造的纪传体深表不满。世家和本纪实际上是司马迁在史书体例上的创举,并被后世史家广泛采用,因为《史记》中的'纪'、'传'是以人物为中心的纪传体散文,通过展示人物的活动而再现多彩的历史画面"④,这是历史和文学的有机结合。叶适认为正是这些情节丰满、叙事完整的世家和本纪无谓地加长了《史记》的篇幅,并且中间还有一些缺少历史

---

① (宋)叶适撰,刘公纯等点校:《叶适集·水心别集》卷六,北京:中华书局1961年版,北京:中华书局1961年版,第721页。

② (宋)叶适撰:《习学记言序目》卷三十五,北京:中华书局1977年版,第527页。

③ (宋)叶适撰,刘公纯等点校:《叶适集·水心文集》卷十一,北京:中华书局1961年版,第199页。

④ 袁行霈主编:《中国文学史》第一卷,北京:高等教育出版社1999年版,第231页。

依据的推测之辞,甚至还掺入了与儒家礼教相左的神仙鬼怪传说之文,这些内容在《史记》中的确存在,有的也确实反映了司马迁不能独尊儒家的世界观,但是和《史记》的开创之功相比显然瑕不掩瑜。

叶适诋斥《史记》,还出于对汉学繁缛学风的贬斥,他说:"学者必学乎孔孟,孔子之言约而尽其义,孟子之言详而义不遗。今董生说《春秋》至数千百言,前后章义俱不尽,杂然漫载;迁之言亦然。学者以为是与孔孟同,挠而从之,斯大患矣。"①洋洋五十二万字,文采飞扬的《史记》确实在某种程度上体现汉代文学和学术细大不捐,贪多务得的时代风尚,但是与汉儒枯燥冗长的解经之作肯定不是等量齐观的。

那么,叶适对《史记》的文学性真的是一点感受也没有吗?有的,只不过不是以欣赏而是以批评的方式来表现的:

> 呜呼,天下之人所以纷纷焉至今不能成德就义而求至于圣贤者,岂非迁之罪耶! 读其词之辨丽奇伟,而纵横谈说,慷慨节侠,攘臂于征伐之间者,皆蛊坏豪杰之大半矣。
>
> 夫至言大道不足以辨丽奇伟,而辨丽奇伟必出于小道异端,然则迁之得失,尽见于此矣,其叙秦始皇、汉武帝巡狩、封禅,穷奢极欲,与其尽变先王之政以开货利之门者,本以示讥耳。然后世皆即其术而用之,与夫战国、秦、楚之事,皆天下人所资取以为不肖者。然则述作之大义,夫岂易哉! 后世病史之难,以为不幸无迁、固之才,是类出迁、固下矣。

这段话几乎本是叶适对司马迁《史记》的道德清算,将"天下之人不能成德就义而求之于圣贤者"的责任归罪于司马迁,而司马迁蛊惑人心的手段就是著述《史记》,而《史记》巨大的影响力

---

① (宋)叶适撰:《习学记言序目》卷二十,北京:中华书局1977年版,第296页。

则来自"其词之辨丽奇伟",但也从反面承认了《史记》语言的辨丽奇伟,并且明白这种语言风格具有强烈的感染力,不过他完全是以一个理学家口气,从维护封建统治的立场来揭发这种文风的"害处"的。

我们从材料的最后一句话可以看出,《史记》《汉书》等优秀历史著作的价值(也包括文学价值)在叶适之前就已经为人所认识和接受,叶适的理学史学观是南宋理学发达在史学研究领域的反映,有其保守性,并且妨碍到他对历史散文中文学元素的阐发和文学价值的品鉴,史学批评和文学批评在叶适的历史散文批评体系中大多数情况下是冲突的,这种纠结的批评逻辑甚至渗透到叶适对文学散文的批评之中。不过,在脱离经、史批评的语境之外,叶适对文本的文学批评比重显著增大,有的时候则能纯从文学角度对作品进行文学批评。

二、对文学散文的批评

叶适把《尚书》奉为文章的典范,认为"文字章,义理著"是散文创作的最高标准,不过,这样的高标准自《尚书》而后很难有文章可以达到。在他看来,后世作者几乎没有人能做到像《尚书》作者一样将义理和文章完美交融,但是为了追求和坚持这种理想,叶适在对历代散文的批评中始终贯穿着义理第一,文章次之的原则,因此他常以理学家的眼光去审视文学性散文,包括散体文、赋体文及四六文。但是正如上文所述,叶适同时认识到秦汉以后,经、史、文已经分裂为三个不同的门类,这三者虽然都承载着传承儒道的职责,但是毕竟文本不同,各自还是具有相应的独立性,即他曾经说过的"经欲精,史欲博,文欲肆,政欲通,士擅其一而不能兼也"[①],儒家经典的文风特点是精纯不芜,史学著作追求详博丰赡,需要解释的是叶适所说"文

---

① (宋)叶适撰,刘公纯等点校:《叶适集·水心文集》卷十二,北京:中华书局1961年版,第225页。

欲肆"的内涵。有研究者据此认为叶适散文堪比战国纵横家之文，此种理解似有一定的道理。这样的话，"文欲肆"的"肆"就可以诠释为汪洋恣肆、无拘无束之意了，这种创作风范当然是有纵横家之风的。但是叶适与战国纵横家毕竟有着不同的政治抱负和政治理想，所以，叶适汲取的是战国策士雄肆辨丽的文风，坚守的却是封建士大夫的忠君爱国的政治操守，他在为李焘所作的《巽岩集序》中写道：

> 自有文字以来，名世数十，大抵以笔势纵放、凌厉驰骋为极工，风霆怒而江河流，六骥调而八音和，春辉秋明而海澄岳静也。高者自能，余则勉而效之矣。虽然，此韩愈所谓下逮《庄》、《骚》，其上无是也。观公大篇详而正，短语简而法，初未尝藻黼琢镂，以媚俗为意；曾点之瑟方希，化人之酒欲清，又非以声色臭味自怡悦也。①

我们可以说叶适对散文史上"以笔势纵放、凌厉驰骋为极工"的数十名公并非不予称赏，但是他认为这种文风只能和《庄子》《离骚》相提并论，还不可以说达到了庄、骚以前的境界，有才华的高明作者能够不期然而至此种格调，而那些才不及此，而仅能勉强模仿的就更不值得一提了。叶适对《庄子》《离骚》的态度有相同之处，他说，"庄周者，不得志于当世而放意于狂言，湛浊一世而思以寄之，是以至此。其怨愤之切，所以异于屈原者鲜矣"②，可见叶适从思想上将《庄子》和《离骚》归为一类，两者都以怨愤为主要风格，怨愤之情发为词章，势必难有平和之调，叶适认为这不能算作文章的最高境界，也就是说与《尚书》还隔着一层，至于那些强为模拟的更是"以媚俗为意"。叶适明显是以理学价值为评判文章的标准，实际上庄子和屈原的怨愤是遭

---

① （宋）叶适撰，刘公纯等点校：《叶适集·水心文集》卷十二，北京：中华书局1961年版，第210页。
② （宋）叶适撰，刘公纯等点校：《叶适集·水心别集》卷六，第712页。

受不公平对待时必然会产生的情绪、情感,而《庄子》和《离骚》正是此种情感宣泄极具感染力的文学表达,叶适对此不是不了解,他说《庄子》在当时和后世都不乏"悦而好之者",①而喜欢它的原因之一就是"好文者资其辞"。②他承认了《庄子》和《离骚》的文词的艺术魅力,他只是不认同《庄子》和《离骚》用怨愤之辞表达发自心灵的怒吼。

很显然,叶适对纵放、凌厉的文风持赞赏态度,可是一旦此种文风被用于表达怨愤、反抗不公平的社会秩序,他就会立刻警惕起来,对之加以贬抑。他真正心仪的是"曾点之瑟方希,化人之酒欲清,又非以声色臭味自怡悦也"的文章格调。他的这句话包含两层含义,其一,试图用儒家温柔敦厚的文艺思想作为感化庶民的有效手段,认为一切的不和谐、不公平都可以用礼乐教化来安抚、熨平,不希望用战鼓和烈酒来宣泄,所以他欣赏"详而正,简而法"的文章。其二,出于强调文章的教化功用,叶适反对"以声色臭味自怡悦"的创作动因,过分突出文章宣扬社会伦理的责任,弱化文学抒情的个性化和私人化,这样一来,醇酒、妇人、隐衷、私情便都成为写作文章时的禁忌。他的弟子吴子良就说过:"自古文字如韩、欧、苏,犹间有无益之言,如说酒,说妇人,或谐谑之类。惟水心篇篇法言,句句庄重。"③

至此,我们认为叶适之"文欲肆"的"肆"不能理解为像战国纵横之士为了博取名利而准的无一、唯利是求的任意发挥,也不是对不公平社会秩序的直露无隐的批判,也不能理解为对放肆、无约束的生活态度和生活方式的记述,这里的"肆"大概只能理解为行文表达的顺畅、全面、充分,而不是思想、内容的

---

① (宋)叶适撰,刘公纯等点校:《叶适集·水心别集》卷六,北京:中华书局1961年版,第712页。
② (宋)叶适撰,刘公纯等点校:《叶适集·水心别集》卷六,北京:中华书局1961年版,第712页。
③ 王水照主编:《历代文话·荆溪林下偶谈》,上海:复旦大学出版社2007年版,第560页。

放肆不羁。由此可见叶适文学视野的宽度是有限的,他对前代和当时文人的散文进行批评时无不带着这样的烙印。

"肆"的风格特征主要与议论文体相适应,叶适重议论,好议论,这不是他一人的偏爱,是整个宋代的时尚。宋代古文大家欧、曾、王、苏莫不如此,与叶适同时代的道学家朱熹、功利主义者陈亮也都好发议论,只不过学术取向不同,议论阐发的内容也不一样,以朱熹为代表的道学家喋喋不休的是格物致知、正心诚意;陈亮侧重对王霸之术的探究。叶适则继承北宋古文经世致用的风气,将历史得失与本朝时事紧密结合,自成一家。所以,叶适所谓"文欲肆"主要是针对议论文体而言,而他对前代和有宋一代的散文,最为关注的是议论文章,他认为议论是古已有之的散文表达方法:

> 叙诸论,舜、禹、皋、陶辨析名理,伊、傅、周、召继之,《典》《诰》所载论事之始也。至孔、孟折衷大义,无遗憾矣。春秋时,管仲、晏子、子产、叔向、左氏善为论,汉人贾谊、司马迁、刘向、扬雄、班固善为论,后千余年,无有及者,虽韩愈、柳宗元、欧阳修、王安石、曾巩起,不能仿佛也。盖道无偏倚,惟精卓简至者独造;词必枝叶,非衍畅条达者难工;此后世所以不逮古人也。
>
> 独苏轼用一语,立一意,架虚行危,纵横倏忽,数千百言,读者皆如其所欲出,推者莫知其所自来,虽理有未精,而词之所至莫或过焉,盖古今论议之杰也。[①]

叶适指出,论事之文肇始于《尚书》中的《典》《诰》,这是议论文章的最早传统。孔子和孟子的议论风旨已经达到了无遗憾的高度,而议论散文发展的高峰期似乎是在两汉时期,叶适曾经指摘过《史记》和《汉书》的史学价值,但是他也感受到《史记》

---

① (宋)叶适撰:《习学记言序目》卷十五,北京:中华书局1977年版,第744页。

"辨丽奇伟"的艺术特征,其中的"辨"当就是指议论,叶适认为后世议论文不能企及两汉,更遑论两汉以前。叶适推崇的议论文章在思想内容和艺术形式上有何特点呢?即"盖道无偏倚,惟精卓简至独造;词必枝叶,非衍畅条达者难工",首先议论必须合"道",必须能够精卓简至者方能到达不偏不倚的中正之道,这是要求议论内容的正当不颇;其次,议论文章还必须讲求词章安排,所谓"词必枝叶",是说必须在合"道"或者说合乎义理的前提下,充分拓开思路,运用逻辑推演,调动语词意象,合理安排条理,即"非衍畅条达者难工"。这是要求论说者能够对一个问题穷尽其理,并且做到论说畅达有致,不留余地。在叶适看来,北宋古文运动的大家,如韩愈、柳宗元、欧阳修、王安石、曾巩等还不能做到,能够做到的唯有苏轼一人而已。以理学家的标准衡量苏轼的"道",当然不尽如人意,所谓"理有未精"是也,但是苏轼纵横捭阖、架虚行危的论说艺术着实让叶适钦羡,他虽奉欧阳修"为本朝议论之宗"①,但更称誉苏轼为"古今议论之杰",把苏轼放在整个的散文史中去评价。从这一点可以看出叶适重视文章的写作技巧和表达艺术,对议论文章"肆"的要求实际上是要求作者不仅要遵守文章之道,更要遵守艺术规律,才能创作出让"读者皆知其所欲出,推者莫知其所来"的议论文。

"肆"作为叶适对议论散文的艺术追求,其表现为文气流畅,辨说详博,这是宋学议论精神在文学创作,尤其是在论说文体创作中的展现,而且此种议论之风还超出议论文体的范畴,影响到其他原本不主议论的文体之中,比如本以叙事为要的记体散文,叶适清楚地观察到这种流变,并且认为这是宋人对散文文体的创变之举:

---

① (宋)叶适撰:《习学记言序目》卷三十九,北京:中华书局1977年版,第585页。

韩愈以来,相承以碑志序记为文章家大典册,而记,虽愈及宗元,犹未能擅所长也。至欧、曾、王、苏,始尽其变态,如《吉州学》《丰乐亭》《拟岘台》《道州山亭》《信州兴造》《桂州新城》,后鲜过之矣。若《超然台》《放鹤亭》《筼筜偃竹》《石钟山》,奔放四出,其锋不可挡,又关纽绳约之不能齐,而欧、曾不逮也①。

北宋陈师道在《后山诗话》中也提出与此相类似的观点:"退之作记,记其事尔;今之记乃论也"。② 陈师道只是以韩愈一人为例,并且看不出他对记体散文由叙事向叙议结合转化的态度,从字面揣测似乎出于尊记之体而对这种转变不以为意,略带贬义。叶适恰恰与之相反,他说韩愈、柳宗元均不擅长此体,此论只能是叶适一己之见,韩愈所作记体文数量较少,只有区区八首,但是其中《蓝田县丞厅壁记》叙事生动、诙谐泼辣,历来被视作韩文名篇。《画记》笔法错落有致,也深得论者好评。柳宗元记体文有 36 首之多,内容涉及多面,厅壁记的艺术性稍差,但是其《永州八记》叙事、写景、抒情三者有机地融合在一起,体现柳文峭拔峻洁的特征。叶适说欧曾王苏尽变其态,是说宋代文人破体为文,在叙事之文中多发议论,记体散文的议论化是宋人重议论的时代风尚浸染的自然结果。再加上叶适受其理学文艺观的影响,像韩愈《蓝田县丞厅壁记》以文为戏和柳宗元《永州八记》以文章摅发怨愤私情的创作都不能被他接受和提倡,在叶适看来,韩愈、柳宗元的记体文从题材到气度都未免显得过于窘涩,他认为记体文本来也可以像议论文那样大开大合,挥洒自如,像苏轼的记体文那样"奔放四出,其锋不可当,又关纽绳约之不能齐",这与议论文追求"肆"的艺术效果有异曲同工之妙。如欧阳修的《丰乐亭记》,本来是一篇平常的亭台记

---

① (宋)叶适撰:《习学记言序目》卷四十九,北京:中华书局 1977 年版,第 733 页。

② (清)何文焕辑:《历代诗话》,北京:中华书局 1981 年版,第 309 页。

游之文,但是欧阳修却能"作记游文,却归到大宋功德休养生息所致,立言何等阔大"。①根据一座亭子描画出太平气象,这是宋代士大夫特有的胸襟。再如苏轼《超然台记》,文首即以大段议论开篇,纵论忧乐、福祸时,于筑台始末反而轻描淡写。钱基博说东坡:"以议论作记,随题生波,以事为经。"②"随题生波"实际是宋代作家创作记体散文时的有意识的创造,他们突破了韩愈、柳宗元创立的以叙事为主的记体文的体裁束缚,将议论合理有机地穿插于叙事之中,有时甚至喧宾夺主,主要以议论行文。

众所周知,两汉以后,唐宋散文可谓双峰并峙,但是在叶适的心目中,宋代散文还是高出唐文一筹。他没有否认韩愈、柳宗元作为古文运动领袖的开创之功。认同古文被韩愈复振的说法,还说过"后世惟一韩愈号能追三代之文,其词或仿佛似之"③的话,但是对唐代古文运动的业绩也能够给予冷静、客观的估断,他说:

> 柳开、穆修、张景、刘牧,当时号能古文,今所存《来贤》《河南尉厅壁》《法相院钟》《静胜》《待月》诸篇可见。时以偶俪工巧为尚,而我以断散拙鄙为高,自齐梁以来言古文者无不如此。韩愈之文备尽时体,抑不自名,李翱、皇甫湜、往往不能知,而况孟郊、张籍乎?古人文字固极天下之丽巧矣;彼怪迂钝朴,用功不深,才得其腐败粗涩而已。④

韩愈力倡古文,但是在当时并非得到所有人的响应,除去像张籍那样公然与之争辩的人外,即使是身为韩门弟子的李翱、皇

---

① (清)吴楚材、吴调候选:《古文观止》,哈尔滨:黑龙江人民出版社2008年版,第364页。
② 钱基博撰:《东坡文讲录》,四川大学学报丛刊第六辑,(苏轼研究专集)。
③ (宋)叶适撰:《习学记言序目》卷六,北京:中华书局1977年版,第79页。
④ (宋)叶适撰:《习学记言序目》卷四十九,北京:中华书局1977年版,第733页。

甫湜等人,也没有能真正理解韩愈古文创作理论的要义,叶适对此洞若观火,唐代古文运动最终没有彻底压倒骈文,原因很多,但其中最主要的就是李翱等人将古文引向险怪、晦涩之路上去了。叶适认为韩愈倡导古文,他自己的创作实际上融合了众家文体之长,即所谓"备尽时体",如其文集中既有如《毛颖传》那样的传奇体散文,也有如《进学解》那样的骈散结合之作。叶适认为柳开、穆修、李翱、皇甫湜等人的古文刻意回避偶俪工巧,一味追求断散拙鄙,是仅从形式上的求古复古,势必会出现"怪迂钝朴,用功不深,才得其腐败粗涩而已"的结果,而叶适还指出,古人文字并非都是排斥"丽巧"的,这是叶适的高明之见,也是他在贬斥文艺的时代氛围中能够重视散文创作艺术技巧的内在动因。

基于以上认识,叶适认为本朝文章克服了唐代古文运动带来的弊端,对元祐诸子尤其赞叹有加,其《播芳集序》云:

> 近世文学视古为最盛,而议论于今犹未平,良金美玉,自有定价,岂曰惧天下之议而使之无传哉!若曰聚天下之文,必备载而无遗,则泛然而无统;若曰各因其人而为之去取,则尺有所短,寸有所长,尤不可以列论。于是取近世名公之文,择其意趣之高远,词藻之佳丽者而集之,名之曰播芳,命工刊墨以广其传,盖将使天下后世,皆得以玩赏而不容瑕疵云。①

序文开头一段议论是这样说的:"昔人谓'苏明允不工于诗,欧阳永叔不工于赋,曾子固短于韵语,黄鲁直短于散句,苏子瞻词如诗,秦少游诗如词。'此数公者,皆以文字显名于世,而人犹得以非之,信矣作文之难也。夫作文之难,固本于人才之不能纯美,然亦在夫纂集者不能去取抉择,兼收备载,所以致议者之纷纷也。向使略所短而取所长,则数公之文当不容议矣。"由此可

---

① (宋)叶适撰,刘公纯等点校:《叶适集·水心文集》卷十五,北京:中华书局1961年版,第228页。

知,叶适《播芳集》所选均为北宋以来散文名家之作,而之所以编选此集,就是因为叶适认为"近世文学视古为盛,而议论于今犹未平",这里既有对本朝文章成就和价值的自信,也有对一些尊古陋今的文学观的不满。此处尤为值得我们关注的是叶适遴选散文篇章的标准:"择其意趣之高远,词藻之佳丽者而集之",意趣高远指思想内容,词藻之佳丽则专指艺术手法,明确表示讲求文章辞藻的"佳丽",这是叶适对散文文学性的公开认可和追求,在理学文艺观占主导地位的南宋时期,叶适的这种观点尤值得赞赏。而且其编选目的也耐人寻味:"名之曰播芳,命工刊墨以广其传,盖使天下后世,皆得以玩赏而不容瑕疵云。"他希望借此集扩大北宋散文的文学影响,流传于天下后世,他还认为这样意趣高远、词藻佳丽的文学散文应该成为人们"赏玩"的佳作,"赏玩"一词强调的似乎不再是以文传道,而是承认了文学本身就应该具备的愉悦功能。联想到叶适还曾经编选过《四灵诗选》,这些都反映了他对文学审美价值的主动探求。

叶适《祭翁常之文》中有句云:"诗抽情而丽密,赋写物而宏壮",①可见他对赋体文的"写物"的功用和"宏壮"的艺术特质是了然于心的,但是对汉代大赋却始终心存贬抑,他是这样评说赋体文的:

> 赋虽诗人以来有之,而司马相如始为广体,撼动一世,司马迁至为备录其文,骇所无也;扬雄喜而效焉,晚则悔之矣。然自班固以后,不惟文浸不及,而义味亦俱尽。然后世犹继作不已,其虚夸妄说,盖可鄙厌,故韩愈、欧、王、曾、苏皆绝不为。今所谓《皇畿》《汴都》《感山》《南都》之类,非于其文有所取,直以一

---

① (宋)叶适撰,刘公纯等点校:《叶适集·水心文集》卷二十八,北京:中华书局1961年版,第571页。

代之制,一方之事,不可不知而已。①

他也曾经说过"赋,《诗》之流也"②,但是他认为这种流变是将诗歌引向不健康的发展方向,是属于杂出的异体,扬雄早年模习大赋,后来悔称之为雕虫小技,在叶适看来是迷途知返的举动。叶适认识到汉大赋铺张扬厉的风格,称之为"广体",也承认以司马相如《子虚赋》《上林赋》为代表的大赋确曾风靡一时,撼动一世。他轻鄙和厌恶汉大赋的主要原因是汉大赋的"虚夸妄说"。汉大赋作品确是存在铺叙过于繁缛,辞藻过于堆砌的弊端,但是作为远承《诗经》赋颂传统,近仿《楚辞》的新文体,它足以代表汉代文学的灿烂与辉煌。叶适对汉大赋的批评显然不够公允,而且他也没能认识到东汉以后,以京都赋为代表的汉赋对西汉大赋的复变,更没有认识到东汉时期的抒情小赋的文学价值,而是认为东汉以后的赋体文"不惟文章浸不及,而义味亦俱尽",几乎贬得一无是处,究其根本还是叶适的儒道思想在作祟。

叶适说韩愈和欧曾王苏都没有创作赋体文的说法也显然失之武断,因为韩愈文集明载《感二鸟赋》《复志赋》《闵己赋》和《别知赋》诸篇,叶适上述论点就是在研讨《皇朝文鉴》时发出的,而在《皇朝文鉴》中,明确载入了欧阳修《秋声赋》、苏轼《前赤壁赋》《后赤壁赋》、苏辙《黄楼赋》。叶适此言或可理解为欧阳修、苏轼等人所为篇制短小、独抒一己情怀的新体赋或文赋与司马相如等人的颂体大赋不属一类,而韩愈、欧曾王苏等人也确实没有创作类似于汉大赋的作品,但是叶适对上列诸位的抒情小赋或文赋作品也重视不够,他对一些宣扬理学思想的赋作却是青睐的。比如他这样称赞张咏的《声赋》:"张咏《声赋》,

---

① (宋)叶适撰:《习学记言序目》卷四十七,北京:中华书局1977年版,第696页。
② (宋)叶适撰,刘公纯等点校:《叶适集·水心别集》卷五,北京:中华书局1961年版,第700页。

词近指远,弘达朗畅,异乎《鸣蝉》《秋声》之为,盖古今奇作,文人不能进也。"①张咏《声赋》是一篇质木无文、纯粹的理学赋,叶适认为其价值超过《秋声赋》,并且说"文人不能进也",显然是以理学家的眼光来考量的。另外,叶适对赋的作用的认识值得注意,那就是他认为《皇朝文鉴》中《皇畿》《汴都》《感山》《南都》等赋的写作目的不再是逞现文采,而是记述"一代之制,一方之事",这就是后来明清时代的"赋代志乘"的思想。

宋代四六渊源于南北朝时期的骈文,经历唐、五代,其好典故、重骈俪的体制特点没有大的变化,宋初的杨亿、刘筠等人祖述李商隐骈文的精工华美,文如其诗,掀起又一波骈文创作的高潮。古文运动的先驱石介在《怪说》一文中蔑称其文"穷妍极态,缀风月,弄花草,淫巧侈丽,浮华纂组"。②欧阳修和三苏虽然倡导散体古文,但是他们对骈文态度不像石介这样偏激,而是尝试运古文之法于骈文创作之中,并且取得了成功,形成一种融合骈散的新体骈文,这就是宋四六。

叶适对宋四六对前代骈文的承续和演变过程有过比较准确的记述,他说:"徐陵'文颇变旧体,缉裁巧密,多有新意,每一文出,好事者已传写成诵,被之华夷,家藏其本',遂为南北所宗,陆机任昉不能逮也。自唐及本朝庆历以前,皆用其体,变灭不尽者,犹为四六,朝廷制命既遵行之,不复可改矣。"③所说庆历之前,即是以欧阳修为代表发动的古文运动尚未兴起之时,叶适还揭示了四六文在宋代与古文并存的一个重要原因就是"朝廷制命遵行之",北宋王安石科举罢词赋,后来朝廷以为朝廷官事文书还应以四六行文为宜,于是特设词科,专试四六。

---

① (宋)叶适撰:《习学记言序目》卷四十七,北京:中华书局1977年版,第697页。
② 曾枣庄,刘琳主编:《全宋文》卷六二六,上海:上海辞书出版社;合肥:安徽教育出版社2006年版,第291页。
③ (宋)叶适撰:《习学记言序目》卷三十三,北京:中华书局1977年版,第488页。

《文献通考·卷三十三·选举考六》:"三省言唐世取人随事设科,其名有词藻宏丽文章秀异之属。……诸如诏诰、章表、箴铭、赋颂、赦敕、檄书、露布、诫谕,其文皆朝廷官守日用而不可阙……(绍圣)二年诏立宏辞科……所试者章表、露布、檄书用四六。"①词科试四六应用之文,因而应举士子多用力模习,叶适以为词科试四六是科举的弊端之一,其《外稿·宏词》篇云:

> 自词科之兴,其最贵者四六之文,然其文最为陋而无用。士大夫以对偶亲切用事精的相夸,至有以一联之工而遂擅终身之官爵者。此风炽而不可遏,七八十年矣;前后居卿相显人,祖父子孙相望于要地者,率词科之人也。其人未尝知义也,其学未尝知方也,其才未尝中器也,操纸援笔以为比偶之词,又未尝取成于心而本其源流于古人也,是何所取,而以卿相显人待之,相承而不能革哉?②

作为对科举利弊的探讨,叶适的观点自有道理,尤其在四六风行成为一种科场风气,流于模拟因袭,借以博取高官美仕,并进而形成一种华而不实的词科习气的时候。但是四六文本身的美学价值也是不容视而不见的,特别是在欧阳修、苏轼等古文大家对之进行了散文化的改造之后,四六文的表现力得到强化,用典不再追求"巧密",语言通顺自然。宋人已经认识到四六文与古文创作之间有相通的一面,叶适批评四六为无用之文,不过他在现实的生活中并非不作四六文,他对欧阳修等古文大家运散入骈的创新之举称许有加,并且主动学习,其四六风格绝似欧阳修,《荆溪林下偶谈》记云:"水心于欧公四六,暗诵如流,而所作亦甚似之。顾其简淡朴素,无一毫妩媚之态,行于自然,无用事用句之癖,尤世俗所难识也。水心与笔窗论四

---

① (元)马端临撰:《文献通考》,北京:中华书局出版社1986版,第315页。
② (宋)叶适撰,刘公纯等点校:《叶适集·水心别集》卷十三,北京:中华书局1961年版,第803页。

六,箓窗云:'欧做得五六分,苏四五分,王三分。'水心笑曰:'欧更与饶一两分可也。'水心见箓窗四六数篇,如《代谢希孟上钱相》之类,深叹赏之"①,这里显然是将欧阳修的四六文成就列为本朝第一,苏轼、王安石紧随其后,这也就承认了古文和四六之间的关系并非如石介所说的那样势同水火,因为科举时代的文人应进士、制举、词科等,都难免要研习四六,欧、苏、王等人自难免俗,只是此数人能够融通骈散,创为新体。除吴子良的赞语外,叶适的四六文的成就还受到黄震的夸奖,他在评价叶适主要以四六行文的"表""启"文时说道:"文平意顺,水心大手笔也。四六语如此,近世雕镂自以为工者何如也?"②

第二节 叶适散文创作论

一、以文辅治的创作宗旨

叶适《赠薛子长》有云:"读书不知接统绪,虽多无益也;为文不能关教事,虽工无益也;笃行而不合于大义,虽高无益也;立志不存于忧世,虽仁无益也。"③叶适重文、工文,但他不是一个纯粹的文人,也绝不是仅用文章来抒发自己的私情幽愤;他作文讲求工巧,但并不是为了炫耀文采,作文是叶适关心政教、经世济时的重要手段。所谓教事,并非只是停留在义理探讨上的空言,而是与当时的国事、政事、内忧、外患息息相关的社会现实政治。从北宋初年开始,特别是从范仲淹建立"先天下之忧而忧,后天下之乐而乐"的宋代士大夫政治操守以后,以天下

---

① 王水照主编:《历代文话·荆溪林下偶谈》卷二,上海:复旦大学出版社2007年版,第555页。
② 王水照主编:《历代文话·黄氏日抄》,上海:复旦大学出版社2007年版,第853页。
③ (宋)叶适撰,刘公纯等点校:《叶适集·水心文集》卷二十九,北京:中华书局1961年版,第607—608页。

为己任的责任感、使命感就成为有志之士政治人格的一部分,他们参与政治、干预政治的手段之一就是作文,叶适提倡文关政教,是宋代文人政治人格的一贯性表现,但是同时又具有叶适所处的历史时代的具体现实特点。北宋末年及南渡以后纷纭变幻的现实政治背景,对宋代散文的创作也产生了相应的影响,南北宋之交的主战派创作了一批意气慷慨、壮怀激烈的战斗檄文式的作品,这些作品是时代的强音,不过大都是主战派直接用于政治论争的工具,往往仓促为之,在艺术上不可能追求精工,谋篇布局也易流于草率,而且主战派的声音随着南宋主和国是的确立逐渐微弱了下去,南宋散文创作便长期地被主和的大背景笼罩着,南宋士大夫不再具有唐代文人开疆拓土的雄心,也不具备北宋文人在表面繁华盛世中形成的开阔胸襟和气度,再加上投降派的文化压抑政策的施行,文坛流行诡谀之风,北宋古文运动倡导的经世致用的精神丧失殆尽,叶适对此痛心疾首,并对之进行了揭露和清算,前文已有述及,此不赘述。

　　自孝宗乾道、淳熙年间开始,宋、金胶着对峙的局面给了南宋朝廷相当长的相对安宁时期,社会政治、经济、文化得以复苏,孝宗着意培育文人士气,各种学术思潮也开始活跃,文人和士大夫的精神面貌稍稍振作,各学派也从自己的学术主张出发思考治国方略,寻求疗救之方。从根本上说,这一时期,每一个学术流派都在通过著书、讲学来表达自己的富国强国之策,因而可以说都不是无用之文,都是关乎政教治道之文,但是为什么和同时代的其他作家相比叶适的散文会博得更高的声誉呢?叶适的文关政教理念思想与他人有何不同?我们试以同时代的朱熹和陈亮为例,稍加阐析。

　　上文曾经说过,制科《进卷》给叶适带来了巨大声誉,也是最能体现叶适文关政教的重要作品。《文献通考》卷三十二选举考五曰:"叶翥上言士狃于伪学,专习语录诡诞之说、《中庸》

《大学》之书以文其非,有叶适《进卷》陈傅良《待遇集》,士人传诵其文,每用辄效。"①但正是叶适的《进卷》让朱熹感到尤为不满。他在给叶适的信中直接指责叶适:"但见士子传诵所著书及答问书尺,类多笼罩包藏之语,不唯他人所不解,意者左右亦自未能晓然于心而无所疑也……而吾党之为学者,又皆草率苟简,未曾略识道理规模,工夫次第,便以己见博量凑合,撰出一般说话,高自标置,下视古人。及其考实,则全是含糊影响之言,不敢分明道著实处。"②朱熹所谓"士子传诵所著书"即是指《进卷》,并且武断地认为《进卷》为"他人所不解意者",甚至语带讥讽地说叶适自己对所论内容也不能了然,只是草率苟简、含糊影响之言。其实朱熹所言纯是学术歧视的心理所致,叶适《进卷》在士子中间的盛行就是对他所言的最好反驳。不过叶适精心结撰、内容闳博的《进卷》确是崇尚实事实功思想的外在表现,而朱熹为道学宗师,他指责叶适议论"不敢分明道着实处"即谓叶适不能从思想上领会和接受道学。道学家思想的实践表现就是讲学传道,试图用格物致知、正心诚意之学净化人心,除去贪鄙、狡诈;并希望道学能够成为官学,达到致君尧舜的终极目的,这被他们当作改变衰靡世风、不振国势的根本途径。可见道学并非不关心国运民生,而是自认为找到了一条能够从根本上解决问题的捷径,道学尊崇三代天理、鄙视汉唐人欲,对现实事功报以轻视的态度,取义而不言利,因此科举时文就被道学家置于排斥之列,而他们自己的创作主要以讲学语录为主,专事探讨天理人欲之辩、持敬修为之术,除去像朱熹一样兼具文学素养的少数人的文章以外,大多道学家的文章内容与现实生活疏离,形式流于粗率随意,给人以对民生国运麻木不仁的表象,道学末流更是如此,这也是道学家文被人诟病的重

---

① (元)马端临:《文献通考》卷三十二,北京:中华书局1986年版,第302页。
② (宋)朱熹撰:《朱子全书》(第23册),上海:上海古籍出版社2002年版,第2651页。

要原因,难怪陈亮对之予以厉声斥责:"始悟今世之儒士自以为得正心诚意之学者,皆风痹不知痛痒之人也。举一世安于君父之仇,而方低头拱手以谈性命,不知何者谓之性命乎!"①与叶适探索历史教训,贴近现实社会,积极干预政治的创作主旨相去甚远。

陈亮是乾淳诸儒中学术品格最独特的一个,他对此抱着十分自信的态度,自谓"研究义理之精微,辨析古今之同异,原心于秒忽,较礼于分寸,以积累为功,以涵养为正,睟面盎背,则亮于诸儒诚有愧焉。至于堂堂之阵,正正之旗,风雨云雷交发而并至,龙蛇虎豹变见而出没,推倒一世之智勇,开拓万古之心胸,如世俗所谓粗快大脔,饱有余而文不足者,自谓差有一日之长"②。陈亮是功利主义儒家,并且对自己讲求功利的思想直言不讳,因此他的历史观与朱熹三代天理、汉唐人欲的观点截然对立,两人之间发生的王霸义利之辩是哲学史上的一桩公案,陈亮王霸并重的思想是和南宋偏安现实紧密相关的,渴望宋室尽早实现中兴是陈亮哲学思想产生的根源,而汉唐时期王霸并举的政治策略就是值得借鉴的历史经验,陈亮植根现实,探究历史,着眼点主要放在对古今军事成败的经验总结上,不像叶适做全面深入的周密、长远规划,其散文创作的主要成就也在于此,叶适《龙川集序》说:"同甫文字行于世者,《酌古论》《陈子课稿》《上皇帝四书》,最著者也。"③《酌古论》是陈亮的少作,他在《酌古论》的末尾说:"余于是时盖年十八九矣,而胸中多事已如此,宜其不易平也。政使得如其志,后将何以继之!独曹公

---

① (宋)陈亮撰,邓广铭点校:《陈亮集》(增订本)卷一,第9页。
② (宋)陈亮撰,邓广铭点校:《陈亮集》(增订本),北京:中华书局1987年版,第339—440页。
③ (宋)叶适撰,刘公纯等点校:《叶适集·水心文集》卷十二,北京:中华书局1961年版,第207页。

一论,为之反覆数过。"①陈亮有武人气质,其在文章中称许"英雄""豪杰"之处不胜枚举,自命有超越古今英雄的胸襟谋略,所作史论几乎专论军事,有浓厚的纵横家气息,其自为《酌古论序》云:

> 吾鄙人也,剑楯之事,非其所习;铅椠之业,又非所长;独好伯王大略,兵机利害,颇若有自得于心者。故能于前史间窃窥英雄之所未及,与夫既已及之而前人未能别白者,乃从而论著之;使得失较然,可以观,可以法,可以戒,大则兴王,小则临敌,皆可以酌乎此也。命之曰《酌古论》。②

他自视甚高,既能见"英雄之所未及",又能辨识"前人所未能别白者",也表明自己用心于兹的目的是希望能为当世所用,其实就是能为宋室"中兴"事业提供帮助,他在给孝宗的上书中,除宣泄自己怀才不遇的愤懑以外,均极言"中兴"大业,27岁时再赴礼部试落第之后,作《中兴五论》,系统阐述了中兴构想。

陈亮极具忧世之心,但是他命运多舛,两入大理寺狱,被世人视为行为不顾细谨的狼疾之人,其直言急谏之举虽一度震动圣听,但却因当路者的嫉恨而长期困顿场屋,晚登进士,次年病逝,可谓壮志未酬。其人品、文名在当时就受到指摘,况且他执着于中兴一端,发警策之语,承东坡遗风,其文学价值不逊于乾、淳诸家,但也存在论无定则、大言无实的缺陷,于实际政治助益有限,与叶适政论文、史论文相比显得不够笃实。

道学家理论迂阔不切实际,陈亮的功利主义有急功近利的不足,两者皆不能全面认识当时存在的诸多亟待清除的弊政祸端,不能提出切合实际的疗救之策,叶适以《进卷》《外稿》为代

---

① (宋)陈亮撰,邓广铭点校:《陈亮集》(增订本),北京:中华书局1987年版,第93页。
② (宋)陈亮撰,邓广铭点校:《陈亮集》(增订本),北京:中华书局1987年版,第50页。

表的政论文切合实际,思虑详赡,并且文法缜密,技巧纯熟,实为有用之文。《黎刻水心文集序》评曰:

> 先生之学,浩乎沛然,盖无所不窥。而才气之卓越,又足以发之。然先生之心,思行道于当时而见之功业,不但为文而已也。观其议论谋猷,本于民彝物则之常,欲以正人心,明天理。至于求贤、审官、训兵、理财,一切施诸政事之间,可以隆国体、济时艰。①

明代理学盛行,王直虽将叶适视作理学家,但是他还是指出了叶适学术兼容义理事功的特征,所谓"思行道于当时而见之功业"的概括还是较为准确的。叶适不像道学家务虚理轻实事,而是"本于民彝物则之常",所发议论紧扣国计民生,如能施诸政事,则能取得"隆国体、济时艰"的实效。

《水心别集》以《进卷》和《外稿》为主体,李春和在书前序文中说"读之,叹其论治之精,有益于经世",还说:"其论宋政之敝及所以疗复之方,至为详备。"②言简意赅地总结了叶适政论精要、详备的特点,是对北宋初年以来经世致用精神的继承和发扬,他自言:"盖自庆历、元祐以来,著而为书者,何其众也!其于天下之治乱,军旅、钱谷之大计,常先为之画而以意处之者,何其敢决而不疑也!其言之多,思之深,岂无一二足用于世哉?"③

《进卷》不计篇首的《序发》,共计 50 篇,可以分成两大部分,每部分各 25 篇,前半部分共设 8 个论题,分别是《君德》《治势》《国本》《民事》《财计》《官法》《士学》《兵权》《外论》,相当于苏轼制科进卷的 25 篇"策",但是内容比苏轼之"策"具体和有

---

① (宋)叶适撰,刘公纯等点校:《叶适集·水心文集》卷首,北京:中华书局1961年版,第3页。
② (宋)叶适撰,刘公纯等点校:《叶适集·水心别集》卷首,北京:中华书局1961年版,第629页。
③ (宋)叶适撰,刘公纯等点校:《叶适集·水心别集》卷一,北京:中华书局1961年版,第631页。

针对性。现存《水心别集》基本保存了宋本的本来面目，而且该书十五卷末叶适的自跋说前十五卷(包括《进卷》九卷，《外稿》六卷)是他亲手编次，他将与现实政治最为息息相关的内容置于卷首，将制科进卷程式化内容，比如经义、史论、人物论放在后面，我们有理由相信前面关乎时政的25篇论文也是叶适自己最为看重的部分。

《进卷》是叶适为应制科而作的时文，而《外稿》则是叶适的自觉创作，《水心别集》卷十五末尾叶适自跋云："淳熙乙巳(1185年)，余将自姑苏入都，私念明天子方早夜求治，而今日之治，其条目纤悉至多，非言之尽不能知，非知之尽不能行也。万一由此备下列于朝，恐或有所问质，辄稿属四十余篇。"①相比较而言，《进卷》偏重于纲，《外稿》着力于目，议论所及都是当世亟待清除之弊端，并一一筹划应对之方。

《进卷》和《外稿》是叶适"上考前世兴坏之变，接乎今日利害之实"②的苦心孤诣之作，援古证今，剖析积弊，规划对策，内容涉及内政、外交各个领域，是叶适事功思想的集中体现，也反映了叶适以文参政，以文辅政的理想。

叶适的几篇著名的轮对和应诏条奏之文也贯穿着辅时经世的精神，如淳熙十四年(1187)《淳熙上殿札子》、光宗初年的《应诏条奏六事》、宁宗开禧二年(1206)《上宁宗札子》等，既有初登仕途，意气昂扬的主战之作，也有历经仕宦风波，主张深思慎行之篇，但是竭忠尽智、为国分忧的愿望始终没有改变。

叶适文关政教的思想不仅集中体现在政论文、史论文中，在序、记、题跋、墓志铭和哀挽祭奠之文中也多有渗透，在这些文体中他往往通过对人物、事件的叙述，描写和抒情来表达对

---

① (宋)叶适撰，刘公纯等点校：《叶适集·水心别集》卷十五，北京：中华书局1961年版，第843页。

② (宋)叶适撰，刘公纯等点校：《叶适集·水心别集》卷十五，北京：中华书局1961年版，第844页。

世道国运的忧虑，不像议论文章那样直陈观点，更多是使用兴叹、感怀的方式来表现，更具文学的感染力。

二、求新求变的艺术追求

叶适的散文创作在乾淳时期乃至其后的文坛享有盛誉，以文辅政的创作目的和创作实践是重要原因，另外，叶适与道学家轻视文章创作技巧不同，与陈亮凭借才气率意为文也有区别，叶适重视文章技法的研究，并且主动学习前代优秀散文传统，尤其是注重向北宋古文运动的优秀作家汲取营养，总结前人经验，形成自己的独有风格，求新求变的艺术追求成就了叶适散文的独特风韵。所谓求新，即不蹈袭前人，自立新语，自创新格。吴子良《荆溪林下偶谈·水心文不蹈袭》条记载：

> 水心与篔窗论文至夜半，曰："四十年前曾与吕丈说"。吕丈，东莱也。因问篔窗："某文如何？"时案上置牡丹数瓶，篔窗曰："譬如此牡丹花，他人只一种，先生能数十百种，盖极文章之变者。"水心曰："此安敢当。但譬之人家觞客，或虽金银器照座，然不免出于假借；自家罗列，仅瓷岳瓦盃，然却是自家物色。"水心盖谓不蹈袭前人耳。瓷瓦虽谦辞，不蹈袭，则实语也。然不蹈袭最难，必有异禀绝识，融会古今文字于胸中，而洒然自出一机轴方可。不然，则虽临纸雕镂，只益为下耳。韩昌黎为《樊宗师墓志》言其所著述至多，凡七十五卷又一千四十余篇，"古未尝有"，而"不蹈袭前人一言一句"，又以为"文从字顺"，则樊之文亦高矣。然今传于世者，仅数篇，皆艰涩，几不可句。则所谓"文从字顺"者安在？此不可晓也。①

陈耆卿称赞叶适散文不拘一格，变态多端，叶适虽语带谦虚，但却道出了自己散文创作的秘诀，就是力求表现"自家物色"，吴

---

① 王水照主编：《历代文话·荆溪林下偶谈》卷三，上海：复旦大学出版社2007年版，第562页。

子良一语中的,所谓"自家物色",就是"不蹈袭前人耳",并且进一步指出,要想达到不蹈袭前人的境界绝非易事,条件有二,一是要具备"异秉绝识",二是要"融古今文字于胸中",其实这两者之间存在着内在的联系,天赋异禀和超绝常人的见识固然重要,但是仅此一点还不够,必须运用超绝的识力博览群书、融汇古今优秀作品的优长,正如韩愈所谓"沉浸浓郁,含英咀华,作为文章,其书满家"①。最后才有可能"洒然自出以机杼"。樊宗师著文千余篇,传世才数篇而已,没有自家特色,蹈袭前人的因循之作肯定会在流传过程中被读者删汰。

叶适评价其弟子的散文艺术,也是以新意独创为标尺的。《周南仲文集后序》云:"君未殁,以近文寄余,上折旁峻,闳而不踣,余固异其与诸家各体无所肖貌,而深源亦谓君素意每不满于今人之作。然则是必将大有所成,而其力亦未易为也。"②《周南仲墓志铭》云:"文词拨去今作,脱换骚雅,欲以力自成家,而环丽精切,达于时用,亦人所不及也。"③《题陈寿老文集后》亦云:"今陈君耆卿之作,驰骤群言,特立新意,险不流怪,巧不入浮,建安、元祐,恍然再睹,盖未易以常情限也。若夫出奇吐颖,何地无材,近宗欧、曾,远揖秦、汉,未脱模拟之习,徒为陵肆之资,所知不深,自好已甚,欲周目前之用固难矣,又安能及远乎!"④周南仲文能够与诸家各体无所肖貌,陈耆卿能够上追建安、元祐之文,都是因为他们像叶适一样刻意求新求变,鄙弃模拟因循。周南仲素不满于时人的作品,陈耆卿也能"特立新

---

① (唐)韩愈撰,马其昶校注,马茂元整理:《韩昌黎文集校注》,上海:上海古籍出版社1998年版,第46页。
② (宋)叶适撰,刘公纯等点校:《叶适集·水心文集》卷十二,北京:中华书局1961年版,第219页。
③ (宋)叶适撰,刘公纯等点校:《叶适集·水心文集》卷二十,北京:中华书局1961年版,第383页。
④ (宋)叶适撰,刘公纯等点校:《叶适集·水心文集》卷二十九,北京:中华书局1961年版,第610页。

意",他们还有一点与叶适相同,就是创新要建立在继承之上,周南仲"脱换骚雅",陈耆卿"驰骤群言"即是就此而言的。

  叶适散文创作力求出新,针对文坛种种弊端而发,崇宁、大观时期,蔡京等人粉饰太平,打击元祐学术,文人学术品格和文学才华委顿衰靡;绍兴时期,秦桧专权,恩威并施,文气也同样卑弱不振。如《归愚翁文集序》中所言:"余尝叹章、蔡氏擅事,秦桧终成之,更五六十年,闭塞经史,灭绝义理,天下以佞谀鄙浅成俗,岂唯圣贤之常道隐,民彝并丧矣。……故其讲习见闻尤精,而片辞半简,必独出肺腑,不规仿众作也。"①近世道学家倡"作文害道"之论,文章创作再受阻抑。这些文弊曾经都受到过叶适的鄙斥,针对以上诸种作文时弊,叶适提出文章创作应达到"意特新,语特工,韵趣特高远"的标准。②这就是在文章意旨、语言技法和神韵格调三个方面都要求新、求工、求高远。文章的"意"就是一篇文章的主脑,是作者下笔之前对文章中心思想的选择和定位,最能决定一篇文章的思想价值,叶适对此尤为重视,他说:"盖名生意,意生文,文生句,句生字,逆顺相取,俯仰成态,始有开舒,终示敛缩,自文字以来虽已皆如此。"③题目确定,作者要做的第一件事就是要确定全篇的主意,由此进一步决定段落的波澜层次、字句的斟酌取舍。这是作文的定则,比如他评价苏轼之文也认为苏文是文意先行的。说苏轼"用一语,立一意,架虚行危,纵横倏忽,数千百言"④。文章的主意就是文章中心思想,有的时候就是文中的一些精警文句,贯通全文,总领全文的层次脉络。以叶适《淳熙上殿札子》(1187)

---

① (宋)叶适撰,刘公纯等点校:《叶适集·水心文集》卷十二,北京:中华书局1961年版,第216—217页。
② (宋)叶适撰,刘公纯等点校:《叶适集·水心文集》卷二十七,北京:中华书局1961年版,第554页。
③ (宋)叶适撰:《习学记言序目》卷三十二,北京:中华书局1977年版,第472页。
④ (宋)叶适撰:《习学记言序目》卷五十,北京:中华书局1977年版,第744页。

为例，文章开篇即言：

> 臣窃以为今日人臣之义所当为陛下建明者，一大事而已；二陵之仇未报，故疆之半未复，此一大事者，天下之公愤，臣子之深责也；或知而不言，或言而不尽，皆非人臣之义也。①

抗金复土是这篇札子的主旨，也是南渡以来长期被朝臣热议争论的话题，所以叶适不必多做迂回，而是直奔主题，亮明了自己主张恢复故土的观点，自隆兴和议之后，宋廷以主和为国是，朝臣对于抗金的议题，"或知而不言，或言而不尽"，叶文以直言不讳之姿，显示出畅论无隐之势，确实能震人耳目，下文论述皆由此生发，无挂无碍，一泻千里。

文章立意新颖凿实，行文自然畅达，略无坎坷不平，"意特新"才有"语特工"的必要和可能，叶适重文，与同时代其他文人最显著的区别就在于，他虽然将"意特新"视为作文第一要义，反对一味求工，但他也认识到"语特工"与"意特新"并非两相妨碍，新警的立意还要靠工巧的语言表达才能释放出最大的吸引力和感染力，苏轼文章高见卓识，"架虚行危，纵横疏忽"的行文令人过目难忘，雄视后人。大苏无意为文而文自神妙，一般文人恐难企及，叶适对文章工巧的追求则更容易理解，上文所言之"逆顺相取，俯仰成态，始有开舒，终示敛缩"，则具有指示作文句法、结构的作用，可以反映叶适反对行文板滞，主张灵动变化的散文美学追求。《淳熙上殿札子》中，他本欲论恢复故土的必要与紧迫，反而先从孝宗的角度论述发动抗金战争的"四难""五不可"，条分缕析，列举阻抑抗战的诸种历史和现实因素。所谓"四难"，指"国是之难"、"议论之难"、"人才之难"和"法度之难"；所谓"五不可"，即"兵以多而遂至于弱"、"财以多而至于

---

① （宋）叶适撰，刘公纯等点校：《叶适集·水心别集》卷十五，北京：中华书局1961年版，第830页。

乏"、"不信官而信吏"、"官失职而吏得志"、"不用贤而用资格"。这些不利因素形成的合力导致孝宗即位二十六年,有抗战之意而无抗战之效,通过叶适的分析,令人为之震惊,亦令人扼腕叹息,且让人难免心生无奈,但是,这显然不是本文目的,这实际上是叶适在运用逆锋行笔,在为提出主张作铺垫。他是有意从反面来激起孝宗日趋委顿的恢复之志,他说:

> 然则其难者岂真难乎?其不可者岂真不可乎?盖自古人君,有虽居天下之尊位而不得制天下之利势,以卒于无成者矣。陛下则不然。……大义既立,则国是之难者先变矣;陛下之国是变,则士大夫议论之难亦变矣;群臣之在内者进而问之,在外者举而问之,其不任是事者亲用之,其不任是事者,斥远之,则人材之难亦变矣。变国是、变议论、变人材,所以举大事也,其所当顺时而增损者某事耳,非轻动摇而妄更易也,则法度之难亦变矣。①

此段议论才是从正面激励孝宗应该以雪国仇家耻的大义为先,这是改变"四难""五不可"之被动局面的根本。只要孝宗能够振作斗志,其他问题均可迎刃而解。这就是叶适所谓之"逆顺相取,俯仰成态"。行文至此,理当收束,故而在尾端叶适写道:"期年必变,三年必立,五年必成,二陵之仇必报,故疆之半必复,不越此矣。"②这也就是"始有开舒,终示敛缩"。

叶适有意继承北宋古文统绪,希望将北宋优秀古文家经世致用的精神实质延续下去,并且卓有成效,水心文派影响及于宋末元初。在流传的过程中,因为传承者学养、文才的良莠不齐,也有部分作家不能继承叶适文法的精神,只是计较章法的规范和工巧,滑向偏重形式的一边,最终蜕变为只重文章技法

---

① (宋)叶适撰,刘公纯等点校:《叶适集·水心别集》卷十五,北京:中华书局1961年版,第836页。
② (宋)叶适撰,刘公纯等点校:《叶适集·水心文集》卷十五,北京:中华书局1961年版,第836页。

的传授,前引由尊崇水心文法转而皈依理学的车若水所言"相与作为新样古文,每一篇出,交相谀侉,以为文章有格",这里所谓的"格",也就是他所言的"顾首顾尾,有间有架"①,可见同门之间只知道考较文法,死守一格了。

叶适所言"意趣特高远"之"意趣"的含义颇难明晰,大意是指文章神韵格调,与作家的创作个性关系密切。如前人所说韩文如海、欧文如潮,苏文雄发奔逸、欧文纡徐委备,一唱三叹等等,这是对散文创作艺术性的要求,没有具体统一的标准,但是读者通过阅读玩味,自然能品出高下,叶适《播芳集序》就声明自己所选文章都是"意趣之高远"的作品。文章意趣是作者长期创作过程中逐渐培养而成的,所以往往人各一面,而且,一旦形成,作者也会有意识地保持下去,作为自己文章的特点而不可能随便更易,《荆溪林下偶谈》"前辈不可妄改已成文字"条就记录了包括叶适在内的几位优秀散文家为维护自己文章意趣特点而不肯随便更改语句的故事:

> 前辈为文,虽或为流俗嗤点,然不肯辄轻改,盖意趣规模已定,轻重抑扬已不苟,难于迁就投合也。欧公作《范文正公神道碑》载吕范交欢弭怨始末,范公之子尧夫不乐,欲删改,公不从,尧夫竟自删去一二处。公谓苏明允曰:"《范公碑》为其子弟擅于石本移动,使人恨之。"荆公作《钱公辅母墓铭》,钱以不载甲科通判出身及诸孙名,欲有所增损,荆公答之甚详……又云:"鄙文自有意义,不可改也。宜以见还,而别求能如足下意者为之耳。"东坡作《王晋卿磨绘堂记》,内云:"钟繇至以此呕血发塚,宋孝武、王僧虔至以此相忌,桓玄之走舸,王涯之复壁,皆以儿戏害而国,凶而身,此留意之祸也。"王嫌所引用非美事,请改之。坡答云:"不使则已,即不当改。"……水心作《汪参政勃墓志》,有云:"佐佑执政,共持国论。"执政盖与秦桧同时者也,

---

① (宋)车若水撰:《脚气集》,北京:中华书局1991年版,第29页。

汪之孙浙东宪纲不乐,请改。水心答云:"凡秦桧时执政,某未有言其善者;独以先正厚德故,勉为此。自谓已极称扬,不知盛意犹未足也。"汪请益力,终不从。未几,水心死,赵蹈中方刊文集未就,门下有受汪嘱者,竟为除去"佐佑执政"四字。碑本亦除之。非水心意也。水心答书,惜不见集中。①

从上述文段可以理解,所谓"意趣"当是指作者之创作主旨决定文章的识趣,高明作者,不随意遣词造句,一言一词,均与整篇文章旨趣相统一,剥离不得。正如王安石所说的"吾文自有意义",对于别人的任意删改,欧阳修引以为恨,叶适也坚持不改,苏轼和王安石甚至宁可文章被弃用,也不愿改变自己原来的用语,可见,优秀作家文不苟作,亦不容他人妄意篡改,否则会破坏文章的整体艺术趣味,所以叶适在《黄子耕文集序》中说:"余每叹学者各具材品,惟识趣为最难。"②这是包括像叶适在内的著名散文家对文章意趣着意锻炼和追求的体现。

第三节　叶适的散文创作成就

第一章论述了叶适的生平与其文学活动的关系,从中可以发现叶适的散文创作与其人生经历之间存在着比较密切的关系,叶适的人生大致分成读书求仕—仕宦沉浮—晚年退居三个阶段,其散文创作也相应地呈现出比较明显的阶段性特征,表现为及第之前的以文求仕;为官时期的以文济世;退居之后的主盟文坛。从内容上分析,及第之前以文求仕,潜心时文创作并且试图以文求知于当路,为官时期积极从政,以策论、奏议为主,退居之后除用力治学而外,散文创作题材、体裁都大为拓

---

① 王水照主编:《历代文话·荆溪林下偶谈》,上海:复旦大学出版社 2007 年版,第 558—559 页。
② (宋)叶适撰,刘公纯等点校:《叶适集·水心文集》卷十二,北京:中华书局 1961 年版,第 211 页。

展,序、记、题跋和碑志文、哀祭文等数量颇丰。由于题材、体裁的演变,叶适散文艺术特点也可粗略地划为横肆、雄放和优缓、雅洁两种类型,横肆、雄放的艺术风格主要体现在早期的应试、为官时期创作的策论、奏议等政论文中,而优缓、雅洁的艺术风格则体现在退居之时创作的序、记、题跋文中,但这只是大概言之,并非严格的对应。

一、以文辅政——横肆、雄放的政论散文

乾、淳时期,时局趋于稳定,宋金胶着对峙,文人士气复有振作之势,庶几具备北宋士大夫"开口揽时事,议论争煌煌"的胸襟①,乾道、淳熙的25年,叶适正值人生的青壮年阶段,现实政治气候培育了他将个人命运与国家命运紧紧相连的人生态度,《宋史》说他"志意慷慨,雅以经济自负"②,经世济时的抱负,转化为横肆、雄放的政论宏文,这是叶适创作政论散文的不竭动力和源泉,如后人评价的那样,叶适"忠君爱民之诚,蔼然溢于言意之表"③,言为心声,笔端有口,情郁于中而发于外,这不是需要委婉曲折透露的隐衷私情,而是必须喷薄而出的政治热情,情感的抒发还不是叶适创作政论文的最终目的,因为他的政治热情不是虚幻无实的空言,而是实事实功的谋划。将这样的思想发为文章,横肆、雄放就是一种必要的艺术表达。

叶适的政治抱负在《上西府书》中第一次得到比较充分的展现,文章开头"某瓯粤之鄙人,行年二十有五"④说明此文当作

---

① 傅璇琮等主编:《全宋诗》卷二九〇,北京:北京大学出版社1998年版,第3660页。
② (元)脱脱等撰:《宋史》卷四三四,长春:吉林人民出版社1995年版,第8944页。
③ (宋)叶适撰,刘公纯等点校:《叶适集·水心文集》卷首,北京:中华书局1961年版,第1页。
④ (宋)叶适撰,刘公纯等点校:《叶适集·水心文集》卷二十七,北京:中华书局1961年版,第541页。

于淳熙元年(1174),当时叶适尚未及第,游历京师,寻求出路,一无所获,所谓"在京逾年,未尝有所诣。今者收拾废放,将就陇亩"。在离京之前,叶适上书签书枢密院事叶衡,极论天下大势,以抗金恢复为主旨,其文意在展露才华,求知于叶衡。据叶适文中自言,他与叶衡互不相识,更不相知,亦无人中间援引,因而叶适对此次上书的成效应该不可能报以太大希望,也正因为这样,可能促使他可以无所顾忌,畅所欲言。叶适此时尚未登朝堂,豪情充溢,未必切合时政,但忧世之心因之毕现,自命英豪,故直抒立志救世之愿不隐,他说:

> 某闻古之所谓英雄豪杰之士者,必能见天下之势,故能因人之未定以收其权,因天下之不足以成其功。昔者光武起于圣公假立之中,受节济河,群盗相王,成算未立。及邓禹纳说,则收二郡,取河北,祀汉配天,业侔西京。其后玄德以摧败之余,寄命新野,而群雄若崩厥角,北面曹氏,当是之时,以为无复争矣。然孔明一起,则江东合从,曹公奔遁;刘璋失国,连荆、益之众,东向以争天下,汉几复兴。今夫天下多才勇敢之士,居于可以有为之地,而终于无以建立,或反以败亡随者,此无他,不能见天下之势,而陷溺于流俗之习也。请遂言今天下之势。①

叶适向往古代的英雄豪杰之士,认为他们是能够洞见天下大势的明君贤臣,尤其能在天下危难之时力挽狂澜。汉室中兴之主光武帝、三国蜀汉名臣诸葛亮就是其中的楷模。宋室南渡偏安与两汉转变之际情形相似,但几十年来君臣因循苟简,无所建树,"多才勇敢之士",远不能总结历史教训,近不能解决现实困境,即所谓"不能见天下之势",叶适相当自信地愿将自己对天下大势的分析向叶衡和盘托出,显示他的勇气和自负。

---

① (宋)叶适撰,刘公纯等点校:《叶适集·水心文集》卷二十七,北京:中华书局1961年版,第541页。

叶适将国家命运寄托于英雄豪杰之士的想法带有纵横家的思维方式,也与他年少气盛有关,言语之间透露出几分书生意气,行文无遮无拦,气势咄咄逼人。他语带质问之意对叶衡说:"然而非其人无以使下,非其言无以谕众,其名不正,其辞不顺,虽作于色,发于身,天下犹未从也。易败素者必以紫,藉圭璧者必以绨,必入胡估之肆,莫能名其器而唯炫其美,则万金之直可至矣。今也灿然陈于前,人独邈之而不顾者,何哉!"①叶适此种文风应该是受到陈亮的直接影响,其源头则来自苏轼。叶适大概在乾淳之交与陈亮定交,而陈亮的《酌古论》其时正流行于科场,叶适本文从立意、语势、句法诸多方面都能看到陈亮文的痕迹。在《酌古论》中,陈亮在多处强调英雄之士在历史上所起到的超越常人的作用。例如《酌古论·孔明上》中有云:"英雄之士,能为智者之所不能为,则其未及为者,盖不可以常理论矣。"②《酌古论·邓艾》又说:"自古英伟之士,乘时而出佐其君,其所以摧陷坚敌,开拓疆土,使声威功烈暴白于天下者,未有不本于谋者也。"③《酌古论·崔浩》亦云:"古之所谓英豪之士者,必有过人之智。"④这种崇尚古代英雄智慧谋略的思想苏轼也不止一次地表达过,比如他在《留侯论》中所言"古之所谓豪杰之士,必有过人之节",陈亮和叶适所言与之几乎如出一辙。苏轼的策论、奏议,在南渡前后影响极大,《云麓漫钞》说:"淳熙中,尚苏氏,文多宏放。"⑤陈亮《酌古论》即是学习苏文的典范之一,方回《读陈同甫文集二跋》云:"或问陈同甫之文何如,予曰,

---

① (宋)叶适撰,刘公纯等点校:《叶适集·水心文集》卷二十七,北京:中华书局1961年版,第543页。
② (宋)陈亮撰,邓广铭点校:《陈亮集》(增订本),北京:中华书局1987年版,第61页。
③ (宋)陈亮撰,邓广铭点校:《陈亮集》(增订本),北京:中华书局1987年版,第66页。
④ (宋)陈亮撰,邓广铭点校:《陈亮集》(增订本),北京:中华书局1987年版,第82页。
⑤ (宋)赵彦卫撰:《云麓漫钞》卷八,北京:中华书局1996年版,第135页。

时文之雄也,《酌古论》纵横上下,取古人成败之迹,断以己见,拾《战国策》《史记》之遗语而传以苏文之体,乾淳间场屋之所尚也。"① 叶适更是将苏轼看作"古今议论之杰",在自己的创作实践中以苏文为示范当是理所当然之事。

《上西府书》是叶适尚未真正进入政坛时的政论文章,并且存在为求得当路汲引的功利心态,缺乏入仕之后亲身经历社会现实带来的切身感受,气势凌厉但思虑不够缜密,文理不够清晰。比如其中一段:

> 且今天下之患,其深大宏远者,某不敢遽言也。言其所易知而最甚者,亦有其三而已:朝廷之上,陋儒生之论,轻仁义之学,则相与摈贤者而不使自守以高世。庸人诋道以从时,举缝掖而仇视者盖半天下,而名实之辨乱矣。夫事有逆顺,命有祸福,为善未验,或蒙其尤,此时之常也。而天下之人,消沮悼慄,遂以为不复有所就。且上有复仇九庙安中国之心,帝王之盛节也。而群臣不能将顺圣意,左右推挽,庶几有成,而皆以为当一切无事而已,君子则拂之以求名,小人则悦之以求利。积此之患,其本不立,其末皆废矣。天作水旱,地为沟浍,非良农之疾也;蟊贼之不除,螟螣之蕃滋,则后稷亦畏之。故善医者,未论疾之虚实而先察其受病之处,傥在于此。

本段按照正常文理,既然已经总言天下之患有三,理当分而述之,仔细研味上文,全段似乎只探讨了一个问题,而且还是模糊其词,大意是说道学受到排挤,因而造成名实之变的混乱,天下之士溺于君子小人之辨,慑于朋党之论而置国家大业于不顾,所谓"积此之患"的"此"字也表明这里只是论说了一患,何来"有三"呢? 后边以"蟊贼之不除,螟螣之蕃滋"为喻,批判所指亦不明了。"傥在于此"四字与前面文意不接,也并无下文,这

---

① (元)方回:《桐江集》卷三,清嘉庆宛委别藏本。

一段的议论如果不是后世传抄带来的讹误,那就只能说是叶适草率成文,思虑不周了。

叶适政论散文的成熟当以《进卷》和《外稿》的撰就为标志。这两组文章是叶适文关政教创作主旨的集中体现,其政论散文横肆、雄放的艺术风格也得到充分展露。对此可以从以下几点略作阐析:

1. 规模宏大,思虑周全

《进卷》和《外稿》都是叶适在浙西提刑司干办公事任上所作,将近五年的闲职给了叶适大量阅读、深入思考的机会,他自己就说过当时无时无刻不以书本相随,甚至受到他人的讪笑亦不为意。正是长时间的酝酿和思考,聚沙成塔,才有可能完成规模宏大、思虑周全的《进卷》和《外稿》。如前所述,将近百篇的策论文章,赅博详赡,几乎涵盖治国理政的每一个重要方面,在前代和同时代作家中是罕见的,庞大的体制、雄辩的文风形成奇伟壮阔的气势。每个单篇都经过深思熟虑,文不苟作。

针对一个论题叶适往往是横说竖说、纵横捭阖、穷尽其理、不留余地。黄震评《水心别集·君德》篇云:"夫亦开阖驰骋以极文字之变态者。"①其《外论》四篇围绕中国与夷狄之关系展开议论,最后落实到南宋应该以恢复为国是上来,并且对防守策略提出建议。其开篇云:"臣为外论四篇,其三篇言今事。"叶适政论文时政化的特点非常明显,这也是叶适的主观创作追求。

《外论》一首先推测尧舜时期中国与夷狄之间关系的理想状态:"为国以义,以名,以权。中国不治夷狄,义也;中国为中国,夷狄为夷狄,名也;二者为我用,故其来寇也斯与之战,其来服也斯与之接,视其所以来而治之者,权也。"这应该是叶适向往的中国与夷狄的关系,他解释说在尧舜时期,中国与夷狄地域并非如后世推测的那样判然分离,相距数千里之遥,而是交

---

① 王水照主编:《历代文话·黄氏日抄》,上海:复旦大学出版社2007年版,第871页。

错而居,只是因为教化所及范围有限,尧舜无利兵危矢,诈谋奇计,但是夷狄也不能侵凌中国,就是因为尧舜等先王"名、义与权皆得也"。但是这种理想状态至战国以后就被打破,"盖三者至是并亡,不复有中国夷狄之分矣,特以地势相别耳。力强则暴师转饷,深入屠戮,如击取禽兽;力弱则俯首屈意,出金银缯帛,配爱女以婿之"。叶适认为造成此种情况的主要原因是信义的丧失,而联系宋与契丹的关系,叶适指出是宋朝违背了与契丹之间的盟约,联合女真消灭契丹,最后反受女真欺凌,这是宋朝丧失信义带来的恶果。

《外论》二考察自秦汉以来处理与外族的关系,指出其方式大致为不和亲则征伐,而且"是和亲者十九",然后亮明自己的观点:"而今日之请和,尤为无名",其理论根据是现在中国与女真的关系已经不再是尧舜时期中国和夷狄的关系,他说:"夫北虏乃吾仇也,非复可以夷狄畜;而执事者过计,借夷狄之名以抚之。夫子弟不能报父兄之耻,反惧仇人怀不释之疑,遂欲与之结欢以自安,可乎?"此处意在批驳主和派将夷狄视为女真,以安抚为名,行妥协之实,叶适明确表示尧舜时期的中国和夷狄的关系已经不复存在,现在的女真实是中国的仇人。应该明确"夫惟以复仇为正义,而明和亲之决不可为"。

《外论》三客观分析敌我之形式,提出"必有先胜之形"方有取胜之可能,另外,还必须变南宋困重难举之势为轻利易为之势,而此种变化是以朝政大臣纪纲宪度的变革为前提的,这一段就将叶适与盲目主战者区别开来。

《外论》四指出仅以长江为防线的不足,应该将淮南淮北作为南宋抵御金人入侵的重点,这实际上是后来叶适一直强调的以江北守江和建立坞堡、安集两淮的防守策略。这是受到三国时吴国以江北守江的启发,并且与当时的形势相结合做出的正确论断。他分析说:"昔孙氏以谋臣之多,将士之劲且精,平生百战之勤,欲望淮南尺寸之地而不可得。今包两道而有之,方千里十九郡,使之尘沙莽然,民物凋残,城戍衰弱;虽建立官吏,而人又摇心,不能自保,曾无长久自立之意,徒欲内守江左,以为百世不倾之基,岂非与古人异谋哉?"①

对金是战还是和,事关南宋的存亡,防守策略也是决定战争胜负的关键因素,《外论》四篇从不同角度阐发其主战思想,并且与盲目叫嚣者不同,叶适议论出入古今,深思熟虑,有理有据,既有政治家的豪情,又有军事家的谋略,雄辩无碍,语带激情。确如黄震所言:"其言慷慨激发,读之使人痛愤。"②

2. 观点新奇,令人警醒

文不蹈袭,自立新说,反对肤廓轻浮流俗之见,是叶适散文理论的核心观点之一,《进卷》和《外稿》则是此理论的最好体现,他在《水心别集》卷 15 末所作自跋中对自己求异论、立新解的做法颇为自信,他说:

> 庆元己未,始得异疾,六年不自分死生,笔墨之道废,嘉泰甲子,若稍苏而未愈也。取而读之,恍然不啻如隔世事。嗟乎!余既沉痼且老,不胜先人之丧,惧即殒灭,而此书虽与一世之论绝异,然其上考前世兴坏之变,接乎今日利害之实,未尝特立意见,创为新说也。惜其粗有益于治道,因稍比次而系以二疏于后,他日以授家、宓焉。③

淳熙十一年(1184)叶适作《进卷》,淳熙十二年(1185)作《外稿》,距离嘉泰甲子已有二十年之久,叶适在重新整理编次《水心别集》(以《进卷》和《外稿》为主体)的时候,对自己二十年前的旧作的评价仍然是"与一世之论绝异",但是这种"异"绝不是

---

① 曾枣庄,刘琳主编:《全宋文》,上海:上海辞书出版社;合肥:安徽教育出版社 2006 年版,第 346 页。
② 王水照主编:《历代文话·黄氏日抄》,上海:复旦大学出版社 2007 年版,第 876 页。
③ (宋)叶适撰,刘公纯等点校:《叶适集·水心别集》卷十五,北京:中华书局 1961 年版,第 843—844 页。

标新立异、哗众取宠之"异",即叶适所言"特立意见,创为新说",而是以"上考前世兴坏之变,接乎今日利害之实"为其理论的源泉和立论根据的,是将历史经验教训与现实社会实际相互比较、考量、探索之后,经过长期酝酿形成的异论新说,并且是以"有益于治道"为目的。

叶适《进卷》从淳熙年间起,一直为文人士子奉为政论典范,《外稿》流行于宁宗之时,千百年来它们的影响一直绵延不断。创立不同于流俗的新说、奇论,并且能够经得起历史的考验,那就要求观点信实、逻辑缜密。观点奇而不怪,新而不偏才会让人心悦诚服。新奇的观点总是更能引起人们阅读和思考的兴趣,这是叶适政论散文艺术的又一特征,在《水心别集》中,对于很多问题,叶适都是面对前人已经阐述的观点进行比较、剖析,变换新角度,确立新视角,抽绎新看法。

例如《进卷·士学上》关于"迂阔"之意的阐释就能跃出流俗通行之说,所论新颖独到且能联系实际,并非空发议论。宋代王安石变法之后,义利之辨就成为学者经常探讨的问题,而新党长期执政,以理财兴利之名行盘剥聚敛之实,而另一个极端就是道学家重义轻利,在双方的辩论中,后者经常被斥以含有贬义的"迂阔"之名,叶适有鉴于此,从"迂阔"之词内涵演变入手,实际表达他以义和利、义利并重的思想。他首先以"阔大迂远"解释"迂阔"一词的含义,但同时指出唐虞三代以前并没有"迂阔"之名,他解释说:"三代以前,无迂阔之论。盖唐虞夏、商之事虽不可复见,而臣以《诗》《书》考之,知其崇义以养利,隆礼以致力,其君臣上下皆有阔大迂远之意,而非一人之所自能者,是故天下亦莫得而名也。"①从这一段可以了解叶适的真实意思是唐虞三代时期崇义养利,以义和利,"养利"必须建立在"崇义"的基础之上,这应该是"迂阔"之本义。但是战国以后,

---

① (宋)叶适撰,刘公纯等点校:《叶适集·水心别集》卷三,北京:中华书局1961年版,第674页。

"诸侯务求近效,以为先王之道迂复而难至,乃始旁径捷出以便其目前"①,就放弃了对"义"的尊崇,后世嗜利忘义者皆取法于此。与此相类的是,轻利重义的儒者以孔孟著作为根据,认为孔孟都是重义而不言利的。叶适认为这是道学家对孔孟思想的曲解,孔孟因为身处礼乐崩坏之世,重在张扬义理,并非彻底排斥利。概而言之,叶适通过对两种极端的义利观的批驳,提出了自己以义和利的思想。

可见叶适散文观点的新奇还与他的学术思想有关,按照制科考试的要求,《进卷》中一般会包含对儒家经典的阐释,称为"经义",叶适在《进卷》中多次质疑道学,这是他学术思想的自然显露,但是在道学日趋兴盛的乾淳时期,这些观点难免被斥为异端。请看黄震对叶适《进卷·总述》和《皇极》《大学》《中庸》等篇的评语:

> 谓唐虞三代,上之治为皇极,下之教为大学,行之天下为中庸。汉以来,无能明之者,今世之学始于心,而三者始明。然唐虞三代内外无不合,故心不劳而道自存;今之为道者,务出内以治外,常患不合,故具列其义,天下得详焉。其论甚异,意其真有可得而详者,及详《皇极》《大学》《中庸》三论,则与今世所读《洪范》《大学》《中庸》三书本旨不见其有一语类者,玩索再三,如适异国见蛮夷。君臣问答议论,曲折次第,非无可闻之声,终无可晓之说,呜呼!噫嘻!何为而至是耶?夫水心一水心也,其论兵财民俗明白贯彻,笔端有口,一何奇也!其论《皇极》《大学》《中庸》,但见其班班有字,而玩索莫晓,一何甚也!岂世自有能详之者耶?抑姑俟千百岁后,又出一水心而后能详水心之说耶?不然,水心所论《皇极》《大学》《中庸》,恐别自

---

① (宋)叶适撰,刘公纯等点校:《叶适集·水心别集》卷三,北京:中华书局1961年版,第674页。

有其书,非世所通读之三书也耶?①

黄震对叶适的论治之文颇为赞赏,"明白贯彻,笔端有口,一何奇也"的评价既准确,又形象,视为奇文,但是对叶适的论学之文就没有报以理解之心了,相反,觉得几乎是匪夷所思,甚至认为叶适所论之《皇极》《大学》《中庸》"非世所通读之三书",连用"呜呼""噫嘻",以示惊诧之意。黄震论学宗朱熹,因此对叶适兼具义理事功的学术思想不予认同亦在情理之中,不过他不能理解叶适,也正说明叶适论学为文追求自出机杼、新知独见。

3. 比喻独特,句法灵活

论说之文重逻辑思维的推演,但是中国古代散文多用象喻之法,比喻的直观性既有利于将抽象的问题形象化,便于理解,强化辩论的说服力,也能增加文采,还能够增强文章的气势。我国古代从孟子、庄子到战国纵横之士,都将设喻作为论辩的重要手段。苏轼和曾经在作文之法上亲自指点过叶适的吕祖谦,都以善用比喻见长。钱基博评价吕祖谦《东莱博议》说:"能近取譬,尤巧设喻,波澜顿挫,盖原出苏轼而能自变化。"②吕祖谦善用博喻,围绕一个意思运用一连串比喻,气势非凡,但也有炫博之嫌,例如《卜筮》篇开头即连用六个比喻来说明"物莫不能先"的道理:"础先雨而润,钟先雾而清,灰先律而飞,蛰先寒而闭,蚁先潦而徙,鸢先风而翔。"③

叶适用比与之不同,不如吕祖谦这样频密,但是对所用之比喻解析透彻,务尽其意。《进卷·治势下》篇认为举天下习安难变,是势所使然,天子当"责成将率,使各尽力,执大义以诛强

---

① 王水照主编:《历代文话·黄氏日抄》,上海:复旦大学出版社2007年版,第882—883页。
② 钱基博:《中国文学史》,北京:中华书局1993年版,第642页。
③ (宋)吕祖谦撰:《东莱博议》,长沙:岳麓书社1988年版,第70页。

仇,则天下可以拱揖而定也"①。叶适意谓天子当深念根本,不可也不必变尽天下之势,即所谓:"以为使今之天下自安而忘战则不可,使之自危而求战,尽变而能战,又决不可也。"②叶适真正的意图是让天子分权于大将,专任复仇。他为此打了个比方:

> 盖世有陈设珍器,调谐丝竹,而饮酒歌舞以为乐者,而其外且有焚溺之患、卒然之忧焉,则其主人何以待之欤?将使其客尽废其歌舞饮酒而寒裳濡足以救之欤?则其势不可以尽能而徒伤其乐。且其往救也,则其乐必不竟,而奴婢之无赖者顾从而窃之矣。然则亦付之人而已,使其外不失为捍患而内无以伤吾乐,患去功成而饮酒歌舞者不知焉,斯天下以为贤且智矣。③

这个比喻的大意是说,有人陈设珍器、调谐丝竹,以美酒歌舞招待宾客,适逢家中别处有水火之灾,主人应该怎么办呢?是否应该停止歌舞饮酒发动宾客清除水火之灾呢?叶适认为这样是不妥的,因为那样的话,歌舞饮酒就不能继续下去,不是待客之礼,另外如果宾主都忙于救灾,奴婢中无赖者可能乘乱盗窃珍器。好的方法是主人继续陪同客人歌舞饮酒,而将救灾之事另付他人。在宾客不知不觉之中解决灾患,这是最智慧的做法。我们暂不推敲叶适此处的观点正确与否,令人注意的是叶适设喻方法的独特性,他不像吕祖谦那样排列若干比喻,不加分析,让读者自己去领悟寓意,而是仅设一喻,反复推论,使得寓意被完全挖掘、毫无遗漏,读者借此加深对原意的理解。

---

① (宋)叶适撰,刘公纯等点校:《叶适集·水心别集》卷一,北京:中华书局1961年版,第642页。
② (宋)叶适撰,刘公纯等点校:《叶适集·水心别集》卷一,北京:中华书局1961年版,第643页。
③ (宋)叶适撰,刘公纯等点校:《叶适集·水心别集》卷一,北京:中华书局1961年版,第643页。

论辩之文注重句式的锤炼，句式的长短变化直接与文气相呼应，叶适议论文句式灵活，表现为长短错落、问答结合和多用排句几个方面。

南宋古文继承北宋古文运动文从字顺的传统，多用长句，反映宋人论辩艺术的纯熟，但是单一地使用长句也会使文章句法流于单调机械，容易造成冗弱不精练的弊端，长短结合、错落有致的句式安排可以使文势灵动、文气朗畅而不板滞，叶适就经常使用长短不拘的句式调节行文节奏，起到活跃文气的作用。请看《外稿·始议二》中的这一段：

> 今陛下总权纲，执机要，责功能，课勤怠，崇实用，退虚名，审于考察，谨于迁叙，破流品以求人才，右武官以来勇敢，天下靡然知上意而承之矣。然而怀欲为之志者，以无所施而消缩；负妄作之累者，以有所托而回容。利惟谋新，害不改旧。取民者已困矣，犹以为仁政；趋事者已弊矣，犹以为良法。国无骏功，常道先丧；士无奇节，常心先坏；俗衰时迫，谁与谋长！①

短短一百多个字，句子短至三字，多至十字，四字、五字、六字、七字、八字均有，跳荡起伏，语调自成抑扬之势，并且夹以骈偶之句，错落与整齐并存，铿锵有致，气韵飞动，足见叶适的炼句功夫。

叶适还在议论文中多用问句，最常见的文句的结构形式是"何谓……"开篇提问，点明本篇论题。还有一些篇中问句，或用于引导下文，或用于转折文意，不一而足，叶适在议论文中频繁使用问句，几乎无一文不用，符合论辩文体的特点，用发问引起读者思考，开启作者议论端由，可使文意流畅不呆板。《进卷·国本上》开头连用五个问句："国本者，民欤？重民力欤？厚民生欤？惜民财欤？本于民而后为国欤？昔之言国本者，盖

---

① （宋）叶适撰，刘公纯等点校：《叶适集·水心别集》卷十，北京：中华书局1961年版，第760页。

若是矣。臣之所谓本,则有异焉。"①用几个问句排列出通常理解的国本的含义,目的是突出叶适自己对国本的新观点,利用问句达到先抑后扬的效果。有时候利用一连串的问句表达作者的激愤情感,例如《外稿·终论三》中的一段:"夫过于誉虏而不能自守,当其始也,乍见骇闻,仓皇扰攘,容有此论矣。今安定久矣,然而誉之不已,何也?誉彼之兵则精锐而吾则疲弱,然则何不易吾之疲弱?而誉彼之精锐何也?誉彼之威令则明信而吾则玩侮,然则何不易吾之玩侮?而誉彼之明信何也?誉彼之规书则审当而吾则苟简,然则何不易吾之苟简?而誉彼之审当何也?誉虏以胁国人,而因为偷安窃禄之计,此风俗不忠之大,而无有知者。"②针对主和派以誉虏作为苟安理由的谬行,叶适以疾风骤雨般的发问,似乎与之展开面对面的论战,此种问句无须回答,只是为了增加反驳的力量,是叶适议论文雄辩特征的体现。

在叶适议论文中,排句的大量使用无疑也是为了增加气势,《进卷·君德一》有句曰:"以智巧行令,其令必壅;以智巧用权,其权必侵;以智巧守法,其法必坏。"③其中将重复和排比叠加使用,更添力度。《外稿·终论三》以排比式问句行文,也能显示不可阻遏的雄辩之风。

二、以文化俗——优缓、雅洁的记体散文

叶适散文号称南渡一大宗,其政论文的成就尤为突出,有的是从全局系统谋划,如《进卷》和《外稿》;有的直接参与国家大政的讨论,如《淳熙上殿札子》;有的是针对具体的政事,如

---

① (宋)叶适撰,刘公纯等点校:《叶适集·水心别集》卷二,北京:中华书局1961年版,第644页。
② (宋)叶适撰,刘公纯等点校:《叶适集·水心别集》卷十五,北京:中华书局1961年版,第822—823页。
③ (宋)叶适撰,刘公纯等点校:《叶适集·水心别集》卷一,北京:中华书局1961年版,第633—634页。

《安集两淮申省状》《淮西论铁钱五事状》,都与政治关系密切,这些都是叶适文关政教理论的具体实践,为他在政论散文史上赢得举足轻重的地位。但是叶适还有相当数量的记、序和题跋文,它们有少部分是叶适在公余闲暇,应人之邀而创作,大部分创作于晚年退居永嘉之后,从题材上看与政纲治体无直接之关系,但是叶适作为理学家,"为文不关教事,虽多无益"的观念渗透至他的所有文学创作之中,这也是南宋理学家创作群体与其他创作主体相比存在的一个显著区别,就是将理学规范和道德标准贯彻到日常行为和文学创作中来,所以南宋理学家文学创作几乎都具有平正清远的风格,不像北宋欧阳修等人将文章视为"经国之大业"严肃对待,而私人空间则相对宽松很多,狎妓饮酒不甚顾忌,并且将男女私情吟为小词,传唱青楼士林,以为风雅,这曾经遭到朱熹的严厉批评。在这方面叶适持律更严,平生几乎不作小词,吴子良就称赞叶适文章"篇篇法言,句句庄重"。其所创作的记、序、题跋文,题材大多不再与政事直接相关,但是叶适都能从中阐发政教义理,只是其表达方式和艺术风格不再像政论那样如疾风暴雨般地横肆、雄辩,往往采取因事论理的方法,将政教义理融汇在叙事、议论、描写和抒情之中,如和风细雨般渗润人心,移风化俗,文学意味相对政论文就浓厚许多,呈现优缓、雅洁的艺术风格。

现存黎刻《水心文集》存叶适以"记"为题散文共计53篇,关于记体散文演变的历史,明代吴讷曾经这样总结:"'记'之名,始于《戴记·学记》等篇;'记'之文,《文选》弗载。后之作者,固以韩退之《画记》、柳子厚游山诸记为体之正。然观韩之《燕喜亭记》,亦微载议论于中。至柳之记新堂、铁炉步,则议论之辞多矣。迨至欧、苏而后,始专有以论议为'记'者,宜乎后山诸老以是为言也。"① 这是说记体散文本以叙事为主,议论化的

---

① 王水照主编:《历代文话·文章辨体序说》,上海:复旦大学出版社2007年版,第1622页。

趋势从唐代韩愈、柳宗元开始,至北宋欧、苏,议论大行于记体散文之中,陈师道等人曾经表示过不以为然。叶适取与陈师道不同的态度,认为韩愈、柳宗元是不擅长记体文创作的,所以韩柳以叙事为主的记体文并不能算作记体之正,欧曾王苏"尽变其态",他特别推崇苏轼的记体文,认为苏轼记体文能摆脱传统观念的束缚,奔放四出。我们需要指出的是,叶适所谓"尽变其态"应当并非重复陈师道所论,仅从叙事和议论手法在记体文中运用的比例方面而言,他的话重点应该是就记体文的内容、形式和艺术手法等全面而论,欧、苏,特别是苏轼对记体文的发展不仅在于议论成分加大,而且在于扩大了记体文的表现内容,丰富了记体文的艺术手法,强化了记体文的文学特质,还有一点就是,使得记体文的文体价值得到更大提升。叶适自己的记体文,从内容到艺术特点又与欧阳修、苏轼的不同。

叶适创作记体文,存有以文化俗的目的,特别是一些美政散文和学记尤为如此。叶适应邀为一些地方官员的某些善政之举写作记文,这些官吏的目的主要是张扬自己为政一方,造福于民的美德,但是叶适往往着重阐发这些美政之举对民俗民风的淳化作用,使文章的境界因而得以提升,如《绩溪县新开塘记》所言,县民造田于山谷,水源不足,时受旱灾,但是又不愿意破田为塘,蓄水灌溉,每逢旱灾,便向朝廷报灾求赈,甚至谎报多报,叶适因而叹息说:"绩溪之民无善俗矣。"①其友人王楠劝诱县民开塘不果,并未以捶楚相迫,而是节缩公用开支,买民田开塘,根治旱患,一县受益。叶适认为王楠的举动最大的意义是能够改善绩溪之民重私利的不良民风,王楠无疑是封建官吏的表率,能够起到移风易俗的效果。

宋代重文兴学,地方官吏往往大兴学校,聘请名儒教授生徒,固然有应付科举之需,振兴一方教育的初衷,叶适认为学校

---

① (宋)叶适撰,刘公纯等点校:《叶适集·水心文集》卷九,北京:中华书局1961年版,第148页。

最重要的作用当是能够淳化风俗,儒学借此可以得到发扬,深入士民之心,这是自古以来设立学校的本意,《汉阳军新修学记》即反映了叶适兴学化俗的理想。

> 古之言曰:"一道德,同风俗。"风俗之难同也,以其陋而远,虽道德大伦之世,莫或齐焉。
>
> 江、汉,蛮、荆之杂尔,自虞、夏时,治之略于中国。惟周以增累仁义,化衍南服,至能使江、沱之滕躬无怨之劳,汉广之女息游者之思,歌于《正风》,号登太平矣。然而国别土断,卒无卓然以忠哲志义之材自成者。及楚用其民,纵横吞灭,君臣暴诈之行,著于《春秋》。久而孙卿、屈原之徒,议论风旨为天下师,则怒峡之巅,绝沔之涯,兰芷房洁,宝璐照耀,而楚之文词尝盛矣。是其昔之和平专一,秉内性之理义,有合于《风》《雅》者,或不自知其善也;而悲愤刻约,琢外巧之卉木,遂变《风》《雅》而为丽淫者,亦不自悟其失也。随习迁改,常性爽越,千载之后,终为楚人之材。嗟夫!周道之备也,江、汉之民,虽观感其善性而未能成材。逮王泽之衰也,反沉溺于荆、楚之习而不克自振,可不哀欤!
>
> 夫以巩君之博敏达于教,皇甫侯之聪明辨于政,为是役也,不徒示人以材力之所能至而已。使其考正古今之俗,因野夫贫女之常性,而兴其俊秀豪杰之思,一其趋向,厚其师友,畜其闻知,广其伦类,极夫先王道德之正,文献渊源之远,而一归于性命之粹。①

江、汉地区在远古时代属于荆蛮不化之地,叶适认为周朝王风所至使江汉风俗有所改易,但是并没有彻底归于道德之正,周衰俗鄙之后,受到孙卿和屈原的影响楚地之风又趋向"变《风雅》而为淫丽"的衰靡之途,叶适认为这是因为江、汉之地缺乏学校的长期教化,使得江、汉之民"随习迁改,常性爽越",所以

---

① (宋)叶适撰,刘公纯等点校:《叶适集·水心文集》卷九,北京:中华书局 1961 年版,第 140—141 页。

巩丰和皇甫侯重修汉阳军学的意义不仅在于"徒以视人以材力之所能至而已",而且在于有望在根本上引导江汉之地的"野夫贫女"能够"一归于性命之粹"。叶适所作学记8篇,其主旨大都不出于此。

　　游记是记体散文常见的题材,柳宗元《永州八记》以细致的景物刻画、借景抒情的细腻笔法成为唐宋游记散文的绝唱,随着记体散文议论化趋势的加强,从北宋开始,纯粹记叙、描写山水游历的游记散文明显减少了,苏轼的《石钟山记》、王安石的《游褒禅山记》等名作都是通过记游来阐发某种人生哲理,欧阳修《醉翁亭记》则借记游宣扬儒家"与民同乐"的宗旨。他们的共同点是不再将游历山水作为抒发个人幽愤私情等感性情感的手段,更多的是从观山赏水中得到具有某种共性意义的理性价值。当然这并不是说他们不再描写山水亭台楼阁之美,而是说他们开始从关注水楼台的自然美转向对其所蕴藏的善与真的探求,这样得到的就不单纯是自然的美感,审美意蕴更为丰厚,但是也存在过于追求理性思辨的趣味而消弱了对感性美的认知和欣赏。

　　叶适几乎没有以个人为游历主体的游记体散文,所作亭、台、楼、观诸记大多应人之邀而作,其游观思想比苏轼、王安石等更具理性色彩,比如《醉乐亭记》则直接将郡民游历与官吏善政联系起来。永嘉西山为寒食、清明之际郡民必会出游之地,这是风俗使然,永嘉并非富庶之邦,郡民也并非尽为富户,郡守不察就里,以为永嘉多为侈富之民,有贪吏乘机加重酒水,郡民有因之破产纳钱者,后来宣城孙公知郡永嘉,访知其中原委,至清明节罢弛酒禁,纵民自饮,并建新亭以供游人休息之用,名曰"醉乐"。文章叙事概括,景物描写采用简笔勾勒,文末发为议论曰:

　　　　古之善政者,能防民之佚游,使从其教;节民之醉
　　饱,使归于德。何者?上无所利以病民也。及其后

也,因民之自游而为之御,招民以极醉而尽其利。民犹有不得游且醉,则其赖于生者日以薄,而人之类可哀也已!故余记公之事,既以贤于今之所谓病民者,而推公之志,又将进于古之所谓治民者也。①

后世学者多以此文与欧阳修《醉翁亭记》相比而论,认为其延续了《醉翁亭记》"与民同乐"的主旨,其实,通过上述议论可以发现,此文的真实意旨乃是主张节制乡民侠游,对纵民自乐而乘机获利的贪吏提出批评,这是我们在《醉翁亭记》中不能感受到的。

叶适不反对游观,他反对的是不加约束的放纵狂欢。在《宝婺观记》中,他这样说:"山水,至善之所存也。游于是者,密悟为善之机,反冲藏约而内守,通变达化而外应,宽施忘其褊吝,朗豁消其闇鄙,德成性安,而动乐静寿之功验矣。其或不然,豪怒使酒,激而为狂;感物悲愤,郁而离忧;巧讽咏益其轻肆,谬题品示其诞拙;是游观虽不以病夫人,而人反以病夫游观也,可无畏也哉!"②叶适将游观山水作为悟善成德之机,认为自然山水蕴藏至善,人应该从山水游观中去体悟,去领会。山的静穆,水之灵动,是通向这种至善的指引,领悟此种至善境界可以消解人性中诸如褊吝、闇鄙等不良品质。与此相反的是叶适鄙弃那种借山水宣泄悲愤、郁闷的做法。"巧讽咏"和"谬题品"都不能真正参悟游观山水的真意。这种山水审美取向是宋代文人崇尚思理筋骨之美的表现,是宋人反向求诸内心安定,追求和谐之美的结果。

叶适试图以美政记体文和学记文为手段,以点滴渐进的方式达到移风化俗的目的,用密悟成德的游赏观来实现个人修养

---

① (宋)叶适撰,刘公纯等点校:《叶适集·水心文集》卷九,北京:中华书局1961年版,第151页。
② (宋)叶适撰,刘公纯等点校:《叶适集·水心文集》卷十一,北京:中华书局1961年版,第194页。

的升华,这些必然导致叶适记体散文艺术主导风格倾向于阴柔一面,他欣赏苏轼记体散文的奔放四出,但是并不等于自己也会亦步亦趋地模仿苏轼创作,时代风尚的不同,创作主体思想的差异,叶适求新求变的创作追求,都使得叶适的记体散文呈现优缓、雅洁的艺术风貌。

所谓优缓,是指其行文优游不迫,节奏舒缓;所谓雅洁,是指其文风典雅有致,语词简洁。叶适记体散文大多篇幅不长,但是次第井然,黄震评《汉阳军新修学记》云:"历叙江汉古今材质,文有节奏,可观。"① 以其散文名篇《白石净慧院经藏记》为例试析之:

> 乐清之山,东则雁荡,西则白石。舟行至上水,陆见巨石冠于崖首,势甚壮伟,去之尚数十里外,险绝有奇致。其山麓漫平,深泉衍流,多香草大木。陆地尤美,居之者黄、钱二家,累世不贫,以文义自笃为秀士。北山有小学舍,余少所讲习之地也。常沿流上下,读书以忘日月,间亦从黄氏父子渔钓,岛屿萦错可游者十数。有杨翁者,善种花,余或来玩其花,必大喜,延请无倦。间又游于其所谓净慧院者,院僧择饶善诗。善允、义充、羲充从岳、文捷,皆黄氏子,终老不出户,而从岳又以其兄子仲参为子。余时虽尚少,见其能侃然自得于山谷之间,未尝不叹其风俗之淳,而记其泉石之美,既去而不能忘也。盖天下之俗,往往皆如是。使为上者冒之以道,而不以偏驳之政乱之,则以余所闻于古人之治,何不可致之有哉!
>
> 他日,仲参忽来谒余,叙其所以为别者,盖已十五六年矣。问其旧人,则择饶、义充、从岳、文捷皆死矣,其他老人,多无在者,杨翁者亦已死。而草木衰谢,不复可识,因相对感怆久之。问其院之兴废,则曰:"门庑殿堂库湢之室,昔以毁而缺者,今粗具。独转经藏,

---

① 王水照主编:《历代文话·黄氏日抄》,上海:复旦大学出版社2007年版,第854页。

屋庐闳丽,像设精严,殆为一院之极,此今之所创而昔之所无也。"

于是仲参请曰:"此经藏者,先人以垂死之言,命余辍其学而为之者也。虽不敢有其劳,亦无废于先人之命。以公昔之所尝游而今问之之悉也,盍为我记焉!"余既嘉其以成先志为孝,而重其申故旧之请,且因可以此记余之所不忘者,故不得辞。

问其院之始末,则曰:"始建于唐之龙纪,为广教集云,而今名净慧者,大中祥符之所锡也。其在政和,尝易为道士之观,而后还为院。既还而睦州盗起,焚于宣和之三年。而淳熙三年十一月朔,则此藏之始建也。"①

按照题意,本文是为净慧院中藏经阁而作,全文 670 余字,但前面近一半的内容几乎与藏经阁没有关系,而是少年时在乐清执教读书时的经历,时间已经过去十五六年,作者对乐清之景致、黄、钱两家家境、人情,都记得清清楚楚,尤其对养花人杨翁彼时对他的热情招待似乎记得最为深刻,作者娓娓道来,过去的景、事、情依然历历在目。但是通过仲参的叙述得知这一切都已成过往烟云,故旧大多逝去,杨翁已死,草木衰歇,让人不免为之唏嘘。文章至此没有提及藏经阁,作者似乎只沉浸在对往事的回忆和伤感之中,这是一层;对执教乐清的生涯的回忆让作者感受到当时的民风民俗之淳朴,这种犹存古风的情形是叶适所向往的,他不无惋惜地认为是偏驳之政打破了这份和谐与宁静,这又是一层;仲参的突然造访勾起了作者对过往的回忆,他辍学建阁的孝行触动叶适,欣然作记,一来为仲参,二来也以之作为对自己教读乐清那一段美好时光的永久见证。一篇短短的记文,勾连今昔,文思婉转,类似于韵致典雅的小品文,颇耐人回味。

---

① (宋)叶适撰,刘公纯等点校:《叶适集·水心文集》卷九,北京:中华书局 1961 年版,第 137—138 页。

虽然宋代记体散文中议论成分渐趋增多,比如学记、祠堂记、社稷记中议论往往成为主要的表达方式,但是在游记、景物记和亭台楼阁记中,景物描写依然是必不可少的。只是作者写作意旨的不同,景物在文章中扮演的角色有所不同,比如柳宗元《永州八记》纯以景物刻画取胜,作者的情感完全依靠景物渲染和营造的氛围来委婉传达,欧阳修《醉翁亭记》中写景依然占据主体,作者与民同乐的意旨和抑郁的心情也都要通过记叙和描写来展现,议论只是点睛之笔。而叶适记体散文中景物描写退居次位,经常简笔白描式地一带而过。虽然少数篇章有较多的写景之笔,但描写也既不似柳宗元的精工流丽,也不似欧阳修那样丰腴润美,而以清淡素朴色调为主,有淡雅简洁之美。黄震称赞叶适《北村记》说:"文有雅韵,读之如阅山水画,一奇也。"①确如黄震所言,《北村记》写景层次分明,点染匀实,恰如一幅水墨画。叶适散文写景最为细致者当数《石洞书院记》中的一段:

> 盖凿崖百步,梯级而后进,土开谷明,俄若异境。稍复深入,臻于旷平,则石之高翔俯踞,而竹坚木瘦皆衣被于其上;水之飞湍瀑流,而蕉红蒲绿皆浸灌于其下。潭涧之窐衍,阿岭之嵌突,以亭以宇,可钓可弈,巧智所欲集,皆不谋而先成。君又荫茂密以崇其幽,植芳妍以绚其阳,左右面势,彼此回薄,而山之向背曲折,阴晴早暮,姿态备矣。②

叶适记体文也句式凝练,用词精审,少铺叙,尚简直。如《连州开楞伽峡记》中记叙开峡的过程:

> 华巧思强力,侯专任不疑。易者劝趋,难者募应,

---

① 王水照主编:《历代文话·黄氏日抄》,上海:复旦大学出版社2007年版,第856页。
② (宋)叶适撰,刘公纯等点校:《叶适集·水心文集》卷九,北京:中华书局1961年版,第155页。

小石绊远,大石镵落。上以火功,下以堰取。余隐石黯黯平流中尚数处,工不知所为,华创巨灵凿,贯木百钧,捣之糜碎。春且半,石之为水害者尽平,舟自番禺来城下,群川众壑,各得所归。老稚聚观喜极,或泣曰:"连始复为郡矣!"①

这是一段高度浓缩的叙事,既有整体的运筹谋划,也有具体攻关除险,及开峡成功过后父老童稚的喜极而泣,多重意思仅用了了数句就交代详备,略无遗漏,并且能突出其中重点,拈出李华发明巨灵凿一节,平叙中略起微澜,简洁而有神韵。

书序、题跋是叶适散文创作中最为自由的题材,叶适文名隆盛,所以所作以诗、文及学术著作的序文为多,赠序较少,评骘他人成就的同时,他也常常表达自己的诗文思想及学术观念。序文的谋篇布局和表达方式更为灵活,记叙、议论、抒情均因人因文随时变化,无一定之规。如为陈亮文集所作《龙川集序》,论人多于论文,这是因为叶适与陈亮交情笃厚,睹其文思其人,情不自禁,将笔墨放在对龙川志高命舛的人生经历之上,至于陈亮的文章特色,则另文放在《书龙川集后》中去评价了。叶适题跋之作,更无拘束,所涉及内容较为驳杂,有一些其实和书序一样属于诗文评论,如《吕子阳老子支离说》,黎刻《水心文集》列入题跋,黄震则直视之为序。《黄氏日抄·读文集十》列入书序类,题目都被改称作《吕子阳老子说序》。叶适此类文章没有受格套程式的约束,因此也没有发为枝词漫衍的可能,都是意到文至,意尽文止。

三、以文辅史——富赡、典重的碑志文

叶适共存文 800 多篇,墓志铭有 148 篇之多,是同时代作家中作品最多的一位,是他散文创作成就中最为突出的一部

---

① (宋)叶适撰,刘公纯等点校:《叶适集·水心文集》卷十一,北京:中华书局 1961 年版,第 197 页。

分,在世时,叶适创作的墓志铭就广受赞誉,历代的散文研究者也对之多有好评,其墓志铭的艺术特点与政论散文和记、序、题跋有明显不同,黄震曾经说过:"水心之见称于世者,独其铭志序跋,笔力横肆尔。"①他这番话将叶适的墓铭、墓志和序跋之文概而言之,笔者认为不够妥帖,叶适序跋文的艺术特点上文已经简略述及,当以雅洁为主,偶有激情之作,但不是主调;以"笔力横肆"评价其墓志铭的艺术特质,不为大过,但是仍然让人感觉没有抓住要害,叶适碑志文的艺术特点应该与他的创作目的互相关联,最早认识到这一点的是刊刻《水心文集》的赵汝谠,作为叶适晚年最为得意的弟子,他对其师创作墓志铭的意旨最为明了,他在《水心文集序》中说:

> 盖周典、孔籍之奥不传,左册、马书之妙不续,诗迄韦、张,骚降景、宋,华与质始判,正与奇始分,道失其统绪久矣。世遂以文为可玩之物,争慕趋之,驰骋以其力,雕镂以其巧,章施以其色,畅达以其才,无不自托于文而道益离矣,岂能言易知言难欤?或者反之,则曰:"吾亦有道焉尔,文奚为哉?"夫子不云乎:"言之不文,行之不远。"《六艺》非万世之文乎?以词为经,以藻为纬,文人之文也;以事为经,以法为纬,史氏之文也;以理为经,以言为纬,圣哲之文也;本之圣哲而参之史,先生之文也,乃所谓大成也……
>
> 集起淳熙壬寅,更三朝四十余年中,期运通塞,人物散聚,政化隆替,策虑安危,往往发之于文,读之者可以感慨矣。故一用编年,庶有考也。昔欧阳公独擅碑铭,其于世道消长进退,与其当时贤卿大夫功行,以及闾巷山岩朴儒幽士隐晦未光者,皆述焉,辅史而行,其意深矣。此先生之志也。②

---

① 王水照主编:《历代文话·黄氏日抄》,上海:复旦大学出版社2007年版,第870页。
② (宋)叶适撰,刘公纯等点校:《叶适集·水心文集》卷首,北京:中华书局1961年版。

从这两段序文可以看出赵汝谠确实可谓是最能领会"先生之志"者,他懂得叶适经、史、文并重的学术追求,所以能够从总体上对叶适文学特质予以较为准确的把握,那就是经史结合,形之于文,堪称集大成。可见,叶适文章重史是他的自觉追求,不同于以往作者在写作中不自觉地渗入史的因素,他是有意识地寻求文史结合的最好方式,而墓志铭则是最为适合的体裁了,赵汝谠认为叶适在这一点上是对欧阳修的继承,但是我们认为不只是继承,应该说从墓志铭"辅史而行"的特点考察,叶适超越了欧阳修,南宋理学家真德秀极为推重叶适的墓志铭,他说:"永嘉叶公之文,于近世为最,铭墓之作,于他文又为最"。①

因此,我们认为,叶适创作墓志铭"辅史而行"的志愿成就了他碑志文的独特艺术风味和文学价值,有意识地以文存史使得其文章显示出富赡、典重的艺术特色,这应该不是黄震所谓"笔力横肆"所能涵盖的。

墓志铭本为古代丧葬礼仪中一种应用文体,刻于碑上埋于墓葬之中作为辨识之用,便于后人迁徙坟地,汉代以后开始作为一种独立文体行世,汉以后唐以前墓志铭以骈体为主,至韩愈时以古文创作墓志铭,并且人物刻画、叙事技巧有很大发展,宋代欧阳修号称墓铭第一,叶适的墓志铭创作无疑对前代优秀之作有所继承,《四库全书总目》评叶适碑志文即云:"其碑版之作,简质厚重,尤可追配作者。"②意思就是叶适的碑志之作可以与名家作品相提并论,清代孙诒让则直言:"至于碑版之文,照耀一世,几与韩、欧诸家埒"。③

墓志铭为墓主而作,因此塑造人物形象应该是创作墓志铭

---

① 周梦江:《叶适与永嘉学派》,杭州:浙江古籍出版社1992年版,第175页。
② (清)永瑢等撰:《钦定四库全书总目提要》,北京:商务印书馆1935年版,第18页。
③ (清)孙诒让著:《温州经籍志》,上海:上海社会科学院出版社2005年版,第915页。

的首要任务,因人叙事,叙事为人,墓志铭首先是一种纪传文体,韩愈、欧阳修的墓志铭作品成功的重要原因就是它们在人物形象塑造方面有独到之处,而人物形象塑造成功的标志就是人物的个性化和立体化突出,即所谓人各一面,叶适墓志铭的写人艺术做到了这一点,吴子良就这样评说叶适的墓志的人物塑造:

> 四时异景,万卉殊态,乃见化工之妙;肥瘠各称,妍淡曲尽,乃见画工之妙。水心为诸人墓志,廊庙者赫奕,州县者艰勤,经行者粹醇,辞华者秀颖,驰骋者奇崛,隐遁者幽深,抑郁者悲怆,随其资质,与之形貌,可以见文章之妙。①

各种人物因为社会地位和角色的不同往往会形成不同的性格类型,作者首先要对此十分熟悉,善于观察和区别,才有可能创造出性格各异的人物形象。但是人物形象塑造光做到表现"这一类"还是不够的,应该力求做到表现"这一个",才能给读者留下经久不灭的印象。这种印象往往并非来自人物的完整事迹,一些极其微小但极为成功的细节描写就能令读者印象深刻。例如叶适在《姚君俞墓志铭》中记述他与姚君俞初次见面的情形:"余二十许,客乌伤,无所并游,春时独出满心寺,蔽著松间,行吟绣川湖岸,望山际桃杏花,踏绿芜至郭西门,耕者方餂,从而坐焉。童子谓余:'此径入,烟起处有姚秀才居之。'君俞曳破鞋出逆,相视恍然,如旧已熟适者。"②叶适为科举游学他乡,孑然一身,难免寂寥,希望能结交知己,姚君俞当时也正在为应举作准备,与叶适一般孤单,两人一见如故,姚君俞脚踏破鞋的细节给叶适留下深刻印象,也令读者感觉突兀,似与读书人身份不符,但是这正是姚君俞独特的性格使然,后文又写道:"时

---

① 王水照主编:《历代文话·荆溪林下偶谈》卷三,上海:复旦大学出版社2007年版,第563页。
② (宋)叶适撰,刘公纯等点校:《叶适集·水心文集》卷十四,北京:中华书局1961年版,第269页。

君俞应科场,学习词赋甚锐,然其风指孤骞,自洁不同物,若山人处士,年饥不粒食,蒸松菜茄子啖之,无盐醋。"[①]脚踏破鞋、不修边幅的形象应该与"风旨孤骞""洁不同物"的性格具有内在的一致性。

叶适148篇墓志铭的主人构成南宋宁宗以前人物群像,从高官巨吏至白丁平民,无不涉及,可谓是南渡以来的人物志,有很多墓志铭文被后世史书、方志所载。人物性格丰富多样,个性鲜明者不在少数,其中有受人请托而为,体制写法也存在趋同的情形,但是有些墓志铭则是叶适发自内心有所寄托而作的,反而更能突破格式束缚,思想性和艺术性都独具一格。《墓林处士墓志铭》即是一例:

> 墓林处士者,永嘉何傅字商霖者也,死年五十七。所居墓林巷,城中最僻处也。前二岁,余数过焉,草木稀疏而不荣,败屋才三间,悉用故《唐书》黏之。处士润泽详整,如大人也。对客为清远之言,其言以有财为累而以贫贱为得,以即死为可足而无憾。其怃诸子曰:"恐不能如我无过。"其釜罋常空,而意气悠然,未尝以微感人,人亦忘其为贫也。
>
> 尝一日大雪,道无行人,处士与同巷朱伯鱼问余,遂登郭公山富览亭之故基,以望江北。雪骤甚不已,两袂皆积。余不能忍寒,饮酒而下,处士独傍城隅,度横彴,彷徨折苇之间,昏夜乃归。以余所知于处士,能不以非义干其虑,而有冻饿自守之乐,斯亦士之极致也,岂可谓之非贤者欤!
>
> 处士自少攻为诗,竟以成名。迨其死也,犹课某章,未缮而卒。男女七人,其长者未冠也,其幼者尚抱也。死之日,其友翁忱既襚敛之,又率尝往来者尽有赙焉,始克葬于西山崇明寺旁。铭曰:古人有言曰:

[①] (宋)叶适撰,刘公纯等点校:《叶适集·水心文集》卷十四,北京:中华书局1961年版,第269页。

> "天生五材,民并用之。"厚薄不齐,非圣莫司。惟其不悲,以刻于斯。①

何商霖既非显宦,亦非世家,57 岁死去的时候还只是个既无功名又无资财的处士,可说是穷困潦倒一生。但是叶适却投入心力,创作此篇。本篇没有籍贯介绍,没有祖先履历,直入本主,在他所有墓志之中最为独特。何商霖真正打动叶适的是他的"义"。他具有古代读书人"君子固穷"、忧道不忧贫的操守,他的"义"的现实内容就是对南宋偏安满怀忧虑。文中何商霖大雪中登台,眺望江北,"彷徨折苇之间,昏夜乃归"的情节最为动人,叶适没有明言何商霖这种举动的含义,但是谁都能够体会他渴望恢复但是报国无门的无奈和隐痛,何商霖一心为诗,这或许是他不刻意功名,穷困至死的原因之一。从现实功利角度看何商霖的一生是失败的,但是叶适却认为他才是真正的"士",甚至可说是士的极品。叶适这种评价或许带有理学家的极端心理,但是何商霖心系恢复的行为确实代表当时有志之士的共同心声,也照应了叶适主张恢复故疆的情怀。

何商霖行止气度合于大义,却郁郁而终,当时还有一些士人试图冲破传统士学规范的束缚,恃才放旷,希图以奇行高论博取赏识,实现抱负,行战国策士之风,但是在当时的历史条件下,只能归于失败,叶适对此表示了惋惜。毛积夫就是这类人的代表,《毛积夫墓志铭》记云:

> 毛子中,字积夫,鬐鬐有杰气,十七八,游江淮,乱后邸店未复,卧起草中,时时与小寇遇。行数千里,知形便阨塞,涕泣曰:"管、乐不再生耶!"夜捕鹿,迷失道。旦,见楼堞矗然,合肥城也。值帅方打围,戈甲耀日。君荐虎皮道旁,燔肉煮葵菜,浩歌纵饮,弗为视。帅揖语,大惊,延上座。

---

① (宋)叶适撰,刘公纯等点校:《叶适集·水心文集》卷十三,北京:中华书局1961年版,第232—233页。

稍长,亲师友,学习古今,诸生不能言者,尽为言之。复出沔、鄂,得贤豪名,世士识别,相与欢甚,因留门下终身。所至专席高论,衮衮无对,怒马独出,不施鞍勒,或入酒庐,凭高悲啸,众共怪不敢近。荒旅穷肆,饭客常满,或闭门袖手,借书危读,经旬月无不通,人畏其博而专也。然不得骋于科举,礼部尝欲第其文,又议不合而止。①

毛积夫逸出士人常行,驰骋奔突,希冀能有非常之遇合,合肥帅以奇士待之更增加了他对此的信心,结果换来的却是长期的客场蹭蹬,"至踰六十,度决不偶矣,始弃去"。②

何商霖和毛积夫都是"闾巷山岩朴儒幽士隐晦未光者",叶适为之作铭,其中当寓有深意,既是对生活在社会底层、郁郁不得志的贫寒士子表示同情,也是对科举取士压抑人才的揭示。

每一篇墓志铭都可算作一个人的传记,因此自然就具有了历史的性质,但是它与历史有所不同。如曾巩所言:"铭志义近于史,而亦有与史异者。盖史于善恶无不书,而铭特古之人有功绩材行志义之美者,惧后世不知,则必铭而见之。或存于庙,或置于墓,一也。"③曾巩这段话交代了墓志与史书的差异,说明了墓志铭是有选择地记录一个人的历史,而且随着时代的发展,撰写墓志铭已经几乎成为一种文化现象,并非只是"古人有功绩材行志义之美者"才有作志记铭的资格,普通士民都有借墓志铭归美先人的愿望,到了南宋时期这种现象更为突出。这可能和南宋理学流行,士人更加重视名节声誉有关,叶适在墓志铭中就记录被人苦索求名不得已为之的情形,所以叶适的墓

---

① (宋)叶适撰,刘公纯等点校:《叶适集·水心文集》卷二十一,北京:中华书局1961年版,第408—409页。
② (宋)叶适撰,刘公纯等点校:《叶适集·水心文集》卷二十一,北京:中华书局1961年版,第409页。
③ 王水照主编:《历代文话·荆溪林下偶谈》卷一,上海:复旦大学出版社2007年版,第533页。

志铭确实存在一些应酬之作。比较极端的一个例子是《将仕郎嵇君墓记》：

> 君讳居易，字俟之，家应天府宋城，渡江为上虞人。高祖翰林学士颖，拒不献张尧封文者也。曾祖景中，将作监主簿；祖立，赠中奉大夫；考讳琬，朝请郎，知袁州。君用袁州恩补将仕郎，铨试入等，未及进官，以淳熙十二年二月十七日卒。明年八月二十三日，从袁州墓右始宁乡宋家坳祔焉。夫人赵氏，余妇之异姓姑也，故来求铭。
>
> 余未尝知君，而视君之状曰："事亲纯孝，处己俭约，有乃父风，无子弟气习。丧袁州也，毁甚骨立，因得风疾以死"而已。其辞方，其事逸，其美略，使余无所依以为述也，辞之五六反。夫人重介其仆，谓余妇曰："宣教平生辛苦，既无官爵，且减年寿，一家之恨无复憼矣。而葬无埋铭，吾他日何以见吾夫于地下！汝善请之，吾弗得弗止也。"其词甚悲，环听者皆悲，有泪下者，余于是重夫人之欲以文字讬其夫也。其家庭之传，夫妇之道，必有可见者，然愧夫终无所依以为述，不能伸夫人所以讬其夫之意。盖君之子曰柟，曰樗一女尚幼，姑记以遗之，使待夫柟若樗者长而能考君之行以告，将续书矣。①

这是叶适的墓志铭中应酬之作的代表，但是它反映了时人对为亡逝亲友求取墓志铭的热衷，也反映了一种借墓志铭留名后世的文化心理。墓主嵇居易年纪不大，系靠荫补得以入仕，学行、仕宦无一可述，交给叶适作为写作参考的行状所言均是没有实际内容的虚词套语，但是他的夫人却有不得墓铭不止的决心，觉得如果索铭不果将来就无颜见其夫君于地下，执着之心感动旁人，叶适迫于无奈，勉强应承，但实在无可叙述，姑且敷衍成文，文末所谓待嵇君之子长大之后考证其父事迹再行续文，恐

---

① （宋）叶适撰，刘公纯等点校：《叶适集·水心文集》卷十三，北京：中华书局1961年版，第235—236页。

只是搪塞之辞了。这篇墓志铭,叶适通篇几乎都是在为自己不能作无谓之铭作解释,无可奈何之情溢于言表,确也能算作古今墓志铭中的一篇"奇文"了,但是,这也从一个侧面说明了叶适为人作铭努力做到"信实"不"虚美"。严谨的创作态度和过人的写作技巧使得叶适为人撰写的墓志铭在当时就甚为人所重,叶适好友詹体仁曾经对叶适感叹说:"吾等善自立,须子一好墓铭而已。"①

塑造鲜活生动的人物形象是叶适创作墓志铭时立志"辅史而行"的表现,人物的精神面貌和事迹言行映照时代风尚,不过,叶适墓志铭厚重的历史感不仅来自人物形象塑造,因为辅史而行、以史为鉴更是叶适的主观追求,所以在叶适创作的墓志铭中,一个突出特点就是他有意识地在写人记事的过程中大量穿插对历史背景的叙述和评论。有的时候甚至会脱离叙事线索,专事介绍相关的历史事实,对于一些当时或者近世的突出的历史现象和重大的历史事件,叶适都在不同的篇章中从不同的角度予以叙述、回忆,力求还原历史真实面貌,这在韩愈和欧阳修创作的墓志铭里是不常见的。比如,乾淳以来学术兴盛,流派纷呈,对南宋社会文化曾经产生深远的影响,有时甚至对国家政治命运转折起到过一定作用。叶适对南宋的学术流变,特别注意予以记述和梳理,前文述及他对永嘉学术尤为关注,对道学兴废,他也予以客观总结和评价,他在《郭府君墓志铭》中有这样的评述:

> 昔周、张、二程考古圣贤微义,达于人心,以求学术之要,世以其非笺传旧本,有信有不信。百年之间,更盛衰者再三焉。乾道五六年,始复大振。讲说者被闽、浙、蔽江、湖,士争出山谷,弃家巷,赁馆贷食,庶几闻之。……

---

① (宋)叶适撰,刘公纯等点校:《叶适集·水心文集》卷十五,北京:中华书局1961年版,第287—288页。

> 其后一二大师皆相继死,欲学者不知所统一,世又或以为讳,昔之群萃者散亡,后生求所向者莫与之适,此余自涉事至今目所睹也。学实而已,实善其身,实仪其家,移以事君,实致其义,古今共之,不可改也。岂私好者能慕之,私恶者能讳之哉!谓其兴隆,有所歆艳,谓其衰坏,有所简薄,盖皆过矣。
>
> 余伤学术之变,感君与澄之志,故因江之请而叙之。①

叶适上溯道学渊源,并且指出二程道学在北宋时期只是诸学之一,在北宋中期与王安石新学、苏轼蜀学并立共存;在乾道年间崛起,但是也受到非道学派的指责和围攻,随着吕祖谦等道学领袖的辞世以及庆元党禁的打击,道学再一次陷入低谷。叶适简述道学兴废的深层历史原因是"伤学术之变",他认为士子应该求实学,不要对一种学术思想盲目褒贬。

除了庆元党禁以外,叶适一生还经历过绍熙内禅和开禧北伐等重大事件,这两个事件对南宋政局和叶适本人产生过重要影响,他对之印象深刻,满怀感慨,因此在为与之有关的人士创作的墓志铭中,勾稽史事,发表评论,表达自己的立场和观点,既重史实,也重史识。

叶适曾参与绍熙内禅,虽非关键人物但是对事件始末是熟悉的,他在《蔡知阁墓志铭》中用将近一半的篇幅记述此事,从光宗不豫,不过重华宫朝见孝宗,至孝宗驾崩之后,中外哗然的过程都有详细记录,对参与决策的关键人物言行也都能一一明载。蔡必胜是撮合赵汝愚和韩侂胄联手促成内禅成功的关键人物,叶适就是借为他写作墓志铭的机会将这一段重要的历史记载下来,为后代史家提供有价值的参考。

绍熙内禅的成功带来了新一轮政治纷争,赵汝愚独揽大功

---

① (宋)叶适撰,刘公纯等点校:《叶适集·水心文集》卷十三,北京:中华书局1961年版,第246页。

在前,韩侂胄专擅于后,发起庆元党祸。一些参与其中的人因此遭到牵连,蔡必胜即是其中之一,叶适自己也在庆元党禁中被贬黜,他对此耿耿于怀:

> 公叹曰:"吾受太上深知,不幸太上有疾,命悬漏刻,而吾判家族出此,所以报也。事属安定,何妄分彼我乎?祸今作矣!"亟去,绝口祕前事。侂胄果为飞语中赵公,贬死衡阳,士不附者,尽以赵公党坐之。自为太师、郡王,擅国命,绝席卿相。而公连刺外州,默默以卒,悲夫!公不矜功,不徇利,似矣。然而以立君为难者,虽通乎百世,犹将难之也。故余弗敢阙,以待信史焉。①

叶适明言"故余弗敢阙,以待信史焉",这是他以文辅史的主动意识的反映,故而经常在叙事墓主事迹的时候会旁出一枝,介绍与墓主生平行止不甚相关之事,这种写法显然受到纪传体史书《史记》的影响。其中一个表现就是限于单篇墓志的篇幅,叶适不可能在一篇墓志中将一件历史事件完整记述下来,他借鉴《史记》中的互见之法,在不同的墓志文中对一个事件进行多角度的叙述。例如对开禧北伐的记述就是如此,在《朝请大夫提举江州太平兴国宫陈公墓志铭》和《朝请大夫主管冲佑观焕章侍郎陈公墓志铭》中,记叙了韩侂胄密授襄阳帅李奕,后帅皇甫斌先事扰虏,意在挑起事端,发动战争的经过。意图就是揭露韩侂胄思虑不周,盲目出师,最后身死名裂的历史真相。叶适因为参与开禧北伐,遭到劾奏而被贬黜,彻底结束了政治生涯,主要罪名就是阿附韩侂胄出兵北伐,叶适对此感到郁愤,他认为世论将自己与意在建功自固的韩侂胄等量齐观是对他的不理解,所以他在墓志铭中多次记录韩侂胄出师怀有个人私利,草率妄动,意在表明这本不是自己的初衷。在《厉领卫墓志铭》中,通过对弟子厉详在协助自己守卫建康的记叙,对自己在开

---

① (宋)叶适撰,刘公纯等点校:《叶适集·水心文集》卷十七,北京:中华书局1961年版,第320—321页。

禧北伐的关键时刻,用劫寨偷袭之策以稳定军民之心的战术予以肯定。

叶适墓志铭一个新的创造是二人合铭之法,比如将刘夙、刘朔兄弟墓志铭合为《著作正字二刘公墓志铭》,这尚可理解,毕竟二刘祖先仕宦,籍贯行止较为一致,并且辞世时间前后只相差一年。而且两人同为刘氏家族中品行、德行较为良好者,将两人墓志合为一篇既可以相互辉映,也可省去一些笔墨。而将陈亮和王自中两人墓志铭合为一篇就令人觉得耳目一新。吴子良认为叶适这种做法是受到司马迁一文合传数人的启发。

> 水心遂以陈同甫、王道甫合为一铭,盖用太史公老子、韩非及鲁连、邹阳同传之意。老子非韩非之比,然异端著书则同;鲁连非邹阳之比,然慷慨言事则同。陈同甫之视王道甫,虽差有高下,而有志复仇、不畏权倖则同。①

司马迁创立纪传体史书,《史记》中合传甚多,大多本着以类相从的原则,叶适合铭陈亮、王自中,开头就将两人的共同点做了总结:"志复君之仇,大义也;欲挈诸夏合南北,大虑也;必行其所知,不以得丧壮老二其守,大节也:春秋、战国之材无是也。吾得二人焉:永康陈亮,平阳王自中。"②也就是吴子良所说的"有志复仇,不畏权倖",文章主体就是紧扣这一线索,分叙两人生平事迹。但是,墓志铭毕竟不等同于史书当中的合传,因为史书传记并非如墓志铭那样具有家族承传的应用功能,所以叶适合铭陈亮和王自中是墓志铭创作中之独特者,但是并不具有广泛的仿效意义。叶适在文末交代了为两人合铭还有一个现实因素,那就是陈亮生前特别推崇王自中的文采和才华:"同甫

---

① 王水照主编:《历代文话·荆溪林下偶谈》卷二,上海:复旦大学出版社2007年版,第551页。
② (宋)叶适撰,刘公纯等点校:《叶适集·水心文集》卷二十四,北京:中华书局1961年版,第482页。

称信州韩筋柳骨,(王自曾知信州——笔者注)笔研当独步,自谓不能及,又叹今日人材众多,求如道甫髯器,邈不可得。"① 叶适以鲍叔、管仲之间的友谊称喻陈亮和王自中的友谊,但是陈亮文章著称于世,"道甫乃独无有"②。叶适希望"同甫得无以死后余力引而齐之,使道甫亦传而信乎?是以并志二公,使两家子弟刻于墓,若世出,则碑阴叙焉"③。

---

① (宋)叶适撰,刘公纯等点校:《叶适集·水心文集》卷二十四,北京:中华书局1961年版,第484页。
② (宋)叶适撰,刘公纯等点校:《叶适集·水心文集》卷二十四,北京:中华书局1961年版,第484页。
③ (宋)叶适撰,刘公纯等点校:《叶适集·水心文集》卷二十四,北京:中华书局1961年版,第484页。

第五章 叶适诗歌研究

第一节 叶适诗歌题材研究

　　《水心文集》存诗共计380首,古诗152首,五律88首,七律49首,七绝91首。作品数量在理学家中不为少数,体例也较为完备,有重视古诗的倾向。考察叶适诗歌的内容,其中赠别诗最多,有103首,标明为送别之作有近80首,其他标题带有"赠"或"寄"的诗,有的是赠别诗,也有的是单纯的寄赠之诗,并非送别之诗,但数量很少;数量仅次于赠别诗的是挽诗,共68首;其次就是亭台楼观的题纪之诗,计30多首。以上三类诗均与"人事"关系密切,内容丰富,这些应酬性质明显的诗歌艺术性可能相对较弱,其中也不乏真情发露之作。叶适还有一些类似于组诗的作品,如在浙西提刑司干办公事任上所作吟咏苏州风物的诗和吟咏永嘉端午风俗的诗。叶适还很重视乐府诗的创作,并且能对乐府古题加以改造和创新,《白纻词》《橘枝词三首记永嘉风土》等作品对后代诗人产生一定影响。

一、赠别

　　叶适103首赠别诗主要反映朋友之情和师生之谊,反映骨肉亲情的作品较少,叶适乾道元年(1165)就离开家乡永嘉县,时年才十六岁,并且从此一直过着求学、为官的漂泊生活,直到庆元四年(1198)庆元党禁后才回到永嘉定居,已年近半百,长期抛家别亲,此种情感经历叶适都没有用诗歌来描述,这似乎让人难以理解。其中一个原因可能是这一阶段叶适为生活所迫,集中精力钻研科举时文,无暇作诗。他曾经在《题周简之文集》中回忆过自己耽于作诗被长者斥为"外学",转而专心时文的事,但是,从现存诗歌数量来看,叶适并非不作诗,只是没有把主要心力投入其中,主要原因可能还是受其"文关教事"的文学观和宋代士大夫胸怀天下的思想的影响,统观叶适的诗歌纯粹是写景抒情,吟风弄月之作尤为少见,即使是赠别友人、弟子诗,也以劝勉为主要内容。所以叶适仅存两首关涉亲情之作。其一《赠高竹友外侄》诗云:

> 娶女已为客,参翁又别行。相随小书卷,开读短灯檠。野影晨迷树,天文夜照城。须将远游什,题寄老夫评。①

叶适妻姓高,此高竹友外侄当是其妻之侄女婿,在临别之际,叶适并没有关怀他的路途劳顿、奔波之苦,而是叮嘱他远游也要以书卷相伴,短灯伴读,并继以晨昏,且督促他将途中所作及时寄回,自己将要加以评点。这是赠别诗中别有风味者,作者以长辈的身份,行老师的职责,明言致外侄之作是"评"而不是"赏",想来高竹友必是好学后生,否则叶适这一番临别赠言对他来说,显然是督促过于关心了。联想到叶适在浙西提刑司干办公事任上无时不以书相随的情形,他对高竹友作如此交代就是情理之中的事了。

叶适之于高竹友为尊长,寓爱于严不难理解,当妻子离世后,面对短暂离开自己的妻弟,叶适不禁黯然神伤,在《送高仲

---

① (宋)叶适撰,刘公纯等点校:《叶适集·水心文集》卷七,北京:中华书局1961年版,第106页。

发》诗中我们感受到另外一种情绪：

> 细君吁久寂，季弟犹长贫；弃我涉远道，策策伤心神。舍西三亩畲，作急老自耘；稻熟曾未割，归趁秋风新。①

细君即指叶适的妻子高氏，首二句是说妻子已经去世很久了，留下贫困的小弟与作者相伴。叶适的妻子死于嘉定四年（1211），年过花甲丧失人生伴侣对他打击不小，妻弟相伴左右对他的孤寂也是一种安慰，所以才会让他特别依恋，因而高仲发的离去让叶适几乎情不能堪，在结尾时忍不住催促高仲发一定要在秋风乍起之时趁早归来，期盼之情溢于言表。

这种离别感伤情调在他与友人和弟子离别的时候虽然不是很常见，但是有的作品也较感人，往往是将送别友人与伤吊自己做对比，使离愁别绪的内涵双重叠加。但是叶适的赠别诗更多的时候是以鼓励、劝勉对方，表达愿望、理想为主。他希望为政者能勤政爱民，为学者能发扬学统，体现出叶适兼具学者和官员的双重身份特点。比如他对永嘉学术先驱郑伯熊极为尊崇，先后创作《送郑丈赴建宁五首》和《送郑景望二首》共七首诗。在这两组诗中叶适都表达对郑景望领导学派的期待，他说："一时诸老尽，多见大名难"；②又说："江左诸贤尽凋落，迩来名字未深知。愿公年德加前辈，救世勋庸莫后时。"③他提醒将赴知县之任的蔡子重："莫轻小县深谷里，续丝运轸琴方调。"④希望他不要认为县小人稀不能施展抱负，即使地处僻远的小县

---

① （宋）叶适撰，刘公纯等点校：《叶适集·水心文集》卷七，北京：中华书局1961年版，第69页。

② （宋）叶适撰，刘公纯等点校：《叶适集·水心文集》卷七，北京：中华书局1961年版，第90页。

③ （宋）叶适撰，刘公纯等点校：《叶适集·水心文集》卷八，北京：中华书局1961年版，第111页。

④ （宋）叶适撰，刘公纯等点校：《叶适集·水心文集》卷七，北京：中华书局1961年版，第76页。

也需要尽心尽力才能做到民富俗淳。他告诫丁子植不要沉湎于诗酒吟咏,要体谅民情民意:"吟情且勿放,民隐谅少摅。"① 在《送赵景明知江陵县》中,将自己一意恢复的宏愿寄托在将赴前线的友人身上。其诗云:

> 吾友赵景明,材绝世不近;疏通无流连,豪俊有细谨。尤精人间事,照见肝鬲隐;忽然奋须髯,万事供指准。汉士兴伐胡,唐军业诛镇,久已受襃封,谁能困嘲摈!四十七年前,时节忧患尽;去作江陵公,风雨结愁愠,昔称长官贵,今叹服老窘;夜光傥无因,早晦行自引。田园多遁夫,未必抱奇蕴。勉发千钧机,一射强虏殒。②

从诗中"四十七年前,时节忧患尽"一联推算,这首诗当作于1174年前后,正是叶适作《上西府书》的时候,本诗表现出来的抗金报国的志愿与《上西府书》是一致的。而赵景明将要出知的江陵县那时正处于宋金交界,叶适自己没有报国的机会,赵景明正好可以替自己实现这个愿望。他认为赵景明作为朝廷命官,就应该像汉将讨伐匈奴、唐军平定藩镇一样抗击金兵,收复失地。结尾处化用苏轼"西北望,射天狼"的句意,颇有气势。

叶适作为当时大儒,并且以工文著称于世,门人弟子众多,与此相关的送别之作也很多。在这些诗中,叶适多劝勉弟子重道学文,鼓励学道之作大多枯涩寡味,诗意不浓,但也有篇章短小精悍,内含警语,如《送陈粮料》云:"万里渥洼出,行天绝比伦。能参大关键,莫用小精神。种鼎身虽贵,箪瓢道未贫。梅情兼雪意,留住恰芳春。"③ 有的送别之作就是在谈诗论文。例

---

① (宋)叶适撰,刘公纯等点校:《叶适集·水心文集》卷六,北京:中华书局1961年版,第57页。
② (宋)叶适撰,刘公纯等点校:《叶适集·水心文集》卷六,北京:中华书局1961年版,第36页。
③ (宋)叶适撰,刘公纯等点校:《叶适集·水心文集》卷七,北京:中华书局1961年版,第92页。

如《题刘潜夫诗什并以将行》则以评诗代替了送别，诗云："寄来南岳第三稿，穿尽遗珠簇尽花。几度惊教祝融泣，一齐传与尉佗夸。龙鸣自满空中韵，凤哕都无巧后哇。庾信不留何逊往，评君应得当行家。"①对刘克庄诗赞叹不已，以至于送别之事就不提一词了。《送潘德久》诗云："每携瘦竹身长隐，忽引文藤令颇严。闻道将军如邰縠，不妨幕府有陶潜。江当阔处水新涨，春到极头花倍添。未有羽书吟自好，全提白下到诗奁"。②潘德久即潘柽，叶适认为他是永嘉四灵的先驱，所以对他的诗极为推崇，故而这首诗也以论诗为主，不言送别之事，这在古今送别之作中也不多见。叶适虽然有时会在给师友、弟子的赠别诗中感叹自己的老迈衰朽，似乎对所送别之对象心存钦羡之情，但是他实际的用意是激励和推挽后进，自己甘为护花的春泥，滋养众芳。

叶适有时也会以送别之作抒发内心郁愤，虽属少见，但却引人注目，如《送刘晋卿》诗：

草黄木脱何所适？使我感叹生百疾。天骥屡为驽骀笑，良玉空遭砆砆黜。少年壮志思绝尘，只今作计常后人。明堂巨栋吾何有？护竹养花甘隐沦。③

诗的第一句引发感叹，且所发感慨并非仅为刘晋卿而发，似也是叶适自叹身世。以天骥、良玉的不平遭遇喻指怀才不遇的友人和自己，这里抒发的不是别情离意，草黄木脱的荒凉背景触发和加剧作者的郁愤之情，刘晋卿此行估计也是心怀郁闷，或许正与叶适当时心境一致，叶适经历坎坷，无论是庆元党禁还

---

① （宋）叶适撰，刘公纯等点校：《叶适集·水心文集》卷八，北京：中华书局1961年版，第121页。

② （宋）叶适撰，刘公纯等点校：《叶适集·水心文集》卷八，北京：中华书局1961年版，第113页。

③ （宋）叶适撰，刘公纯等点校：《叶适集·水心文集》卷七，北京：中华书局1961年版，第64页。

是开禧北伐失败被黜,都是他人生的低谷,虽然不能确定上诗作于何时,但应该作于这两次打击中的某一次。

二、挽诗

和赠别诗的内容丰富、情感多样相比,叶适的 68 首挽诗无论内容还是情感都显得单一和缺少变化。诗题或为"挽诗",或为"挽词"或为"挽歌词",大同小异,其中部分是作为葬礼中挽歌仪式提供歌词文本而作,但是肯定已经存在只是徒诗,未必与葬礼直接相关的作品。与墓志铭墓主范围广大,身份庞杂不同,挽诗哀挽的对象主要是皇室和朝廷官员,这是因为从汉代开始形成的挽歌礼仪主要是供官员享受,并且级别不同,规模、待遇也不一样。从体例上看,唐代挽歌几乎全是五言律诗,这种情况到了北宋嘉祐年间有所变化,七言挽歌开始大量出现,叶适的挽诗几乎各体兼有。从内容上比较,唐代挽歌诗注重对丧葬礼仪中的细节描写,比如乐器、棺饰、幡帐等葬礼中使用之物经常出现在诗中,意象频密,宋代以来,这种情况有很大变化,宋人挽诗几乎将这些全都掠去,只注重对丧者生平、业绩的概括,诗风疏淡。叶适的挽诗也显示出这种特色,在他挽诗中几乎很少见到"泪"字,反映出南宋文人善于克制情感的性格。可以《徐灵渊挽词》为例:

> 自卜西南宅,始闻幽赏多。山供映门树,水献卷帘荷。近局棋频赌,邻篘酒屡歌。谁云祕此乐,抛掷与流梭![①]

徐玑一生周旋于州县小吏,政绩略无可述,作为四灵之一,他追求生活环境和生活情趣的"幽赏",与其诗歌品位契合。全诗几乎不见哀伤之情,只是在最后一联蜻蜓点水,稍示惋惜之意。

---

① (宋)叶适撰,刘公纯等点校:《叶适集·水心文集》卷七,北京:中华书局 1961 年版,第 100 页。

与此相类似,叶适悼念潘柽的诗也是如此,请看《诗悼路钤舍人德久潘公》三首中的两首:

> 诗人冥冥去何许,花鸟相宽不作愁。耆旧只今新语少,九原唤起韦苏州。
>
> 风骚阃域自难亲,随世声名未必真。更远更疏应不在,山谣水语记精神。

这两首诗是对潘柽诗歌艺术特点的归纳,诗中指出他的诗在当时为"新语",艺术上学习中唐山水诗人韦应物的风格,潘柽所作诗歌内容多为"山谣水语",与当时江西诗派末流以书本为诗、以议论为诗,确实是一种鲜活的诗风。潘柽于永嘉四灵为先辈,他钟情山水,学习韦应物的诗学路径当对四灵有过启发。《宋诗纪事》即说:"叶水心序:德久十五六,诗律已就,永嘉言诗者,皆本德久。"①潘柽学习韦应物,四灵步趋贾岛、姚合,略有差别,但是将寻觅诗情的目光转向山水自然却是一致的,这两首挽诗实际上可当作探求永嘉诗学源流的诗论来看。

叶适还能在挽诗中描述那个时代的政治主题,比如抗击金虏,光复旧疆就是他在挽诗中经常涉及的。即使在为高宗、孝宗创作的挽诗中,他也用婉转的手法表达其恢复之志。现各举一例:

> 何止超前代,功隆道更尊。几同造区夏,还复外乾坤。黄屋尧年度,青山禹穴昏。遗民犹望幸,泪血洒中原。(《高宗皇帝挽词二首》其一)②
>
> 昔年叨上殿,叹息动宸襟。岂不人思奋,其如天意深!帝王犹遇合,南北限升沉。尚有登遐日,诸军特赐金。(《孝宗皇帝挽词二首》其一)③

---

① (清)厉鹗撰辑:《宋诗纪事》卷五十九,上海:上海古籍出版社2013年版,第1500页。
② (宋)叶适撰,刘公纯等点校:《叶适集·水心文集》卷七,北京:中华书局1961年版,第88—89页。
③ (宋)叶适撰,刘公纯等点校:《叶适集·水心文集》卷七,北京:中华书局1961年版,第89页。

挽高宗诗中,前面三联以赞颂为主,但是第四联笔锋陡转,突出北方遗民血泪纵横,渴望王师北伐的迫切之情,将之前的歌颂冲淡,委婉批评高宗专守和议,无意出师。

叶适在淳熙十四年(1187)曾作《淳熙上殿札子》,抗言恢复,让孝宗为之震动,但是由于符离之败和高宗掣肘等多方原因,孝宗已经不复有北定中原的锐气,以致宋金陷入长期对峙的状态,叶适对此应是不能释怀的。

与哀挽情绪的淡化相对应,叶适的挽诗体制也不再以典重肃穆的律诗为尚,有时以歌行体写挽诗,如《翁诚之挽词》:

> 西方之人美无度,眷此南邑朝阳鸣。如锥出囊拟砭国,似璞有价空连城。三仕郎官老将及,一去郴州唤不应,朔风吹潮没复涌,渡口野梅飞碎琼。①

全诗以叙事口吻怀念翁诚之徒具美质高才,三仕郎官而终的卑微一生,音节的流畅打破了律诗体挽歌的程式化和仪式感,可以推测这种挽诗在葬礼上被入乐而歌的可能性不大,这可以算是不入乐的徒诗挽歌在宋代出现的一个佐证。

三、题纪

叶适的亭台楼观题纪之诗多为应人之请而作,多书斋之作,往往敷衍成篇,佳构不多。且宋人多以寓含义理的语词作为书院、私宅之名,叶适也只能附和题意,谈理论学,流于艰涩。但是也有气韵流畅之作,如《送陈寿老》《魏华甫鹤山书院》,《怀远堂》一诗厚重典实,有以诗存史的用意。

> 祖后昔尊御,忠邪初混茫;诐行扬于庭,直词招自旁。尽鉏新法秽,还拯疲民康。白头失路者,冠服辉以煌。尤工抑外家,减官卑输箱;翼然两孤侄,赋禄止

---

① (宋)叶适撰,刘公纯等点校:《叶适集·水心文集》卷六,北京:中华书局1961年版,第56页。

团防。赐书课熟读,敛衽常敬壮。盘筵化蒲苋,歌舞讳姬姜。堂开瞰远野,惟见条山苍。不知天何意,反掌异存亡？何人致颠覆,使我同披猖？胡云半点黑,汴水千里黄。飘萧离宫殿,零落趁伧荒。三吴通苇岸,中禁隔龙光。曾孙更寂寞,泥里弄耕桑。风掀炊饁灶,雨烂晒禾场。稍复卓墟墅,渐能满囷仓。旧居重回首,欲诣川无梁。哀哉血腥涴,狐兔久埋藏！想其屡易主,指说故侯王。时运从代谢,形神终惨伤。翁今垂八十,健悍嗔扶将。句中青玉案,壁上乌丝行。细抄四檐动,绕看三伏凉。渚清莲叶晓,露净菊枝芳。鹤笼翅羽阔,鱼艓波浪长。凛怀南狩日,骇溃非一方。当由后请命,所以再隆昌。籲俊虽草莽,象贤本虞唐。不应女尧、舜,早已坠簪裳。劝翁善眠食,神道分否臧;会须诏飞下,洗沐朝建章。①

这是叶适集中少有的叙事怀古长篇,怀远堂是北宋元祐年间宣仁高太后的后裔所建,高氏即叶适妻族,南渡后定居永嘉。宣仁太后支持元祐旧党,辅政九年,去世后哲宗亲征,新党重新得宠,主政时期曾经受到宣仁太后贬斥的人对高氏一族的后人自然不可能予以善待,高氏一族便就此衰落。叶适认为高氏后裔没有显宦贵族的主要原因还是高太后在位之时有意识抑制自己的亲族,即所谓"尤工抑外家,减官卑输箱"。因此作者在诗中也对新党误国表达了不满,只是不便明斥,"何人致颠覆,使我同披猖"一问发人深思,宋室南渡之祸的罪过固然不能算在王安石变法本身,但崇宁、大观蔡京专权,败坏朝纲加速北宋的覆亡应该是不争事实。叶适以怀远堂为叙事抒情的缘起,以高氏宗族的荣衰为线索,以宣仁太后抑制宗族与新党结党误国排斥异己相对照,有厚重的历史感。在《朝请大夫司农少卿高公墓志铭》中,也有与此诗相类似的叙述。其文曰:"宣仁后临朝

---

① (宋)叶适撰,刘公纯等点校:《叶适集·水心文集》卷七,北京:中华书局1961年版,第68—69页。

九年,尤抑远外家,不私以官……宣仁绍姜女胥宇之烈,嗣太任思齐之圣,复还尧、舜仁义道,为宋延无疆大历服,本于至公大义而已矣,岂顾计外家区区恩爱厚薄哉!闻于长老,元祐之政,奸邪小人特不便,故高氏不得志于绍圣、崇观,用事者惴惴几不全。"①此处明言高氏一族在宣仁太后去世以后就受到"奸邪小人"的恶意压制,但是叶适并非仅是计较高氏一族的兴衰成败,他是以此为例,对整个宋朝命运前途发出忧虑和感喟!

四、民风民俗诗

留意民风民俗是叶适诗歌内容的特色之一,他有少量具有组诗性质的诗作,比如庆元党禁后他定居永嘉所作的《水心即事六首兼谢吴民表宣义》集中描写闲居在家的生活情状,虽有淡淡的忧郁,但是总体上还是以描绘乡村的淳朴民风民俗为主,有闲适格调,试举其中三首为例:②

> 生姜门外山如染,山水娱人岁月长。净社倾城同禊饮,法明阖郭共烧香。
>
> 听唱三更啰里论,白榜单桨水心村。潮回再入家家浦,月上还当处处门。
>
> 吴翁肥遯逾七十,术老芝荒手自锄。惠我篇章成锦字,西邻得伴亦堪书。

山水如画,民歌悠扬,从政治风暴的旋涡中心突然回到桃花源般山清水秀、民风淳朴的家乡,叶适应当深切体会到陶渊明《归去来兮》的境界了。还有用乐府诗体写成的《橘枝词三首记永嘉风土》也清新可喜,并且是对乐府诗体例的创新。

还存在一题多咏的情况,比如他有四首吟咏端午节的诗,

---

① (宋)叶适撰,刘公纯等点校:《叶适集·水心文集》卷十六,北京:中华书局1961年版,第307页。
② (宋)叶适撰,刘公纯等点校:《叶适集·水心文集》卷八,北京:中华书局1961年版,第124—125页。

即《端午行》《后端午行》《永嘉端午行》和《端午思远楼小集》,虽然组诗特征不够明显,但都反映吴越地区端午竞赛龙舟的习俗,叶适是这样描述的:

> 一村一船遍一乡,处处旗脚争飞扬。祈年赛愿从其俗,禁断无益反为酷。喜公与民还旧观,楼前一笑沧波远。日昏停棹各自归,黄瓜苦菜夸甘肥。① (《后端午行》)

这首诗描绘一派和乐景象,从前文引《醉乐亭记》中我们知道叶适主张有节制的游观,所以他赞同乡民在端午节通过竞龙舟的方式祈求来年好年景,认为如果禁断村民表达这种美好的祈愿,不但无益,反而是官吏苛酷的表现。末二句描写得尤为真切,村民在竞赛龙舟愉悦身心过后,平常的园疏野菜显得分外甘甜。

但是在金兵侵扰不断,民不聊生的境况之下,村民们要么没有经济能力,要么没有闲适心情,端午节竞渡的习俗因此逐年衰没了。

> 行春桥东峙岩北,大舫移家住无隙。立瓶巨罗银价踊,冰衫雪袴胭脂勒。使君观客亲付标,两朋予夺悬分毫。起身齐看船势侧,桡安不动涛头高。古来净水斗胜负,湖边常赢岂其数。岸腾波沸相随流,回庙长歌谢神助。只今索莫何能为,败鼓搅壕观者稀。千年风土去不返,醉里冤仇空展转。② (《永嘉端午行》)

这首诗描写的赛龙舟场面更为生动,观战的大船挤满河道,酒价因之暴涨,衣着华丽的游女涂脂抹粉,使君亲自参与并启动比赛,龙舟奋进,观众起身,船身也因之倾侧,比赛结束之后,胜

---

① (宋)叶适撰,刘公纯等点校:《叶适集·水心文集》卷六,北京:中华书局1961年版,第51—52页。

② (宋)叶适撰,刘公纯等点校:《叶适集·水心文集》卷六,北京:中华书局1961年版,第51页。

负只在分毫之间,河岸沸腾,胜者回庙谢神。但是这种热闹景象已经一去不返了,兵荒马乱、民生凋敝,哪里还有能力延续这种盛况呢?"败鼓搅壕观者稀"是真实的写照,借酒消愁也辗转难眠。

叶适《端午思远楼小集》则是抒写自己遭到贬黜之后的悲愤心情,与村民的端午狂欢形成对比,诗中写道:"土俗喜操楫,五月飞骇鲸。鼓声沉沉来,起走如狂酲。不知逐臣悲,但恃勇气盈。衰翁茧帐卧,南风吹作棱。"①这里的逐臣既指屈原,也指叶适自己,叶适两次退居永嘉,都是在遭到贬黜之后。虽然叶适对屈原用《离骚》来宣泄自己内心不平的做法并不认同,认为那不符合温柔敦厚的诗教观,但是屈原忠而被谤的事实与他自己确有几分相似,千百年来每逢端午纪念屈原的习俗就是对这种忠臣受冤的理解和同情,叶适在另一首《端午行》中也记录了这种端午悼念屈原的情形:

> 仙门诸水会,流下瓦窑沟,中有吊湘客,西城南北楼。旗翻稻花风,棹涩梅子雨。夜逻无骚音,绛纱蒙首去。②

诗意略显朦胧,但是"吊湘客"所凭吊对象必是屈原了。叶适的这组诗借端午节竞赛龙舟和祭奠屈原的民俗,将国仇和己怨融入其中,内容充实,角度新颖,是节气诗中的佳作。

与同时代的诗人相比,叶适没有像朱熹那样创作大量的拟陶诗来寻求解脱,也不像陈傅良那样苦于应酬,诗多为和韵、次韵之作。叶适的诗歌大多作于生命的中后期,主要以晚年的平静生活为背景,以忧世念国为情感基调。罢职赋闲,但没有沉溺于隐逸情怀、诗酒放纵,而是融入乡村,亲近乡民,迎来送往

---

① (宋)叶适撰,刘公纯等点校:《叶适集·水心文集》卷七,北京:中华书局1961年版,第79页。
② (宋)叶适撰,刘公纯等点校:《叶适集·水心文集》卷七,北京:中华书局1961年版,第83页。

之中寄寓作者的殷殷情谊；留意风俗，感怀古今寄托治世情怀；偶有感慨之词，但不做怨愤之态。稍显平淡的诗歌内容反映叶适深沉、博大的内心世界，代表了宋代士大夫特有的理性和宽容的气质，与唐代文士的感性和躁动形成鲜明对比。

第二节　叶适诗歌艺术论

叶适重文、工文，文章创作与其经世致用的学术理想最为切近，虽然诗歌同样可以承载思想和主张，但是散文的实用性比诗歌更适合表达政治见解和治国策略，所以叶适没有将过多精力投入诗歌创作。理学思维和事功思想在叶适的诗歌创作中也起到负面作用。客观评价叶适的诗歌，首先，叶适没有刻意追随任何一种诗歌流派，其诗歌艺术风貌具有多样性特点；其次，其诗歌艺术成就虽然不能和中兴大家相提并论，甚至没有达到同时代一些专事诗歌创作的晚唐体或江湖派诗人的水平，但是，叶适的诗歌拥有自己的艺术特色，尤其在理学家诗人群体中，其艺术水准堪称上乘。虽然叶适学术成果和散文成就掩盖了他诗歌的艺术光彩，但是，其诗歌在南宋时还是很受关注的，吴子良、刘克庄等人从不同角度给予了较高的评价。至清代，《宋诗钞》的编选者也对他的诗予以好评。本节拟将评析诸家评论与阐释作品相结合，试图勾勒出叶适诗歌艺术面貌。

一、方回：叶适"自不工诗"

方回对叶适的诗评价不高，他在《瀛奎律髓汇评》卷二十"梅花类"，翁卷《道上人房老梅》诗下评注曰：

> 乾、淳以来，尤、杨、范、陆为四大诗家，自是始降而为'江湖'之诗，叶水心适以文为一时宗，自不工诗。而'永嘉四灵'从其说，改学晚唐，诗宗贾岛、姚合。凡岛、合同时渐染者，皆阴掇取摘用，骤名于时，而学之者不能有所加，日益下矣。名曰厌傍'江西'篱落，而

盛唐一步不能少进。天下皆知'四灵'之为晚唐,而巨公亦或学之。①

方回在《瀛奎律髓汇评》中只选了叶适一首诗,以验证自己对叶适"不工诗"的劣评。在所选《西山》诗下又加评语道:

> 水心以文知名,拔'四灵'为再兴唐诗者,而其所自为诗,恐未尝深加意,五言律如此者少。西山盖永嘉胜处,有醉乐亭,水心为记甚悉。②

方回说叶适以文知名当世,并且称之为一时文宗,这些评价无疑都是准确的,但是他赞扬叶适的文名似乎是为贬低叶适的诗才作铺垫,叶适诗名不如文名,并不能因此推出他"不工诗"的结论,方回真实的意图是批评叶适自"不工诗"却指导永嘉四灵走上宗尚晚唐的歧途,其实叶适在《徐文渊墓志铭》中有明确记载,四灵选择晚唐是他们自己的主动行为,存在借此扬名诗坛的目的,并且晚唐体在当时已经成为诗坛厌弃江西者选择的诗体,叶适所起到的作用只是以文坛宗主的身份为四灵鼓呼,使得四灵得以声名鹊起,享誉诗坛。方回说叶适"自为诗未尝深加意"的评价亦尚中肯,但是这依然不能作为他贬斥叶适"不工诗"的论据,方回作为江西诗学的维护者,对叶适称扬四灵,在诗坛掀起晚唐诗潮非常不快,这恐怕才是他诋斥叶适的根本原因。

二、刘克庄:高雅、丽密、情深

与方回观点截然相反者主要以刘克庄和吴子良为代表。刘克庄以叶适两首咏梅诗为例,赞誉其诗"高雅"、"丽密""情深"。其评曰:

---

① (元)方回选评,李庆甲汇评:《瀛奎律髓汇评》卷二十,上海:上海古籍出版社2005年版,第771页。
② (元)方回选评,李庆甲汇评:《瀛奎律髓汇评》,上海:上海古籍出版社2005年版,第985页。

水心,大儒,不可以诗人论。其赋《中塘梅林》(原文录诗,此处略)。后篇云(原文录诗,此处略)。此二篇兼阮、陶之高雅,沈、谢之丽密,韦、柳之精深,一洗今古诗人寒俭之态矣。①

刘氏所下评语,与方回大相径庭。为方便讨论,现将两首诗全录如下:

中塘梅林天下之盛也聊伸鄙述启好游者

幽花表穷蜡,病叟行村墟。所欣一蕊吐,安得百万株!上下三塘间,萦带十里余。荒茨各尊贵,野径争扶疏。愁云忽返斾,急霞仍回车。苍然岁将晚,陡觉天象舒。群帝胥命游,众仙俨相趋。龙鸾变化异,笙笛音制殊。物有据其会,感召惊堪舆。妙香微真境,态色疑虚无。问谁始种此,岂自开辟初!至今阕胜赏,浩劫随荣枯。儿童候黄堕,捧拾纷筐盂。熏蒸杂烟煤,转卖倾江湖。胭脂蘸罗縠,终艳生裙襦。和羹事则已,甘老山中臞。以兹媚妇女,又可为嗟吁。夜阑烛烬短,月淡意踌躇。林逋与何逊,赋咏徒区区。②

余顷为中塘梅林诗他日来游复作

侧闻中塘好,曾赋劝游篇。凌江入柱浦,聊复信所传。化工何作强,耿耿不自怜!山山高相映,坞坞曲相穿。林光百道合,花气千村连。风迎乱駊騀,日送交婵媛。天回徂阴后,地转升阳前。初如别逃秦,疏附耻独贤。又疑未兴周,掩擁欣俱全。惜哉见之晚!重寻畏彫年。一省三叹息,十步九折旋。诗家诧梅事,槁干陋肥鲜。常于寒角晓,爱彼明冰悬。疏枝涩冷艳,小窗露孤妍。吟悲肭留嗛,句喜珠离渊。忽兹遇众甫,欲毂羞断弦。无以寄美人,千室炊莫烟。

---

① 吴文治主编:《宋诗话全编》,南京:江苏古籍出版社1998年版,第8405—8406页。
② (宋)叶适撰,刘公纯等点校:《叶适集·水心文集》卷六,北京:中华书局1961年版,第54页。

明朝指行处,雾雨空迷田。①

梅花是宋代诗词作品中出现频率极高的一种文学意象,从宋初的林逋开始,就从刻画梅花的外在形态向欣赏梅花幽洁、孤高、冷艳的内在品质转变,这是宋代文人审美情趣内向化、深刻化的表现,他们注重挖掘审美对象的内在美,以与审美主体的趣味相契合,从唐人追求外向、浓烈的情感宣泄向内敛、含蓄的婉转表达转变。所以北宋以来,文人描写梅花,往往不会以整株梅花为表现对象,即使置身梅林,他们看到的往往只是数枝,甚至是一枝梅花,而这数枝、一枝梅花也是以疏瘦、横斜的状态为美。他们嗅到的是梅花的暗香,绝非牡丹的芬芳。梅树畸曲的外形,梅花淡雅的香味被宋代文人表现到了极致,成为清高人格、幽微情感的符号式意象,林逋《山园小梅》中的"疏影横斜水清浅,暗香浮动月黄昏"成为宋代咏梅名句之祖,王安石"遥知不是雪,为有暗香来"诗句,姜夔《暗香》的词境大概都受到林逋的影响。

　　叶适这两首咏梅诗是对宋人习惯的审美情趣的一种有意识的纠偏。请看他眼中的中塘梅林:"所欣一蕊吐,安得百万株!上下三塘间,萦带十里余。荒茨各尊贵,野径争扶疏。""山山高相映,坞坞曲相穿。林光百道合,花气千村连。"百万株当属夸张,但是诗人确是以惊喜的眼光去欣赏这十里梅花的,日光照射在这么繁密盛开高下相映的梅花林中,"花气千村连"当是符合实际的描写。叶适并非不晓得北宋以来文人欣赏梅花、表现梅花的惯常手法,他正是要刻意打破这种已经几乎被固化的审美定式。"诗家诧梅事,槁干陋肥鲜。常于寒角晓,爱彼明冰悬。疏枝涩冷艳,小窗露孤妍。吟悲胴留嗛,句喜珠离渊。忽兹遇众甫,欲縠羞断弦",这一段是对宋代"诗家"赏梅、

---

① (宋)叶适撰,刘公纯等点校:《叶适集·水心文集》卷六,北京:中华书局1961年版,第55页。

写梅的概括,他们以肥鲜为陋,喜欢于寒冷冬天的清晨,欣赏冰莹剔透的花朵,或许只是稀疏枝头孤凄的一朵,并且是从小画框一般的窗子中去欣赏的,这未尝不是一种美感,但是叶适认为梅花的美绝非仅此一种,"风迎乱駃騠,日送交婵媛",微风吹送,花枝颤动,在日光下炫人眼目,何尝不是一种迷人的美景。叶适近似揶揄地说那些习惯从小窗中玩味疏枝、孤妍的"诗家"如果"忽兹遇众甫",这么多梅花一下子撞到眼前,恐怕他们会手足无措,无力应对,所谓"欲縠羞断弦"了。

刘克庄以"阮、陶之高雅,沈、谢之丽密,韦、柳之情深"来称美这两首诗,可谓深谙叶适论诗之旨。叶适于阮籍诗未尝置词,但是对陶渊明和韦应物的诗则是予以盛赞的,几乎将两家诗列为不可模范的极品。陶潜的田园诗高雅表现之一就是景物描写不做作,这种不做作是基于创作主体精神的高雅真纯,是真正的高雅,而非清高,高雅中带有一种丰腴之美。宋人咏梅也是一种雅,但是这种雅几乎带有一种含洁癖的倾向,有甚者几乎专以畸曲为美,病态十足。也就是刘克庄所说的"寒俭之态"。刘氏所谓"沈、谢之丽密"实际上出自叶适评诗的语句,叶适曾经说过:"诗抽情而丽密,赋写物而宏壮。"①还说过"宋齐丽密,梁陈稍放靡,大抵辞意终未尽"。② 可见叶适对"丽密"的诗风是欣赏的,上举两首梅花诗可以说是用词瑰丽、意象繁密之作。叶适的一些五言古体也具备这种风格,例如《宿石门》中的一段景物描写,诗云:"好溪泻百壑,南北倾万峰。山凡堆阜俗,映岸羞为容。石门忽秀出,老干荫浡洪。舍舟从口入,便已离尘中。众芳拱窟宅,环岗献奇秾。藤萝异态度,尺寸疑施功。

---

① (宋)叶适撰,刘公纯等点校:《叶适集·水心文集》卷二十九,第571页。
② (宋)叶适撰:《习学记言序目》卷四十七,北京:中华书局1977年版,第701页。

锦茵翠织成,照耀无春冬。水行千丈高,喷薄不可穷。"①诗写石门山中景物,沿溪流入山,众芳纷郁,奇形怪状的藤萝如有神功,绿草如茵好似翠锦铺地,瀑布喷溅,无穷无尽。景物铺排高下有致,丽密而不显繁脓。

三、吴子良:精严、高远

吴子良传承叶适文法,对叶适诗歌也心有所得,尤其对他七言诗评价甚高。《荆溪林下偶谈》卷四,"水心诗"条评云:

> 水心诗早已精严,晚尤高远。古调好为七言八句,语不多而味甚长,其间与少陵争衡者非一,而义理尤过之。难以全篇概举,姑举其近体成联者:"花传春色枝枝到,雨递秋声点点分",此分量不同,周匝无际也;"江当阔处水新涨,春到极头花倍添",此地位已到,功力倍进也;"万卉有情风暖后,一筇无伴月明边",此惠和夷清,气象也;"包容花竹春留卷,谢遣蒲荷雪满涯",此阳舒阴惨,规模也;"隔垣孤响度别井,暗泉通此感通处",无限断也;"举世声中动浮生,胥带来此真实处",非安排也;"崝岩桥畔船辞柁,冷水观边花发枝",此往而复来也;"有儿有女后应好,同穴同时今奈何",此哀而不伤也;"此日深探应徹底,他时直上自摩空",此高下本一体,特有等级也;"蓍蔡羲前识,《萧韶》舜后音。"此古今同一机,初无起止也。所谓关于义理者如此,虽少陵未必能追攀。至于"因上岧峣览吴越,遂从开辟数羲皇",此等境界,此等襟度,想像无穷极,则惟子美能之。他如:"驿梅吹冻蕊,柁雨送春声","绿围齐长柳,红糁半含桃"、"听鸡催谒驾,立马待■书"、"野影晨迷树,天文夜照城"、"晒书天象切,浴砚海光翻"、"地深湘渚浪,天远桂阳城",置杜集中,何以别?乃若"遣腊冰千箸",勾春柳一丝"、"燐迷

---

① (宋)叶适撰,刘公纯等点校:《叶适集·水心文集》卷六,北京:中华书局1961年版,第46页。

王弼宅,蒿长孟郊坟"、"帆色挂晓月,舻音穿夕烟"、"门邀百客醉,囊讳一金存"、"难招古渡外,空老夕阳滨",又特其细者。①

现存《水心文集》诗歌虽以体例编排,而非编年,大多诗歌年代无法确定,但吴子良为叶适亲授弟子,他所言叶诗存在"早已精严,晚尤高远"的历时性变化应属可信。所谓"精严",似可理解为近似精工的意思,偏重于就技法的锤炼而言;"高远"大概是说诗艺纯熟之后,在识趣、神韵方面达到的更高境界。吴氏评语的一个显著特点就是他将杜甫诗作为叶适诗歌的参照对象,认为叶适诗歌与少陵诗"争衡"者不止一首,甚至"义理尤过之",这显然是对老师的刻意拔高,很难为人认同。事实上叶适自己恐也从没有与杜甫一争高下的想法。叶适对永嘉四灵诗歌不能远追盛唐表示过遗憾,他自己则将杜甫和李白作为后世诗人的楷模。他说过"子美、太白常住世,佳人栩栩梦魂通"②,还评价杜甫律诗和七言绝句的成就,他说:"杜甫强作近体,以功力气势掩夺众作","七言绝句,凡唐人所谓工者,今人皆不能到,惟杜甫功力气势之所掩夺,则不复在其绳墨中"。③ 吴子良强调叶适近体诗"义理"充实,他用所谓"分量不同,周匝无际"、"地位已到,功力倍进"、"惠和夷清,气象也"、"阳舒阴惨,规模也"等带有哲学意味的词语来解读叶适的诗歌,不过就是强调叶适诗歌富有理趣而已,但是诗歌自身的艺术规律和艺术价值,应该以形象意趣胜而非理趣胜。叶适这些诗句的价值还是应该从诗歌艺术的角度去鉴赏,何况杜甫的诗歌何尝没有如吴子良所谓的"义理"存在呢?吴子良有的解读显然陷入了"理

---

① 王水照主编:《历代文话·荆溪林下偶谈》,上海:复旦大学出版社2007年版,第579页。
② (宋)叶适撰,刘公纯等点校:《叶适集·水心文集》卷六,北京:中华书局1961年版,第50页。
③ (宋)叶适撰:《习学记言序目》卷四十七,北京:中华书局1977年版,第707页。

障"之中,不能真正欣赏到叶适诗歌的艺术美感。难免将"有儿有女后应好,同穴同时今奈何"这样充满说教意味的大白话当作好诗了。

不过,叶适的近体诗确实具有属对精工、识趣高远的优点。吴子良所列数十联中多数可算既精致工巧,也颇具神韵的好句,例如《无相寺道中》:

> 傍水人家柳十余,靠山亭子菊千株。竹鸡露琢堪幽伴,芦菔风干待岁除。与仆报樵趋绝涧,随僧寻磬礼精庐。不知身外谁为主,更觉求名计转疏。①

全诗意境清远,颇具哲理的结尾不让人觉得突兀和过于直白,那是因为有了前面三联共同营造的诗境作为背景和铺垫。颔联最为工整,竹鸡、芦菔传达出对幽居生活的满足,求名逐利之念也因之消减许多。

再看方回选入《瀛奎律髓汇评》的五言律诗《西山》:

> 对面吴桥港,西山第一家。有林皆橘树,无水不荷花。
> 竹下晴垂钓,松间雨试茶。更瞻东挂彩,空翠杂朝霞。②

方回以为此篇为叶适五言律中之最著者,景物清幽,意味深长,尾联有陶潜"此中有真意,欲辨已忘言"的意蕴,确属意境"高远"之作。

叶适一度推挽永嘉四灵,他的近体诗中也有颇具晚唐风味之作:

> 虽然一桨匆匆去,也要身宽对好山。

---

① (宋)叶适撰,刘公纯等点校:《叶适集·水心文集》卷八,北京:中华书局1961年版,第113页。
② (宋)叶适撰,刘公纯等点校:《叶适集·水心文集》卷七,北京:中华书局1961年版,第94页。

新拗蓬窗高似屋，诸峰献状住中间。
　　　　——余泛舟不能具舫创为隆蓬加窗户焉①
　　菊苗新擢马兰丛，柳老吹花拂掠空。
　　闻说先生过山去，钓丝无主系东风。
　　　　——过叶咸仲不值②

前一首灵动有机趣，有"诚斋体"风味，后一首诗意与其晚年弟子叶绍翁的名篇《游园不值》有异曲同工之妙。

四、《宋诗钞》：造境生新、艳而不腻、淡而不枯

《宋诗钞》选抄水心各体诗歌112首，在选诗说明中写道：

> 诗用工苦而造境生，皆镕液经籍，自见天真，无排迕刻绝之迹，艳出于冷故不腻，淡生于鍊故不枯。曾点之瑟方希，化人之酒欲清。其意味足当之。③

我们可以发现，《宋诗钞》对叶适诗歌创作和诗歌艺术特色的评价与刘克庄和吴子良都有所不同，这其中的一个主要原因就是《宋诗钞》编选于清代，彼时理学已经被定为官学，编选者吴之振、吕留良等人都是程朱理学的信奉者，所以选诗、评诗注重诗歌的教化功能，所选叶适诗歌也偏重古体，并且是那些理学思想较强的作品，比如纯粹谈论和宣扬理学的《题贾俨不忘室》。

但是《宋诗钞》对叶适诗歌创作和诗歌艺术特色的概括不是没有道理，应该说是揭示出了叶适诗歌创作和艺术特色的某些重要特质。

所谓"用工苦而造境生"就是指叶适在意境创造上，刻意避熟求生，自造新境，这符合叶适文学创作的一贯主张。早年的

---

① （宋）叶适撰，刘公纯等点校：《叶适集·水心文集》卷八，北京：中华书局1961年版，第126页。
② （宋）叶适撰，刘公纯等点校：《叶适集·水心文集》卷八，北京：中华书局1961年版，第126页。
③ （清）吴之振等编：《宋诗钞》，北京：中华书局1986年版，第2341页。

一些古体诗歌在这方面体现得尤为明显。例如《宋诗钞》所选的五言古诗《齐云楼》：

> 天下雄诸侯，苏州数一二。都会自昔称，陪京今也贵。奕奕撰重楼，岩岩立平地。虚景混空苍，嚣声收远肆。闾阎虽散阔，栏槛皆堪记。向非土木力，焉能快高视！湖山西南维，江海东北墆。舒缓未为愚，疏达终多智。穷民一宵灯，细巧杂纹织。豪士三春卉，妖丽乱名字。侈甚见精诚，富余轻讲肆。先朝丰豫日，应奉稽古义。花岗飞入汴，石林鬼浮泗。天然造生活，始者行赈施，王公占上腴，邸观角奇致。是邦聚璀璨，四顾尽憔悴。狂胡误濡足，遗孽等交臂。艰难屡省方，薄遽亏顿置。因循堕和好，俯仰销年岁。翻怜井邑盛，又使编氓匮。颇云鱼虾微，亦已困征税。人生贱苟免，所尚刚强气。呼鹰饱何待，暴虎怒斯易。吁嗟久悒悒，胡为长惴惴。夜闻踏歌喧，激烈动哀思。吴俗固捷疾，吴兵信蠢利。项梁起仇秦，子弟奋投袂。功成须力到，岂必资黠慧！宁美鹊居巢，盍如蛉有类！未发忌先闻，因诗良自喟。①

诗分四层，从篇首至"向非土木力，焉能快高视"为第一层，至"是邦聚璀璨，四顾尽憔悴"为第二层，至"颇云鱼虾微，亦已困征税"为第三层，余为第四层。从诗题看，本诗极易写成一篇平常的游观之作，不外乎描绘登楼之景，回顾建楼之史，抒写登楼之情几个方面的内容，诗歌史上也不乏从这几个方面入手成篇的佳作，叶适避开了这些惯常的思路，只是以"齐云楼"为展开联想的出发点，驰骋纵横，关合古今，最后归结到现实。诗思开阔而诗理缜密，叙事纷繁而层级分明，放弃常见的游观主题，开拓更为新广的诗境。

"向非土木力，焉能快高视"两句为诗思转折之处，作者没

---

① （宋）叶适撰，刘公纯等点校：《叶适集·水心文集》卷六，北京：中华书局1961年版，第40页。

有沿着"虚景混空苍,嚣声收远肆"的思路继续铺写齐云楼的壮伟,而是文思陡转,用一句警策之语开启下面的长篇叙事和议论,高视千里的愉悦是以无数人付出的土木之力作为代价的,令人郁愤不平的是苏州的富庶和苏州人的聪明才智在北宋末年被用作了官吏向朝廷敬献奇珍的资本,花石纲、石林是蔡京等人加官晋爵的砝码,王公贵族借此角胜斗奇,奢侈浮华。朝纲的败坏促使北宋王朝迅速地灭亡,而兵赋更加重老百姓的负担,"颇云鱼虾微,亦已困征税"与范成大"无力买田聊种水,近来湖面亦收租"描写的是相同的惨状。最后一节作者意在激励军民同仇敌忾,发挥"吴俗固捷疾,吴兵信蠡利"的特长,共同抗击金兵。"功成须力到,岂必资黠慧"一联是对"向非土木力,焉能快高视"的照应。叶适将原本的游观之作写成激励斗志的有用之文,意境生新,用心良苦,句意转接斩截果断,少过渡之痕,呈跳跃之势。

《宋诗钞》言叶适诗"镕液经籍而自见天真,无排迕刻绝之迹",这是指他有深厚的儒家经典内蕴,并且能在诗歌创作中化用无痕,《宋诗钞》的编选者大多是深谙儒家经典的理学人士,对叶适援理入诗的作品情有独钟,叶适以学者大儒的身份作诗,经典阐释的思维方式与诗歌创作的艺术创作规律毕竟存在理性和感性的差异,体现在诗歌风貌上恰恰就是刻板和欠缺流畅自然。叶适的部分诗歌即存在这种瑕疵。如钱钟书先生所指出那样:"他号称宋儒里对诗文最讲究的人,可是他的诗竭力炼字琢句,而语气不贯,意思不达,不及四灵有那么一点点的灵秀的意味。"①这种情况在叶适早年一些五古作品中较为明显,其时他甫登仕途,作诗不多,且生活积累不厚,作品显露出刻意为诗带来的晦涩之味。如《蓺门》诗:

    遗墨固藏神,希圣非立我;断后辄无前,实右即虚

---

① 钱钟书选注:《宋诗选注》,北京:人民文学出版社 1958 年版,第 222 页。

左。品定赋纤洪,义明分勇懦;端木语卫文,洙、泗皆卿佐。孔子叙夷、齐,后进尚嵬琐。从来一大事,几作鸿毛荷。知非言所及,结网鱼受课。谁持空空质,放纵无不可。兹门小精庐,荒寂众万过;欣余二三子,拙力受饥卧。杨花安得揽,飞去天隅唾。唯有露垂垂,满畦红药堕。①

蓟门,即苏州吴县东城门,彼时叶适文名已盛,士子前往问学者很多,蓟门是他与弟子们谈学论道之处,诗的前半段几乎就是叶适的解经讲义,典故壅塞,句意断续,诗意难寻。叶适此时刚刚年届而立,却经师气味浓厚,三十多年以后,年过古稀的他回首这段往事,则是另外一种心境和口气了,他在《孟达甫墓志铭》中是这样记述的:"蓟门幽寂,红药被野如菜,俊流数十,论杂捷起。"②词意优缓,语带深情。

叶适诗歌多创作于庆元四年(1198)退居永嘉之后,人生阅历的丰富,诗歌技法的老到纯熟,使诗歌的确呈现出艳而不腻、淡而不枯的艺术风味,《宋诗钞》称之为"艳出于冷故不腻,淡生于鍊故不枯",所谓"艳",是指诗歌语词明丽,章法变化多姿,类似于刘克庄所说的"丽密"。但是叶适诗歌之"艳"与昆体诗之"绮艳""秾艳"当属不同的美学观,与宫体诗的"冶艳""艳情"更相去甚远。叶适诗歌内容以雅正为宗,诗歌创作以教化为目的。吴子良说过叶适文字"篇篇法言,句句庄重"的话。"淡"是从梅尧臣开始就形成的宋诗美学观,这是宋诗区别于唐诗的一个标志,表现为感情不浓烈,辞藻不华丽,重思理不重兴象等,但并不等于枯燥、干瘪,并不等于作者不用心力随意抒写,宋诗中的佳作都能做到淡而有味,清淡的语言往往是作者运用诗思陶冶熔炼之后沉淀的精华。

---

① (宋)叶适撰,刘公纯等点校:《叶适集·水心文集》卷六,北京:中华书局1961年版,第39页。
② (宋)叶适撰,刘公纯等点校:《叶适集·水心文集》卷二十五,北京:中华书局1961年版,第495页。

"曾点之瑟方希,化人之酒欲清"语出叶适的《巽岩集序》,其内涵包括两层意思,一是揭示叶适诗歌存在教化功用,二是强调叶适诗歌的教化功用与说教存在方式的截然不同,如曾点之瑟、清醇之酒,与直接用来干预政治的政论文章不同,诗歌依靠美和愉悦来感化人。叶适希望用文学作品来移风化俗,淳化民风,他对唐虞三代淳和风俗一直向往,创作了一批吟咏永嘉风土的诗歌,前文论及的端午组诗即是一例,另外,他还重视乐府体裁,对乐府古题进行改造和创新。乐府是古代诗歌中比较贴近民众的诗歌体裁,也易于被人们接受和传播。比如他的《橘枝词三首记永嘉风土》(后文简称《橘枝词》):

> 蜜满房中金作皮,人家短日挂疏篱。判霜剪露装船去,不唱杨枝唱橘枝。
>
> 琥珀银红未是醇,私酤官卖各生春。只消一盏能和气,切莫多盃自害身。
>
> 鹤袖貂鞋巾闪鸦,吹箫打鼓趁年华。行春以东峥水北,不妨欢乐早还家。①

叶适《西山》诗曾云:"有林皆橘树,无水不荷花",柑橘是温州的特产,即所谓瓯柑,金黄的外皮,内瓤甜蜜饱满,挂在人家稀疏的篱笆之上。秋天,人们趁霜剪收,装船外运,这既是一派淳美的田园风光,也透露出南宋温州永嘉地区商品经济已经有所发展。"岁当重阳,(柑)色未黄,有采之者,名曰摘青,舟载之江浙间。青柑固人所乐得,巧为商者间或然耳"②记录的就是这种情况。

第二首既是一首劝酒令,也是一首节酒歌,饮酒只求和气,切莫伤身,这是叶适对永嘉士民的谆谆劝诱。第三首和《醉乐亭记》的主旨一样,叶适始终认为淳朴的民风民俗益于治道,过

---

① (宋)叶适撰,刘公纯等点校:《叶适集·水心文集》卷八,北京:中华书局1961年版,第125页。
② 周梦江:《叶适与永嘉学派》,杭州:浙江古籍出版社1992年版,第10页。

饮狂欢就难免伤风败俗了。

《橘枝词》实际是叶适对《柳枝词》和《竹枝词》的创变。"唐人《柳枝词》专咏柳枝,《竹枝词》则泛言风土,如杨廉夫《西湖竹枝》之类,前人亦有一二专咏竹者,殊无意致。宋叶水心又创为《橘枝词》,亡友汪钝翁编修亦拟作二首,其一云'郎行时时橘花零,南风吹来香满庭。今年橘实大如斗,劝郎莫羡楚江萍。'"①

唐人《柳枝词》专咏柳枝,但是对一种自然物长期专一吟咏,势必造成大量的重复创作,《竹枝词》泛言风土的做法就是以竹枝词为名,所咏内容并不与竹枝相关,这是乐府古题的生命力所在,王士禛即说"专咏竹者,殊无意",并且说叶适的《橘枝词》对《柳枝词》和《竹枝词》而言都是一种创变,创新之处在于,叶适的《橘枝词》既有咏橘之作,也有泛言风土之什。

叶适的乐府诗为诗评家所注意,并且评价较高,认为可上追张籍、王建,为宋代乐府诗的上乘之作。吴乔《围炉诗话》评叶适乐府诗《白苎词》云:"宋人乐府尤远,叶适水心《白苎词》(原文录诗—此略)叹知音难得,又不忍决绝,徘徊婉转,无限风流。乔谓此仅望见张、王耳,在宋已成绝作"。②

五、熔铸唐韵的宋诗格调

以上诸家对叶适诗歌的评论可谓既各有侧重,又存在相通之处,吴子良所言之精严,自含有在用词、构句、谋篇等方面精心拣择、锻炼斟酌之意;刘克庄所论之"丽密"也非以随性、拖沓、疏阔的创作态度所能为之。吴子良之"高远",刘克庄之"高雅",《宋诗钞》之冷艳、清淡都体现了叶适远离熟俗软媚的艺术追求。同时,我们不可否认的是他们的批评还是存在着差异,这种差异首先来自诗学批评的个性化本质,但更为主要的还是

---

① 王士禛撰:《香祖笔记》,北京:学苑出版社2001年版,第150—151页。
② 孙衣言撰:《瓯海轶闻》,上海:上海社会科学院出版社2005年版,第248页。

叶适诗歌艺术本身的多样化造成的,叶适宏通兼容的诗学主张在他的诗歌创作实践上充分体现了出来。

钱钟书在《宋诗选注》中对叶适诗歌评价不高,甚至语带讥讽,我们无意质疑钱先生的选诗标准,但是通过朱熹、吕祖谦、陈傅良等与叶适同时代的理学家都没有诗入选的情况,可以看书理学家诗在当时不够受关注的事实,《宋诗选注》是面向大众的读本,所以不能说钱先生本人对理学家诗没有研究,在《谈艺录》当中,他对朱熹、陈傅良、叶适的诗歌都做了精确、简练的点评。

> 朱子在理学家中自为能诗,然才笔远在其父韦斋之下,较之同辈,亦尚逊陈止斋之苍健,叶水心之道雅,晚作尤粗率,而模拟之迹太著。①

将叶适诗置于朱熹诗之上,评价可谓不低,以"遒雅"评之,可谓一语中的,"遒"即遒劲、有力度的意思,与软媚、轻俗相对立,与《宋诗钞》所谓"用工苦而造境生"有关。"雅"比较容易理解,叶适的诗歌尚雅也与南宋诗文总体崇雅抑俗的时代风尚相关联,比如宋词在南宋的雅化。

叶适"遒雅"诗风的形成固然与他以诗立教的文学思想有关,宋金对峙的社会现实和坚定不移的抗金立场也增强了叶适诗风的清刚气质。从诗歌艺术的继承和发展角度考察,叶适的"遒雅"诗风表现为熔铸了唐诗遗韵的宋诗格调,将唐诗的健朗风神与宋诗的简雅思致融为一体。钱基博即说叶适"诗亦疏不害妍,则李杜之遗"。②

叶适学唐人诗意,有的比较明显,请看以下几联:

> 两山只欲当中住,一舸还应却下来。
> 越山行尽见平野,江山流水无逝音。

---

① 钱钟书:《谈艺录》补订本,北京:中华书局1984年版,第88页。
② 钱基博:《中国文学史》,北京:中华书局1993年版,第647页。

> 想得彭州退公后,夜窗重整照书灯。

这三联诗意分别受到李白"两岸青山相对出,孤帆一片日边来"、"山随平野尽,江入大荒流"和李商隐"何当共剪西窗烛,却话巴山夜雨时"的启发,虽然都有变化,但是痕迹宛在。比较成功的例子如上面吴子良所举数联,用他的话说是"置杜集中,何以别",而七言歌行《刻溪舟中》真可说学得了唐人歌行的神采和气韵。

> 浙江大浪如履空,镜湖挟天雨复风。我行独到勾践国,寒溪一溜蜿蜒通。蛰龙已卧潭谷底,湿萤不照蒲苇丛。山林卑陋无栝柏,霸气埋没惟蒿蓬。是时初冬未凝冱,天地苍莽日常暮。涉江芙蓉不复采,缘道野菊谁能顾!饥乌远雁长追随,夜闻悲鸣朝见飞。前村鸡犬护篱落,此复何苦号其栖!自伤憔悴少筋骨,半生逆旅长太息!王家少年未省事,扁舟往来何所得!百年有意存礼乐,一饱未足谋通塞。且能对酒长酣歌,圣贤有命可若何?①

通过揣摩"我行独到勾践国""半生逆旅长太息"等诗句意思,可知此诗当作于庆元党禁后叶适被罢职奉祠之时,庆元四年(1198)他退居永嘉,时年四十九岁,自十六七岁离家至此,可谓半生逆旅。绍熙内禅中叶适参与了事关国运的政治决策,并因此升任国子司业,但是庆元党禁很快击碎了他的政治梦想,从高峰跌入低谷的命运转折使得他对自己的追求产生怀疑,这首诗就是对此种心境下的一次游历的记录。作者以景蕴气,以气行文,在狂风掀起滔天巨浪的浙江上,初冬的冷雨飘零,"我"独自一人,沿着刻溪顺流而下,在这恶劣天气里,一切都死寂没有生气,岸边没有伟岸的树木,只有枯萎的蓬蒿。芙蓉、野菊都不能逗引起作者一点兴致,日夜追随着他的饥乌远雁终于让已经

---

① (宋)叶适撰,刘公纯等点校:《叶适集·水心文集》卷六,北京:中华书局1961年版,第60页。

躁郁不安的心情找到一个宣泄的出口,他讥讽乌鸦和大雁不如安分认命地守护篱笆的鸡犬,这其实是在嘲讽自己的心高命蹇,最后故做放达态对酒酣歌自我开解,恐怕也只能是举杯消愁愁更愁了。这是叶适少有的健劲之作,虽然诗中用典存在不够妥帖的地方,但是全诗气韵生动,让我们自然联想到李白的一些歌行长篇。

叶适赞赏杜甫近体律诗的功力气势,他在创作中也努力学习、借鉴,只是由于气度、才情比老杜终逊一筹,所以其诗格局不如杜甫阔大。例如《衢州杂兴二首》其一:

  樊梅野雪扫成泥,桃李纷纷照旧蹊。行子束书轻驷马,主人炊蕡候鸣鸡。
  百年囹圄荒蓬藋,万里耕桑接町畦。堪笑腐儒何用此,只今飘转楚江西。①

诗主旨集中体现在后半部分,南渡几近百年,故国失地,深陷囹圄,万里版图本为一家,耕桑相接,但敌对状态下的边界地区只有荒凉死寂,满地蓬蒿。作者表达了对国家命运的忧念之情,但是却无能为力,空自喟叹,自笑腐儒。此诗感情与杜甫《秋兴八首》仿佛,但全诗情感前弱后强,意境不够浑融。

可以说,叶适熔铸唐诗于自己的创作中,但并不是机械模仿,他学习唐人也没有专主一格,李杜的劲健、韦柳的疏淡、张王的通俗在他诗中均有体现。而且他没有在借鉴中消弭自己诗歌进行艺术特质,这是我们在对他诗歌进行艺术评鉴中已经深切感受到的,也有待于我们更加深入地思考和探究。

---

① (宋)叶适撰,刘公纯等点校:《叶适集·水心文集》卷八,北京:中华书局1961年版,第122页。

结　语

可以说，与道学家和大多数理学家不同，叶适从投身于科举起就被世人视为能文之士，他是理学家群体中出色的文学家。他向偏执的道学文艺观发出挑战，鄙弃语录文体，批驳理学诗风，主动承担接续北宋古文统绪的责任，援引后学、传承文法，避免散文创作堕入儒学化的迷途；他积极引导诗歌发展，以《诗经》为宗但是不贬抑后代新体，诗学众体不拘泥于一家，他不仅是南宋中后期的散文之宗，更是一时的文坛盟主。虽然道学家以"文士"称之贬抑叶适的学术地位，叶适没有将文学家作为人生定位，他所取得的文学成就和对当时以及后世的文学贡献足以让他能当之无愧地跻身文学家之列。

叶适的文学观又不同于一般的主情文学观，叶适身兼学者、政治家、文学家三重角色，辅时济世是他的人生追求，事功和义理是他学术思想的内核，也是他文学作品的深沉底色，其作品往往以经、史为本，以文字为容，《宋诗钞》说他的诗"皆镕液经籍而自见天真"，《南宋文范》评价他的文是"原本经籍，雄赡深厚，为南渡大宗"。[①] 他对文学创作中的情感因素进行过滤和筛选，艳冶、讥刺、怨愤都被他排斥在外，叶适情感投射的对象主要是国情、民情、世情，这是对私人化、个性化情感的超越，

---

① 《宋集珍本丛刊》，北京：线装书局2004年版，第514页。

不能简单视之为对文学本质的抛却。

虽然叶适文学成就不像朱熹那样被长期遮蔽于学术成就和学术地位之下，但是其政治家和学者身份在后世学者的研究中一直占据主角，叶适的文学形象时而清晰，时而模糊，后世也时常将对他的文学研究与之政治、学术思想相纠联系。与陆游、范成大、杨万里等中兴大家相比，叶适的文学光彩稍显暗淡，但是他始终维护"文"在儒家道统中存在的合理性，重经、重史但从不轻文，并且在文学创作实践中坚持遵循文学创作的自身规律，塑造文学形象，研磨文学技法，有意识推动文学健康发展，努力使之不堕入道学家的理窟之中。我们无意夸大叶适在文学发展中的作用，但是我们不应该忽视他在其中起到的积极作用。

中国古代文学创作和文学研究有重情的传统，理学家的文学成就在很长的历史时期内难以进入文学研究的范畴，其文学风貌一直不能被客观认识，甚至被误解歪曲，这是中国古代文学研究的一个缺憾。叶适的理学家身份也对关于他的文学研究构成了一定的障碍。新时期对理学家文学成就的关注度日趋提升，关于朱熹、吕祖谦、魏了翁等理学家的文学研究成果陆续面世，这对客观评价理学家群体的文学成就，拓展古代文学研究领域无疑是有积极意义的。无论文学创作的实绩，还是文学理论的深刻性，与上述几位相比叶适都不逊色，但愿本文能成为引玉之砖，对深入推进叶适文学研究贡献一份心力。

主要参考文献

著作类:

[1] 沈松勤. 北宋文人与党争[M]. 北京:人民出版社 1998 年版.

[2] 杨伯峻编注. 春秋左传注[M]. 北京:中华书局 2009 年版.

[3] (宋)严羽著,郭绍虞校释. 沧浪诗话校释[M]. 北京:人民文学出版社 1961 年版.

[4] 董平、刘宏章. 陈亮评传[M]. 南京:南京大学出版社 1996 年版.

[5] (清)王士祯. 带经堂诗话[M]. 北京:人民文学出版社 1963 年版.

[6] (宋)范成大. 范石湖集[M]. 上海:上海古籍出版社 1981 年版.

[7] 詹杭伦. 方回的唐宋律诗学[M]. 北京:中华书局 2002 年版.

[8] (宋)吕祖谦. 古文关键[M]. 北京:中华书局 1985 年版.

[9] 楼论. 攻媿集[M]. 文渊阁四库全书本.

[10] (宋)周密. 癸辛杂识[M]. 北京:中华书局 1983 年版.

[11] 班固. 汉书[M],北京:中华书局点校本 1982 年版.

[12]（唐）韩愈著,钱仲联集释.韩昌黎诗系年集释[M].上海:上海古籍出版社 1994 年版.

[13]（宋）罗大经撰,王瑞来点校.鹤林玉露[M].北京:中华书局 1983 年点校本.

[14]（宋）刘克庄著,王蓉贵等校点.后村先生大全集[M].成都:四川大学出版社 2008 年版.

[15]（宋）戴栩.浣川集[M].文渊阁四库全书本.

[16]周宝珠.简明宋史[M].北京:人民出版社 1985 年版.

[17]（宋）李心传.建炎以来系年要录[M].上海:上海古籍出版社 1992 年版.

[18]胡传志.金代文学研究[M].合肥:安徽大学出版社 2000 年版.

[19]（宋）陈起.江湖小集[M].文渊阁四库全书本.

[20]张宏生.江湖诗派研究[M].北京:中华书局 1995 年版.

[21]莫砺锋.江西诗派研究[M].济南:齐鲁书社 1986 年.

[22]（宋）晁公武撰、孙猛校证.郡斋读书志校证[M].上海:上海古籍出版社 1990 年版.

[23]（宋）韩淲.涧泉日记[M].北京:中华书局 1985 年版.

[24]杨伯峻译注.论语译注[M].北京:中华书局 1980 年版.

[25]（宋）薛季宣.浪语集[M].文渊阁四库全书本.

[26]（宋）舒岳祥.阆风集[M].文渊阁四库全书本.

[27]（清）何文焕辑.历代诗话[M].北京:中华书局 1981 年版.

[28]两朝纲目备要[M].北京:文渊阁四库全书本.

[29]（宋）魏天应编.论学绳尺[M].文渊阁四库全书本.

[30]（唐）柳宗元.柳宗元集[M].北京:中华书局 1979 年版.

[31]（宋）陆游.陆放翁全集[M].北京：中国书店1986年版.

[32]（宋）陆九渊著,钟哲点校.陆九渊集[M].北京：中华书局1980年版.

[33]祁润兴.陆九渊评传[M].南京：南京大学出版社1998年版.

[34]（宋）苏辙.栾城集[M].上海：上海古籍出版社1987年版.

[35]潘富恩、徐余庆.吕祖谦评传[M].南京：南京大学出版社1992年版.

[36]杜海军.吕祖谦文学研究[M].北京：学苑出版社2003年版.

[37]韩经太.理学文化与文学思潮[M].北京：中华书局1997年版.

[38]张文利.理禅融会与宋诗研究[M].北京：中国社会科学出版社2004年版.

[39]王宇.刘克庄与南宋学术[M].北京：中华书局2007年版.

[40]（宋）吴曾.能改斋漫录[M].上海：上海古籍出版社1979年版.

[41]沈松勤.南宋文人与党争[M].北京：人民出版社2005年版.

[42]（宋）欧阳修.欧阳修全集[M].北京：中华书局2001年版.

[43]郭绍虞、富寿荪编.清诗话续编[M].上海：上海古籍出版社1983年版.

[44]（宋）洪迈.容斋随笔[M].四部丛刊本.

[45]李民,王健撰.尚书译注[M].上海：上海古籍出版社2004年版.

[46]周振甫译注.诗经译注[M].北京:中华书局 2002年版.

[47](宋)徐梦莘.三朝北盟会编[M].上海:上海古籍出版社 1987年版.

[48]张毅.宋代文学思想史[M].北京:中华书局 2009年版.

[49]祝尚书.宋代科举与文学考论[M].郑州:大象出版社 2006年版.

[50]马茂军.宋代散文史论[M].北京:中华书局 2008年版.

[51]杨庆存.宋代散文研究[M].北京:人民文学出版社 2002年版.

[52]赵敏.宋代晚唐体诗歌研究[M].成都:巴蜀书社 2008年版.

[53]吴洪泽、尹波主编.宋人年谱丛刊[M].成都:四川大学出版社 2013年版.

[54]顾易生等著.宋金元文学批评史[M].上海:上海古籍出版社 1996年版.

[55]祝尚书.宋人别集叙录[M].北京:中华书局 1999年版.

[56](明)陈邦瞻.宋史纪事本末[M].北京:中华书局 1977年版.

[57](清)陆心源辑.宋史翼[M].上海:上海古籍出版社 1996年版.

[58](宋)吕祖谦编,齐治平点校.宋文鉴[M].北京:中华书局 1992年版.

[59]陈衍评选.宋诗精华录[M].南昌:江西人民出版社 1984年版.

[60]许总.宋诗史[M].重庆:重庆出版社 1992年版.

[61]胡云翼.宋诗研究[M].成都:巴蜀书社 1993年版.

[62] 侯外庐等主编.宋明理学史[M].北京:人民文学出版社 1997 年版.

[63] 陈来.宋明理学[M].上海:华东师范大学出版社 2004 年版.

[64] 马积高.宋明理学与文学[M].长沙:湖南师大出版社 1989 年版.

[65] 许总.宋明理学与中国文学[M].南昌:百花洲文艺出版社 1999 年版.

[66] (宋)苏轼著,(清)王文诰辑注,孔凡礼点校.苏轼诗集[M].北京:中华书局 1982 年版.

[67] 吴建辉.宋代试论与文学[M].长沙:岳麓书社 2009 年版.

[68] 吴文治主编.宋诗话全编[M].南京:江苏古籍出版社 1998 年版.

[69] 丁传靖编.宋人轶事汇编[M].北京:中华书局 1981 年版.

[70] (宋)岳珂.桯史[M].北京:中华书局 1981 年版.

[71] 高步瀛选注.唐宋文举要[M].上海:上海古籍出版社 1982 年版.

[72] 傅璇琮.唐代科举与文学[M].西安:陕西人民出版社 1986 年版.

[73] (宋)王安石.王文公文集[M].上海:上海人民出版社 1974 年版.

[74] 张文利.魏了翁文学研究[M].北京:中华书局 2008 年版.

[75] (南朝梁)刘勰著,范文澜注.文心雕龙注[M].北京:人民文学出版社 2006 年版.

[76] (清)毕沅.续资治通鉴[M].北京:中华书局 1957 年版.

[77] 张义德.叶适评传[M].南京:南京大学出版社 1994年版.

[78] 周梦江.叶适研究[M].北京:人民出版社 2008年版.

[79] 周梦江.叶适年谱[M].杭州:浙江古籍出版社 2006年版.

[80] (宋)徐玑等著.永嘉四灵诗集[M].杭州:浙江古籍出版社 1985年版.

[81] (元)刘埙.隐居通议[M].北京:中华书局 1985年版.

[82] 陈鼓应注译.庄子今注今译[M].北京:中华书局 1983年版.

[83] 谢无量.中国大文学史[M].上海:中华书局 1940年版.

[84] 朱东润.中国文学批评史大纲[M].上海:上海古籍出版社 1983年版.

[85] 郭预衡.中国散文史[M].上海:上海古籍出版社 1986年版.

[86] 傅璇琮,蒋寅总主编.中国古代文学通论[M].沈阳:辽宁人民出版社 2005年版.

[87] 郭绍虞.照隅室古典文学论集[M].上海:上海古籍出版社 2009年版.

[88] (宋)陈傅良.止斋文集[M].四部丛刊本.

论文类:(以论文发表时间为顺序)

[1] 杨俭虹.叶适的文学思想与诗文成就[D].上海:华东师范大学,2006年.

[2] 张俊海.叶适散文创作研究[D].开封:河南大学,2008年.

[3] 彭静岑.叶适诗文研究[D].南京:南京师范大学,2012年.

[4] 姜丹莱.叶适挽词研究[D].桂林:广西师范大学,2012年.

[5] 戎默.叶适文学创作与学术思想关系研究[D].上海:华东师范大学,2013年.

[6] 方卉.叶适记体文研究[D].长沙:湖南师范大学,2014年.

[7] 李永婧.叶适的散文理论研究[D].太原:山西大学,2014年.

[8] 郑慧.叶适的理学观念与文学思想[D]长春:东北师范大学,2013年.

[9] 谢桃坊.略论宋代理学诗派[J].文学遗产,1986年第4期.

[10] 王琦珍.南宋散文评论中的几个问题[J].文学遗产,1988年第4期.

[11] 丁放、孟二冬.试论宋代理学家的诗学理论[J].安徽大学学报,1992年第1期.

[12] 束景南.叶适佚文辑补[J].文献,1992年第4期.

[13] 潘之勇.理学美学初探[J].学术月刊,1995年第4期.

[14] 朱迎平.宋文发展整体观及南宋散文评价[J].复旦学报(社会科学版),1998年第4期.

[15] 张洁.叶适思想研究概述[J].温州师范学院学报(哲学社会科学版),1999年第4期.

[16] 张璟.叶适散文思想及创作[J].廊坊师专学报,2000年第2期.

[17] 陈安金.叶适的事功价值观初探[J].哲学研究,2001年第4期.

[18] 赵敏、崔霞.叶适与永嘉四灵之关系论[J].广州大学学报(社会科学版),2003年第11期.

[19] 钱志熙. 叶适《白石净慧院经藏记》读后记——一种乡土式文化的解读[J]. 古典文学知识, 2003年第6期.

[20] 胡雪冈. 叶适的文学思想[J]. 温州师范学院学报, 2004年第4期.

[21] 刘春霞. 叶适散文的"纵横"品质[J]. 名作欣赏, 2006年月第5期.

[22] 胡传志. 宋辽金文学关系论[J]. 文学评论, 2007年第4期.

[23] 闵泽平. 叶适文章风格论[J]. 浙江海洋学院学报(人文科学版), 2007年第1期.

[24] 叶帮义. 20世纪80年代以来大陆的宋代理学诗研究[J]. 南京师范大学文学院学报, 2007年第3期.

[25] 陈心浩. 文德 文术 文变——论叶适的文学思想[J]. 温州大学学报(社会科学版), 2008年第2期.

[26] 李新. 叶适的中和文艺美学观[J]. 中共中央党校学报, 2008年第2期.

[27] 蔡克骄. 叶适《宿觉庵记》解读[J]. 温州大学学报(社会科学版), 2009年第1期.

[28] 刘春霞. 叶适碑志文探析[J]. 广东广播电视大学学报, 2009年, 总第77期.

[29] 张平. 叶适碑志文拓新之功榷论[J]. 求索, 2010年第4期.

[30] 沈松勤. 叶适"集本朝文之大成者"刍议[J]. 文学遗产, 2012年第2期.

[31] 沈松勤, 楼培. 论叶适墓志文创作的新变与成就[J]. 浙江大学学报(人文社会科学版), 2013年第4期.

[32] 许光. 朱熹叶适诗歌理论之比较[J]. 闽台文化研究, 2013年第2期.

[33] 戎默.论叶适对苏轼论说文的承袭与变异[J].太原师范学院学报(社会科学版),2014年第2期.

[34] 苏菲.叶适墓志文创作的文学功用化[J].盐城师范学院学报(人文社会科学版),2016年第5期.

[35] 吴晟.叶适与江西诗学的离与合[J].广州大学学报(社会科学版),2016年第11期.